XIANDAI ZHONGGUO WENLUN HUAYU
CHANSHI YU GOUJIAN

现代中国文论话语阐释与构建

马建辉　著

河北出版传媒集团
河北人民出版社
石家庄

图书在版编目（CIP）数据

现代中国文论话语阐释与构建 / 马建辉著. -- 石家庄 : 河北人民出版社, 2024. 11. -- ISBN 978-7-202-17386-2

Ⅰ. I206

中国国家版本馆CIP数据核字第202479FX86号

书　　名	**现代中国文论话语阐释与构建**
著　　者	马建辉
选题策划	陆明宇　侯福河
责任编辑	张紫薇
美术编辑	于艳红
封面设计	张　宾
责任校对	付敬华
出版发行	河北出版传媒集团　河北人民出版社 （石家庄市友谊北大街 330 号）
印　　刷	河北新华第一印刷有限责任公司
开　　本	787 毫米×1092 毫米　1/16
印　　张	17
字　　数	188 000
版　　次	2024 年 11 月第 1 版　　2024 年 11 月第 1 次印刷
书　　号	ISBN 978-7-202-17386-2
定　　价	68.00 元

MULU 目录

导言

运用即阐释，阐释即构建。现代中国话语及其体系的有效构建，不是在理论思辨中而是在话语的实际运用和阐释中发生的。作为现代中国话语的重要组成部分的中国现代文学理论范畴有其特殊性和典型性，即这些范畴是在以中国问题为主导的中西话语的交流交互中来确立其语义指向的。这些范畴的语义，表象看大多是取自西方或作为其中介的日本，但其在中国往往又有着深远的思想传统。把中国现代文学理论范畴的运用和阐释作为研究对象，呈现彼时话语现场的交流、交融和交锋，呈现彼时中国话语构建的某种规律或经验，或许会为当今的中国话语及其体系构建提供一定的借鉴。

“横看成岭侧成峰，远近高低各不同。”中国现代文学理论与批评发生期的文学本质观念是动态、杂糅而交织的，虽然它最终在某种程度上归于秩序。本论文中选取的这些概念或范畴，大致是20世纪前40年现代中国文学理论与批评界对于文学本质特性的接近和认识，可以说，中国现代文学观念正是在这些范畴语义形成和演变的陪伴与煎熬中获取其现代形态的。

于激流涌动中寻求秩序往往会产生某种偏颇——使复杂的现象被化约，从而导致历史描述的失实。所以，面对动态、杂糅而交织的语义或观念进行秩序建构应该是小心翼翼的，这不仅表现在要不厌其详地占有材料，力图在走向或接近话语运用和话语现场中察看端倪；而且还要不厌其烦地排除成见，建构起来的秩序力求具有大视野中的微观意识，即便是宏观的概念，也纳入微观层面来观照、叙述，力图形成一种关于话语意义构建的现场化认识。即使这样，建构起来的秩序的有效性也是有限度的，它的限度在于研究者占有的材料的限度和研究者自身识力的限度。但不管怎样，这里对于话语秩序的探索与建构还是具有启示和意义的——其中较为重要的一点是可使我们认识到话语及其体系构建的生成性和综合性特质。

一

国内外有些学者在谈起中国现代文学理论论争的状况时，常常援引鲁迅先生写于 1928 年 4 月 10 日的一篇杂文《扁》来说明那时话语现场中术语使用的含混。[1]《扁》很简短，现录于此：

> 中国文艺界上可怕的现象，是在尽先输入名词，而并不绍介这名词的函义。
>
> 于是各各以意为之。看见作品上多讲自己，便称之为表现主义；多讲别人，是写实主义；见女郎小腿肚作

[1] 比如［美］安敏成在《现实主义的限制——革命时代的中国小说》中、严家炎在为安徽教育出版社“20 世纪中国文学研究丛书”写的《总序》中都有这样的说明。

> 诗，是浪漫主义；见女郎小腿肚不准作诗，是古典主义；天上掉下一颗头，头上站着一头牛，爱呀，海中央的青霹雳呀……是未来主义……等等。
>
> 还要由此生出议论来。这个主义好，那个主义坏……等等。
>
> 乡间一向有一个笑谈：两位近视眼要比眼力，无可质证，便约定到关帝庙去看这一天新挂的扁额。他们都先从漆匠探得字句。但因为探来的详略不同，只知道大字的那一个便不服，争执起来了，说看见小字的人是说谎的。又无可质证，只好一同探问一个过路的人。那人望了一望，回答道："什么也没有。扁还没有挂哩。"
>
> 我想，在文艺批评上要比眼力，也总得先有那块扁额挂起来才行。空空洞洞的争，实在只有两面自己心里明白。[1]

这里，鲁迅先生针对的是革命文学思潮盛行时期比较常见的一种理论与批评论争状况，但其实那时的状况也并非完全如此。现代中国文论史上也有不少文学理论家与批评家在谈论这些"名词"的时候，是首先界定那"名词"的含义的，这似乎是缘于我国古典文化中的"正名"传统。郭沫若于 1923 年在上海美专自由讲座演讲时指出："我们无论讨论一件甚么事体，总要先'正名'，总要先把自己所用的语汇的定义弄个清楚，然后才可以免除多少障碍。"[2] 朱光潜在《诗论》（1931 年前后写成初稿）中也说："对于任何问题作精密思考，第一桩要事是正名定义，作浅近而却基本的分析工作。文艺

---

[1]《鲁迅全集》第 4 卷，人民文学出版社 2005 年版，第 88 页。

[2] 郭沫若：《印象与表现》，1923 年 12 月 30 日《时事新报》副刊《艺术》第 33 期。

方面许多无谓的争执和误解都起于名不正，义不定，条理没有分析清楚，以至于各方争辩所指的要点不能接头，思想就因而不能缜密中肯。”[1] 即便是在革命文学倡导时期，由1928年1月创刊的《文化批判》月刊的《编辑初记》中也可看出人们对于术语“正名”的重视。其中有这样的文字：“在我们这个学术落后的国家，有许多用语这回还是第一次的输入，所以除随时随地附记意译之外，我们还另辟‘新辞源’一栏，备初学诸君的查考。”[2] 这种确立话语秩序的努力，正是鲁迅先生所说的那种含混状况的一种内在诉求。

中国现代文学理论与批评发生期的那些概念或范畴大多来自西方（其中又大多转自日本），这些范畴起初多属“形上”范畴在文学理论与批评现场中的使用，[3] 其后或渐行为文学理论与批评之专语。因此，这些术语的意义在汉语中的生成遵循着两种逻辑：西方现场（或语境）的和中国现场（或语境）的。西方现场是源出现场，中国现场是使用现场。一个概念的意义的实现一般与源出现场相关，而取决于使用现场。所以，本论文对中国现代文论范畴的探讨也大多立足于使用现场，即中国现场来进行。

对于一种以历史形态存在的观念置评是困难的。评价当然应该致力于知识合法性的建构，但这一建构必须通过对观念的“历史的”意义（含义）的分析和阐明来进行。张东荪

---

[1]《朱光潜全集》第3卷，安徽教育出版社1987年版，第87页。

[2]《编辑初记》，1928年1月15日《文化批判》第1号。

[3] 这是顺近代以来“新学语”输入之势。王国维在《论新学语之输入》中说：“言语者，思想之代表也，故新思想之输入，即新言语输入之意味也。十年以前，西洋学术之输入，限于形而下学之方面，故虽有新字新语，于文学上尚未有显著之影响也。数年以来，形而上学渐入于中国，而又有一日本焉，为之中间之驿骑，于是日本所造译西语之汉文，以混混之势，而侵入我国之文学界。”见《王国维论学集》，中国社会科学出版社1997年版，第387页。

在探讨“真理”问题时认为：“所谓真理当然是不把它认为一个静的事实或‘已成的事实’（given fact）或独立的永存者，乃是只当作一个‘评价历程’（valuation process）而已，即只是一个动的观念。须知既是动的，便不限于有过去，必尚有未来。就境况而言，必是指对于那个文化境况上最适宜的方会觉其为真。须知一个境况不仅带着其过去的历史，且必含有未来的趋向。如果能刚刚适合它所前进趋向的那个方向，则这个便是最合乎他所需要的。这个未来的趋向，我名之曰‘动势’。每一个知识或理论而能最适宜于一个境况则必须兼能满足那个境况的动势。换言之，即能满足那个境况上的需要。就知识的本性而论，知识本身因为必需求联贯与圆满，本来自然而然就有系统化的趋势。在这样系统化或统一化的情形上再加以境况所需要，苟能使其满足即便觉得其为真理。故我以为‘真理’一辞在这样的方面上颇有与‘理想’（ideal）大体相同之处。我曾以自己觉得不得不相信为真之条件，而此又必系由于当前境况所使然。但此境况却必兼含动势，有伸张于未来的性质。因此，真理总须有几分理想的性质，故可以勉强说真理就是‘文化的满足’（cultural satisfaction）。”[1] 可以说，中国现代文学理论与批评中的概念或范畴对于当时的中国现场（或语境）来说大都是有着这样的“文化的满足”的，程度不同地适合了当时中国文化界前进的“动势”，在当时是可以称之为“文化上的观念”（cultural notion）的“真理”的。这可以作为一种宏观的评价，但它需要更多的微观评价的支持，本论文力图展开的就是这方面的工作。

中国现代时期的一些术语的内涵和规定在特定话语现场

[1] 张东荪：《真理》（《知识与文化》的第 2 编第 5 章），《理性与良知——张东荪文选》，上海远东出版社 1995 年版，第 280—281 页。

中是不断变化和调整的，因此，也大都充满活力，生机勃勃。这主要得益于当时的文艺辩论、文艺论争风气的盛行，有了什么新鲜的或重要的观念大家都出来辩论一番。比如，关于为人生而艺术与为艺术而艺术的讨论，关于科学与人生观的讨论，关于文学阶级性的辩论，关于革命文学的辩论，关于文艺大众化的辩论，等等。在争论中“可以找到许多重要的，宝贵的，而且的确是对各方面都有利的结论”，因论争而得到的，“无疑是更进步，更正确，更切实的观点”。[1]应当说，从笔者所掌握的相关史料看，这作为对于当年文学理论与批评领域学术辩论意义的评价，是较为符合实际的。话语意义通过辩论而丰富、完整、深化、扎实、定型，可以说，是当时包括文学理论范畴在内的中国话语构建的一种有效方式。

二

总体来看，文学理论发展到今天，可以说，已经没有什么相关文学的理论问题是以往的文学研究者所没有想到的，或者是以往的文学理论所没有涉及的（当然这种“想到”与“涉及”可能是自觉的，也可能是非自觉的）。文学理论的每次“推进”，无不可以在以往的文学研究文本中寻找到思想胚胎或话语资源。因此，对文学理论范畴话语史进行充分地力求客观地或现场化地“看视”，是文学理论话语意义实质性构建的必要前提。对于中国现代文学理论话语来说，这种充分的力求客观或现场化的“看视”尤其重要。然而，显然，这是有一定难度的。人们往往喜欢在一个较长时期的终点或另

[1] 苏汶:《一九三二年的文艺论辩之清算》，1933 年 1 月 1 日《现代》第 2 卷，第 3 期。

一个新的时期的起点做些回顾和展望的文章，历史细节或真相（包括文本话语的细节或真相）在这时往往最容易被淹埋。这正像爬到山顶的某人回望其上山时的路，那景致的细节必然是模糊的。

本论文将力求一种文学理论范畴史上的细节真实，力求抵达话语现场，以文学理论的术语、概念研究来逼近或确立起文学理论范畴史书写的微观现场或小语境模式，并以之来支撑以理论时代背景和理论家研究而结构起来的传统文学理论史书写的宏观现场或大语境模式。

什么是大语境呢？大语境在这里是指宏观的现场或者说是整体性现场，即以时代的、社会的、阶级的、文化的大环境作为观念的背景，从中寻绎观念发生和嬗变的逻辑。以一个个文学理论家研究来结构文学理论史其实也是一种大语境方式，这一方式往往是把复杂多样的文学理论观念都统一到一个整体性的理论家身上。这样的语境（或现场）对于文本中的观念来说实质上都是一种“外位式”存在，所以大语境，我们也可以称之为外部现场。大语境当然也是相对于本论文所欲发现和建构的小语境而言的。

小语境，即文本内部的现场，也就是文本自身的术语、概念、命题所结构而成的现场，因此，小语境也可被叫作内部现场或者叫作作为文本的现场。对小语境不同程度的忽视，几乎形成了一个时期文学理论史书写的共有特征之一。所以，文学理论史实的文本细节在这些文学理论史著中往往是模糊的。大语境的选择及其限度使文学理论史实在某种程度上被剪裁或遮蔽。这表明虽然人们在力图“走向”文学理论史，但是由于过多的主体先验观念的干预，使其在走向文学理论史的途中可能会偏离朝向历史真实的方向。这样来看，回到文学理论话语的小语境，发现文学理论话语现场存在的真实细节，关注文学理论意义显示的直接方式，这对于当前的文学理论史研究，尤其是中国现代文学理论话语研究无疑是必要且重要的。

文学理论存在于文学理论史，它是一个不断被建构或重构的生成过程。从文本角度来说，这一过程体现于文学理论话语现场中基本范畴或概念的语义变迁（文学理论的解释范式或话语意义构建范式，蕴含于这些基本的理论范畴）。这要求研究者要摆脱常见的简单化的“后推法”理解方式——人们常常喜欢以今天的文论词汇的意义来想当然地推知它在现代文学理论发生期时的含义。过于强调这种语义“后推法”或“逆推法”，就会使概念意义史的间断性与连续性的统一陷入一种“飞矢不动”的芝诺悖论式陷阱。

“不要去想，而是要去看。”[1] 这是分析哲学的重要代表维特根斯坦在其著作《哲学研究》中讲的一句话。维特根斯坦认为，不可能在所有的语言现象中制造出一个共同的东西，所有语言现象中没有一个能够使我们用相同的词语来概括的共同特征。这些现象只是以不同的方式联系在一起，而要发现这一点，需要的不是思考，而是观察。人们在具体的观察中，可以发现或看到，那些所谓的共同的特征丢失了，而其他的特征却出现了。文学理论史研究也是如此，“看”有时比“思”更为重要。以“看”为主导，这是本论文写作所遵循的一个基本的原则或方法。在理论史的研究中，材料展示所带来的发现或许比确立某种观念更具有现场感和历史意味。

另外，这里还需补充一下，在一个更大的范围内，即在

[1] [奥] 维特根斯坦：《哲学研究》，李步楼译、陈维杭校，商务印书馆 1996 年版，第 47 页。

史学的范围内涉及一个前提性的话题。这个话题可能会被那些熟悉当代西方解释学或者了解新历史主义思潮的研究者所提出。这个话题是“历史是真实的吗”，“历史是可知的吗”，或者说，“历史话语现场是可以抵达的吗”。正如马克思、恩格斯所说，“抽象本身离开了现实的历史就没有任何价值”[1]。历史确乎是价值主体所参与、所选择和建构的书写的历史，历史现场也确实在某种程度上曾被形形色色的主体选择所遮蔽或湮没，但我们绝不应就此否认历史的真实性与可知性。在一部由三位美国学者集体撰写的著作中，有这样一段话：

> 我们要重申，史学的民主要鼓励对传统观点持怀疑态度，但是也要相信历史的真实性与可知性。如果破坏这种平衡而倒向任何一边，无异于自断接受启迪之路。……在民主的氛围里，历史学有追求确立真相传达真相的热情，才会兴旺发达。[2]

我们可以稍微注意一下这段话的措辞，“要相信历史的真实性与可知性”，他们用的是“相信”，而非“理解”。这表明不论历史现场的真实性如何被遮蔽、可知性如何遭质疑，他们都是要葆有这样的信念的，这一信念显然是使历史事件在文本叙述中具有意义的前提。正如这几位学者所言，缺乏对历史的“真实性与可知性”的信念，就“无异于自断接受启迪之路”。

历史充满启示，文学理论与批评的话语史也是如此。比如，在我国现代文学理论史上，1920 年代以前，一部分进

[1]《马克思恩格斯文集》第 1 卷，人民出版社 2009 年版，第 526 页。

[2]［美］乔伊斯 · 阿普尔比等:《历史的真相》，刘北成、薛绚译，中央编译出版社 1999 年版，（绪论）第 10 页。

步知识分子由于受“进化论”思潮的影响，首先大力倡导的是“写实主义”，虽然他们知道欧洲的文学艺术已经“由理想主义再变为写实主义（Realism）更进而为自然主义（Naturalism）”[1]。这是因为他们认为中国文学那时发展的阶段还是在理想主义时代，不可以越过写实主义直接达到自然主义，因而主张先倡导写实主义。到20世纪20年代初“人生派”开始提倡自然主义（1922年5月出版的《小说月报》第13卷第5号上，专门辟出“自然主义的论战”一栏来讨论自然主义问题），但这并非像西方那样由“写实主义”发展到了“自然主义”，而是由于当时他们还分不清楚写实主义与自然主义两种文学思潮的界限而把两者理解为一回事了，茅盾（即沈雁冰）就曾经说过，“文学上的自然主义与写实主义实为一物”[2]。由此可知，当时的文学理论家在引进西方文学观念或话语时是有着鲜明的本土意识或者说是有着鲜明的本土问题意识的，他们的引进是清醒的、理性的、批判的、自觉的。他们引进的自然主义是写实主义化的自然主义，或者说是中国化的自然主义。这里实际上蕴含了一种深刻的历史性话语现场认知。包括中国现代文学理论范畴在内的现代中国话语，正式在这样的进程中形成和确立起来的。

完全真实的历史性话语现场我们也许永远难以回到或企及，正因为如此，追求真实才成为史学存在的永久的理由。当历史性话语现场从真实的山巅一次次滑落，作为知识分子的研究者有责任把它重新推向真实，这或许是另外一个版本的西西弗斯神话，但它肯定同样是一个令人肃然起敬的神话。

---

[1] 陈独秀：《现代欧洲文艺史谭》，1915年11月《青年杂志》第1卷，第3号。

[2] 沈雁冰：《自然主义的怀疑与解答》，1922年6月《小说月报》第13卷，第6号。

第一章 革命

GEMING

我国史学家往往把我国近现代史分为两个阶段，即旧民主主义革命阶段（1840 年鸦片战争到 1919 年五四运动前夕）和新民主主义革命阶段（1919 年五四运动到 1949 年中华人民共和国成立前夕）。为什么这两个阶段都冠以“革命”呢？其原由就在于这两个阶段最鲜明的或者说是标识性的特征皆为“革命”。1903 年 5 月，由章太炎作序的邹容所著《革命军》一书在上海问世风行，“一时间如雷霆之声成为时代的最强音”[1]。1904 年 2 月，梁启超也在其《中国历史上革命之研究》一文中指出：“近数年来中国言论，复杂不可殚数，若革命论者，可谓其最有力之一种也已矣。”[2]足见当时“革命”范畴的声名之盛和影响之深。革命，在近现代的中国，既是观念领域的一种普遍的思潮，又是一种现实的运动，还是一种历史发展的大势。对于中国现代文学而言，革命，可谓其产床和摇篮，它体现着当时社会生活的重要的本质方面或层面，从“文学革命”到“革命文学”，都赋予了现代文学鲜明的“革命性”。因此，考察我国近现代文学理论与批评话语现场中的革命范畴，对于理解和把握中国现代文学的本质带有根本性意义，对于理解中国现代话语构建具有特殊的启示。

[1] 周勇主编：《邹容与苏报案档案史料汇编》（上），重庆出版社 2013 年版，第 10 页。

[2] 梁启超：《中国历史上革命之研究》，1904 年 2 月 14 日《新民丛报》第 46—48 号合刊。

一 『革命』的新义

“革命”一词在我国早已有之。《周易》有言：“天地革而四时成，汤、武革命，顺乎天而应乎人。”[1] 唐孔颖达等为之正义：“此先明天地革者，天地之道，阴阳升降，温暑凉寒，迭相变革，然后四时之序皆有成也。‘汤、武革命，顺乎天而应乎人’者，以明人革也。夏桀、殷纣凶狂无度，天既震怒，人亦叛主。殷汤、周武聪明睿智，上顺天命，下应人心，放桀鸣条，诛纣牧野，革其王命，改其恶俗；故曰‘汤、武革命，顺乎天而应乎人’。”[2]

这里的“革命”，是指王者“改正易服”。在我国古代社会，君王拥有“天命”，其王权或皇权是“天命”所赋予。革命，就是要改变天命。夏桀、殷纣暴虐辱没“天命”，所以就有“汤、武革命”来革除他们的“天命”，改变“天命”、革

[1]《周易正义》，《十三经注疏（一）》（清嘉庆刊本），阮元校刻，中华书局 2009 年影印版，第 124 页。

[2] 同上。

新“天命”。我国古代“革命”——易姓“革命”（即一姓王朝推翻另一姓王朝的“革命”）的传统，就是指这种以暴力手段改朝换代的传统。因为有“顺乎天而应乎人”的前提，所以，“革命”就顺理成章地被赋予了正义性的一面。

在近现代中国语境中的“革命”，可谓“旧邦新命”。这个范畴的兴起，不是由于古代，而是在于彼时的“当下”。有学者考证，近现代中国之“革命”大约在19世纪90年代由日本传入中国。[1]“革命”一词，一是在日本实际运用中的特殊指称（“日人今语及庆应、明治之交，无不指为革命时代；语及尊王讨幕、废藩置县诸举动，无不指为革命事业”[2]），一是在日语中跟英文词Revolution对译，所以，其意义较我国古典的携公义而行的暴力易姓或朝代更替更为丰富和泛化。意大利学者马西尼称“革命”为“来自日语的原语汉字借词”，即其“虽然见于早期的汉语书籍，但后来在日本词义发生了变化”。[3]

作为我国近代维新派代表人物，梁启超虽排斥暴力的政治革命，反对以“革命”译Revolution，[4]主张以“变革”译Revolution，但却是“在现代意义上使用‘革命’并使之在中土普及的第一人”[5]。钱基博在《现代中国文学史》一书中

---

[1] [德]李博：《汉语中的马克思主义术语的起源与作用》，赵倩、王草、葛平竹译，中国社会科学出版社2003年版，第149页。书中考证“革命”这一术语首次由日语引入汉语是在1896年的《时务报》杂志上（见《时务报》第13册，第871页）。

[2] 梁启超：《释革》，1902年12月14日《新民丛报》第22号。

[3] [意]马西尼：《现代汉语词汇的形成——19世纪汉语外来词研究》，黄河清译，汉语大词典出版社1997年版，第208、154页。

[4] 梁启超：《释革》，1902年12月14日《新民丛报》第22号。梁启超在文中指出：“Revolution之事业（即日人所谓革命，今我所谓变革），为今日救中国独一无二之法门。”

[5] 陈建华：《“革命”的现代性——中国革命话语考论》，上海古籍出版社2000年版，第13页。

指出:“启超避地日本,既作《清议报》丑诋慈禧太后;复作《新民丛报》痛诋专制,导扬革命。章炳麟《訄书》、邹容《革命军》先后出书,海内风动,人人有革命思想矣。而其机则自启超导之也。”[1]

梁启超对“革命”一词作语义上的阐释,比较集中的是在其《释革》一文中。其中写道:“‘革’也者,含有英语之Reform与Revolution之二义。Reform者,因其所固有而损益之以迁于善,如英国国会一千八百三十二年之Revolution是也。日本人译之曰改革、曰革新。Revolution者,若转轮然,从根柢处掀翻之,而别造一新世界,如法国一千七百八十九年之Revolution是也。日本人译之曰革命。‘革命’二字,非确译也。‘革命’之名词,始见于中国者,其在《易》曰:‘汤武革命,顺乎天而应乎人。’其在《书》曰:‘革殷受命。’皆指王朝易姓而言,是不足以当Revo.(省文,下仿此)之意也。人群中一切有形无形之事物,无不有其Ref.,亦无不有其Revo.,不独政治上为然也。即以政治论,则有不必易姓而不得不谓之Revo.者,亦有屡经易姓而仍不得谓之Revo.者。今以革命译Revo.,遂使天下士君子拘墟于字面,以为谈及此义,则必与现在王朝一人一姓为敌,因避之若将浼己。而彼凭权借势者,亦将曰是不利于我也,相与窒遏之、摧锄之,使一国不能顺应于世界大势以自存。若是者皆名不正言不顺之为害也。故吾今欲与海内识者纵论革义。”[2]

“Ref.主渐,Revo.主顿;Ref.主部分,Revo.主全体;Ref.为累进之比例,Revo.为反对之比例。其事物本善,而体未完法未备,或行之久而失其本真,或经验少而未甚发达,若此

[1] 钱基博:《现代中国文学史》,中国人民大学出版社2004年版,第342页。
[2] 梁启超:《释革》,1902年12月14日《新民丛报》第22号。

者，利用 Ref.；其事物本不善，有害于群，有窒于化，非芟夷蕴崇之，则不足以绝其患，非改弦更张之，则不足以致其理，若是者，利用 Revo.。此二者皆《大易》所谓‘革’之时义也。其前者吾欲字之曰‘改革’，其后者吾欲字之曰‘变革’。”[1]

看来，梁启超当时对于革命的理解，还停留在《易》《书》时代，局限在王朝易姓的范式。而对于日语把 Revolution 译为革命，仅从古典中国王朝易姓的视角看，显然是不恰切的。那么，这里视角就非常重要了，如果以古典中国视角为主，Revolution 就要改译他词，比如梁启超所主张的“变革”。而以现代视角为主，则对革命的理解就须打破古典中国范式，而以 Revolution 的更丰富的意义维度去充实、发展其内涵。时代思潮浩浩荡荡不可阻挡，梁启超发表《释革》不到两年，即在《中国历史上革命之研究》一文中，确立了现代视角，对现代语境中革命的丰富内涵予以确认。他写道：

“革命之义有广狭：其最广义，则社会上一切无形有形之事物所生之大变动者皆是也；其次广义，则政治上之异动与前此划然成一新时代者，无论以平和得之以铁血得之皆是也；其狭义，则专以兵力向于中央政府者是也。”[2]

总体来看，革命在近现代被国人中之先进分子再接受，起初就有两个维度——一是在政治领域革命的维度，二是在精

[1] 梁启超:《释革》,1902 年 12 月 14 日《新民丛报》第 22 号。对于梁启超在《释革》中的观点，我国有学者评论称:“很明白，梁启超是极力把他所倡导或受他影响而兴起的文学与学术界所谓革命与旨在推翻清政府的政治革命区分开来，也就是说，革命，只是口号；变革，才是实质。这正是资产阶级改良主义者在思想观念上的特征和局限。当然，这并不减损资产阶级改良主义者在近代文学观念变革中的功绩。”（黄曼君主编:《中国 20 世纪文学理论批评史》上册，中国文联出版社 2002 年版，第 118 页）

[2] 梁启超:《中国历史上革命之研究》，1904 年 2 月 14 日《新民丛报》第 46—48 号合刊。

神（或思想文化）领域革命的维度。实际上，从后来的发展来看，这两个维度并非截然分开的。两个维度，其实也就成了革命的相互支撑和支援的两条路线、两条战线。

梁启超在政治上是主张渐进的、进化的、局部的、改良的，是改良派，所以他大多时候是不主张或反对政治领域的革命的。因此，梁启超在接受由日文翻译而来的 Revolution 时，一开始便走向了精神（或思想）领域的革命，主张诗界、文界革命了。这里的革命也就是取其后来所说的“最广义”，即“社会上一切无形有形之事物所生之大变动者皆是也”。1899 年 12 月，梁启超在《汗漫录》（即《夏威夷游记》，又名《半九十录》）中写道：“吾虽不能诗，惟将竭力输入欧洲之精神思想，以供来者之诗料可乎？要之，支那非有诗界革命，则诗运殆将绝。虽然，诗运无绝之时也。今日者，革命之机渐熟，而哥仑布、玛赛郎之出世，必不远矣，上所举者，皆其革命军月晕础润之徵也，夫诗又其小焉者也。”[1] 革命的这种脱开传统局限的新用法，其后日渐普及，同政治革命一道，成为革命范畴的重要意义维度。而政治革命也丰富发展了改朝换代、天意民心的古典传统，加入了天演公理、维新变革、去弊存善、民主解放的元素。

当然，梁启超所倡导的“诗界革命”虽名义为精神界、思想界之革命，实际也在为政治层面的革命提供助力和支撑。正如有学者指出的：“梁启超提倡‘诗界革命’含有明确的功利性，目的在于‘输入’‘欧洲之真精神真思想’，诗歌这一文类首当其冲，被当作一种重铸国民灵魂的启蒙工具。梁启超的这篇文章（指《汗漫录》——引者注）并非一篇纯粹的诗界革命宣言，而是与改良主义者的‘革命’事业密切相关

[1] 梁启超：《汗漫录》，1900 年 2 月《清议报》第 35 册。

的。”[1]由此来看，革命在梁启超的话语现场中，是明显复义性的，既有精神（思想）革命的命义，又有政治革命的命义。

邹容在《革命军》（1903）一书中对革命的认知，就显示了革命在近现代形成的新意义的多维性：“革命者，天演之公例也；革命者，世界之公理也；革命者，争存争亡过度时代之要义也；革命者，顺乎天而应乎人也；革命者，去腐败而存良善者也；革命者，由野蛮而进文明者也；革命者，除奴隶而为主人者也。”[2]邹容把革命分为“平常”的革命和“非常”的革命。“上下古今，宗教道德，政治学术，一视一谛之微物，皆莫不数经革命之掏摝；过昨日，历今日，以象现现象于此也。”——这是革命之“平常者”。“一千六百八十八年英国之革命，一千七百七十五年美国之革命，一千八百七十年法国之革命，为世界应乎天而顺乎人之革命，去腐败而存良善之革命，由野蛮而进文明之革命，除奴隶而为主人之革命。”——这是革命之“非常者”。[3]他还赋予革命概念一个很平实的意蕴：“善而存之，不善而去之，美而存之，不美而去之，而此去存之一微识，即革命之旨所出也。”[4]

像梁启超、邹容这样对于革命的泛化或广义一面的认知，在当时并非独特的创新，这一方面源于他们（特别是梁启超）对于日文之革命的辨析、理解；另一方面，也是当时新学青年的广泛运用之现象的反响。“夫淘汰也，变革也，岂惟政治上为然耳，凡群治中一切万事万物莫不有焉。以日人之译名言

[1] 陈建华：《“革命”的现代性：中国革命话语考论》，上海古籍出版社2000年版，第15页。

[2] 周勇主编：《邹容与苏报案档案史料汇编》（上），重庆出版社2013年版，第394页。

[3] 同上。

[4] 同上。

之，则宗教有宗教之革命，道德有道德之革命，学术有学术之革命，文学有文学之革命，风俗有风俗之革命，产业有产业之革命。即今日中国新学小生之恒言，固有所谓经学革命、史学革命、文界革命、诗界革命、曲界革命、小说界革命、音乐界革命、文字革命等种种名词矣。”[1]

梁启超在《释革》一文中说：“革也者，天演界中不可逃避之公例也。”“人事淘汰，即革之义也。”[2]邹容在《革命军》中亦讲，“革命者，天演之公例也”“革命者，争存争亡过渡时代之要义也”。[3]林景商亦有诗云：“山人独立观天演，诗界新编革命军。”[4]这里的“天演”“淘汰”“争存争亡”均是当时盛行的达尔文进化论主张用语。1898 年，严复《天演论》[5]译作出版，此前此后“物竞天择，适者生存”的天演观点一时风行。从梁启超、邹容等对革命与天演之关系的理解来看，可以说，当时的达尔文进化论思想已经被许多知识界人士视为革命的理论基础了。

唯进化，才有未来。或许正是在这样的理论基础上，革命之于当时中国的根本性意义才被格外强调——“Revolution 之事业（即日人所谓革命，今我所谓变革），为今日救中国独

[1] 梁启超：《释革》，1902 年 12 月 14 日《新民丛报》第 22 号。

[2] 同上。引文中“淘汰”源于达尔文进化论，鲁迅亦曾有言“（生物——引者注）形变之因，本于淘汰，而淘汰原理，乃在争存，建‘淘汰论’，亦曰‘达尔文说’”（见《鲁迅全集》第 1 卷，人民文学出版社 2005 年版，第 13 页）。

[3] 周勇主编：《邹容与苏报案档案史料汇编》（上），重庆出版社 2013 年版，第 394 页。

[4] 潘飞声：《在山泉诗话校笺》，谢永芳、林傅滨校笺，人民文学出版社 2016 年版，第 167 页。

[5]《天演论》译自英国生物学家赫胥黎《进化论与伦理学》一书。这是一本宣传达尔文生物进化论思想的通俗读物，该书的前半部分讲进化论，后半部分讲伦理学，严复选译了部分导言和该书的前半部分。

一无二之法门。”[1]“我中国欲独立，不可不革命；我中国欲与世界列强并雄，不可不革命；我中国欲长存于二十世纪新世界上，不可不革命；我中国欲为地球上名国、地球上主人翁，不可不革命。”[2] 1905年，孙中山领导组织的中国革命同盟会（简称中国同盟会）成立，号召开展“政治革命”和“民族革命”。革命已不只是认识上的概念，也成为一种鲜明的实践范畴；而行动着的革命，无疑也进一步促进了革命思想的广泛传播。

中国现代文学观念即发生在这样一个革命的大氛围、大背景、大潮流、大话语场中，言其由革命思想分娩而出，在革命的胎胞之中孕育生长，应是不为言过其实的。

---

[1] 梁启超:《释革》，1902年12月14日《新民丛报》第22号。

[2] 周勇主编:《邹容与苏报案档案史料汇编》（上），重庆出版社2013年版，第393页。

二 文学革命

晚清诗界革命、小说界革命可谓中国现代文学革命之先声。诗界革命、小说界革命的发动，主要还是在于当时的知识界领袖对于诗歌、小说醒世新民等启蒙功能和力量的体认。康有为就曾指出："仅识字之人，有不读经，无有不读小说者，故《六经》不能教，当以小说教之；正史不能入，当以小说入之；语录不能谕，当以小说谕之；律例不能治，当以小说治之。"[1]梁启超也认为"小说有不可思议之力支配人道"，力倡小说界革命，呼吁"今日欲改良群治，必自小说界革命始；欲新民，必自新小说始"。[2]以诗界小说界革命推动新民、改良群治，在观念领域，一定程度上，预演了中国现代文学史的文学革命乃至其后的革命文学。

当然，文界革命、诗界革命、曲界革命、小说界革命诸概念虽在19世纪末被人们广泛提及，但真正现代意义上的文

[1]《康有为全集》第3集，上海古籍出版社1992年版，第1212页。

[2] 梁启超：《论小说与群治之关系》，1902年11月14日《新小说》第1号。

学革命却是始于1917年。1917年，胡适的《文学改良刍议》和陈独秀的《文学革命论》两篇文章提出了文学革命的主张，堪称文学革命的发轫之作，开启了中国新文学的历史进程。

1917年1月出版的《新青年》第2卷第5号，发表了胡适（当时尚在美国留学）的《文学改良刍议》，提出文学改良“须从八事入手”[1]。当年2月出版的《新青年》第2卷第6号，发表了陈独秀响应、声援胡适《文学改良刍议》而作的《文学革命论》，指出:“文学革命之气运，酝酿已非一日。其首举义旗之急先锋，则为吾友胡适。余甘冒全国学究之敌，高张‘文学革命军’大旗，以为吾友之声援。”[2]同年5月《新青年》发表了刘半农的《我之文学改良观》，文中称“文学改良之议，既由胡君适之提倡之于前，复由陈君独秀钱君玄同赞成之于后”[3]。第二年4月胡适又发表《建设的文学革命论》，文中把“八事”称作“八不主义”，言其为自己回国后“各处演说文学革命”的重要内容。[4]从这样的话语现场来看，文学改良跟文学革命是同等意义的范畴，文学改良即文学革命。改良与革命在这里并没有早前梁启超等人所理解的那些差异。

---

[1] 胡适:《文学改良刍议》,1917年1月1日《新青年》第2卷，第5号。文中有:“八事者何？一曰，须言之有物。二曰，不摹仿古人。三曰，须讲求文法。四曰，不作无病之呻吟。五曰，务去烂调套语。六曰，不用典。七曰，不讲对仗。八曰，不避俗字俗语。”

[2] 陈独秀:《文学革命论》，1917年2月1日《新青年》第2卷，第6号。

[3] 刘半农:《我之文学改良观》，1917年5月1日《新青年》第3卷，第3号。

[4] 胡适:《建设的文学革命论》，1918年4月15日《新青年》第4卷，第4号。文中“八不主义”即:“一，不做‘言之无物’的文字。二，不做‘无病呻吟’的文字。三，不用典。四，不用套语烂调。五，不重对偶:——文须废骈，诗须废律。六，不做不合文法的文字。七，不摹仿古人。八，不避俗语俗字。”胡适后来从语言是文学的工具的角度讲，新文学运动，在其现实性上就是白话文运动，是“文学工具革命”的运动，其他一些文学改革都是围绕这一“中心”进行的。（参看胡适:《中国新文学大系 · 建设理论集 · 导言》，上海良友图书印刷公司1935年版，第18页）

文学革命的革命是什么意思呢？陈独秀认为："欧语所谓革命者，为革故更新之义。与中土所谓朝代鼎革，绝不相类。"[1]文学革命的革命即为"欧语所谓革命"，有两层意思，一是革故（破坏），一是更新（建设）。他所主张的文学革命军"三大主义"，就是由革故（破坏）和更新（建设）两个方面内容所构成："（'文学革命军'大旗——引者注）旗上大书特书吾革命军三大主义。曰推倒雕琢的阿谀的贵族文学，建设平易的抒情的国民文学。曰推倒陈腐的铺张的古典文学，建设新鲜的立诚的写实文学。曰推倒迂晦的艰涩的山林文学，建设明了的通俗的社会文学。"[2]胡适在其《建设的文学革命论》一文中说，"我的'八不主义'，是单从消极的，破坏的一方面着想的"，"自从去年归国后，我在各处演说文学革命，便把这'八不主义'都改作了肯定的口气，又总括作四条"。"这是一半消极，一半积极的主张"。[3]革命：一方面，破坏、推倒、拆除；另一方面，更新、建设、创造。

那么，为什么要倡导文学革命呢？或者文学为什么要革命呢？陈独秀在《文学革命论》中有这样两段说明：

> 吾苟偷庸懦之国民，畏革命如蛇蝎，故政治界虽经三次革命，而黑暗未尝稍减。其原因之小部分，则为三次革命，皆虎头蛇尾，未能充分以鲜血洗净旧污。其大部分，则为盘踞吾人精神界根深底固之伦理道德文学艺术诸端，莫不黑幕层张，垢污深积，并此虎头蛇尾之革

---

[1] 陈独秀：《文学革命论》，1917年2月1日《新青年》第2卷，第6号。

[2] 同上。

[3] 胡适：《建设的文学革命论》，1918年4月15日《新青年》第4卷，第4号。文中"总括作四条"，"四条"为："一，要有话说，方才说话"；"二，有什么话，说什么话，话怎么说，就怎么说"；"三，要说我自己的话，别说别人的话"；"四，是什么时代的人，说什么时代的话"。

> 命而未有焉。此单独政治革命所以于吾之社会，不生若何变化，不收若何效果也。推其总因，乃在吾人疾视革命，不知其为开发文明之利器故。[1]
>
> ……今欲革新政治，势不得不革新盘踞于运用此政治者精神界之文学，使吾人不张目以观世界社会文学之趋势及时代之精神，日夜埋头故纸堆中，所目注心营者，不越帝王权贵鬼怪神仙与夫个人之穷通利达，以此而求革新文学革新政治，是缚手足而敌孟贲也。[2]

从陈独秀的观点看，提倡文学革命，就在于其可以在精神界为政治革命开辟道路、提供支援，甚或可以说，文学革命已经成了政治革命之一重要部分。这样的文学革命目的，与梁启超所倡导的诗界革命是非常近似的。这也为其后的文学革命向革命文学流变，埋下了伏笔。

文学革命的最直接的一个效果，就是新文学的分娩。这新文学就是“写实文学”“社会文学”[3]，是“国语的文学”[4]“白话文学”[5]，是“人的文学”[6]“平民文学”[7]，是“进化的文学”[8]。李大钊概括说：“我们所要求的新文学，是为社会写实的文学，不是为个人造名的文学；是以博爱心为基础的文学，不是以好名心为基础的文学；是为文学而创作的文学，不是为文学本身

[1] 陈独秀：《文学革命论》，1917 年 2 月 1 日《新青年》第 2 卷，第 6 号。
[2] 同上。
[3] 同上。
[4] 胡适：《建设的文学革命论》，1918 年 4 月 15 日《新青年》第 4 卷，第 4 号。
[5] 傅斯年：《怎样做白话文？》，1919 年 2 月 1 日《新潮》第 1 卷，第 2 号。
[6] 周作人：《人的文学》，1918 年 12 月 15 日《新青年》第 5 卷，第 6 号。
[7] 仲密：《平民文学》，1919 年 1 月 19 日《每周评论》第 5 号。（仲密，即周作人）
[8] 冰：《新旧文学平议之评议》，1920 年 1 月《小说月报》第 11 卷，第 1 号。（冰，即沈雁冰）

以外的什么东西而创作的文学。”[1] 沈雁冰认为：“新文学就是进化的文学。进化的文学有三件要素：一是普遍的性质；二是有表现人生指导人生的能力；三是为平民的非为一般特殊阶级的人的。唯其是要有普遍性的，所以我们要用语体来做；唯其是注重表现人生指导人生的，所以我们要注重思想，不重格式；唯其是为平民的，所以要有人道主义的精神，光明活泼的气象。”[2] 这些在文学革命后期对于文学革命成果的议论，既是对于新文学的更远的期待，其实也是对于前期经由文学革命而形成的新文学形态的总结。

1940 年 1 月，毛泽东在《新民主主义论》中指出：“五四运动所进行的文化革命则是彻底地反对封建文化的运动，自有中国历史以来，还没有过这样伟大而彻底的文化革命。当时以反对旧道德提倡新道德、反对旧文学提倡新文学为文化革命的两大旗帜，立下了伟大的功劳。这个文化运动，当时还没有可能普及到工农群众中去。它提出了‘平民文学’口号，但是当时的所谓‘平民’，实际上还只能限于城市小资产阶级和资产阶级的知识分子，即所谓市民阶级的知识分子。”[3] 这是从更宏大的背景中对文学革命及其历史意义的中肯评价。

出版于 1950 年的《新编新知识辞典》中的“文学革命”词条，这样概括了文学革命的历程并对之加以评价：“【文学革命】指中国的文学改革运动。1917 年胡适发表了一篇《文学改良刍议》，后又发表了《建设的文学革命论》，提出‘国语的文学，文学的国语’的口号，主张‘八不主义’。但他的主张只讲到文学形式的改良，且多偏于消极方面。同年 2 月，

[1] 守常：《什么是新文学》，1919 年 12 月 8 日《星期日》社会问题号。（守常，即李大钊）

[2] 冰：《新旧文学平议之评议》，1920 年 1 月《小说月报》第 11 卷，第 1 号。

[3]《毛泽东选集》第 2 卷，人民出版社 1991 年版，第 700 页。

陈独秀发表《文学革命论》，才提出了具体内容。后经各方讨论提倡，逐渐否定了封建意识的和古典的文学，而创作了许多资产阶级意识的白话的文学。这是新兴资产阶级反封建革命的精神产物。到了'五卅'时代，郭沫若等进一步提倡'革命文学'，其后瞿秋白等更提倡'大众文学'，才有了更加深入的发展。"[1]

"革命者，当革其精神，非革其形式。"[2]早在20世纪的最初几年，梁启超就曾指出"诗界革命"的弊病之一：只着眼于形式革新，有的甚至"以堆积满纸新名词为革命"。这个弊病在其后的文学革命思潮中是在逐渐被克服之中而始终未被完全克服的，以至于"革命"在这些文学主张和文学创作中有时成了形式化的"革命"、脱离革命实际的只停留在话语领域的"革命"。其后不久，革命文学思潮的兴起，显然对此具有反拨的意义。在一定程度上，也可以说，文学革命正是在革命文学中进一步深化和完成的。

[1]《新编新知识辞典》，上海北新书局1950年版，第95页。

[2] 梁启超：《饮冰室诗话》，人民文学出版社1959年版，第51页。

三 革命文学

作为一种文学思潮或文学运动，革命文学持续的时间大概是 1923 年至 1929 年间的几年。如果说文学革命侧重在对于文学本身进行革新，是文学语境中的革命的话；那么，革命文学则侧重在强调文学的革命功能，侧重在革命语境中的文学。文学革命的革命，可以理解为革新、改良，更侧重精神领域、思想领域的革命，文学革命的落脚点在文学。革命文学的革命，则重返政治革命、社会革命维度，呼唤一种革命精神，强调文学对于现实革命的反映与支援，革命文学的出发点和落脚点都在革命。可以说，“文学革命”是文学范围内的革命，“革命文学”是革命指挥棒下的文学。在那些主张“革命文学”的人看来，就是变“为文学而革命”为“为革命而文学”，相应文学的观念也发生了“由艺术的武器，到武器的艺术”的变化。[1] 李初梨就认为：“革命文学……必然地是

[1] 李初梨：《怎样地建设革命文学》，1928 年 2 月 15 日《文化批判》第 2 期。

无产阶级文学。”“无产阶级文学是：为完成他主体阶级的历史的使命，不是以观照的——表现的态度，而以无产阶级的阶级意识，产生出来的一种斗争的文学。”[1]

革命文学始于对革命与文学关系的探讨，结论主要有两个维度，一个是革命比文学更重要、更紧迫，文学家要投身社会革命、政治革命；一个是要为革命而文学，文学家只有参加实际革命，具有革命感情，才能创作出真正的革命文学。1923 年 5 月，郭沫若在《我们的文学新运动》一文中，呼吁文学家“彻底奋斗，做个纠纷的人生之战士与丑恶的社会交绥”，“要在文学之中爆发出无产阶级的精神”。[2]同年 11 月，秋士（即董秋斯）在文章中提出：“文学运动与实际运动哪一种急要？”他强调：“印度有了一个甘地，胜过一百个文学家的泰戈尔！”“你真热心于社会问题解决的事业么？朋友，快快抛去你锦绣之笔，离开你诗人之宫，诚心去寻实际运动的路径，脚踏实地一步一步走下去！”[3]鲁迅也说：“一首诗吓不走孙传芳，一炮就把孙传芳轰走了。”[4]中夏（即邓中夏）讲了两条，一是革命需要文学，“儆醒人们使他们有革命的自觉，和鼓吹人们使他们有革命的勇气，却不能不首先要激动他们的感情。激动感情的方法，或仗演说，或仗论文，然而文学却是最有效用的工具”。一是文学需要革命，“新诗人须从事革命的实际活动”，“如果一个诗人不亲历其境，那就他的作品总是揣测或幻想，不能深刻动人，此其一。如果你是坐在深阁安乐椅上做革命的诗歌，无论你的作品，辞藻是如何华

[1] 李初梨：《怎样地建设革命文学》，1928 年 2 月 15 日《文化批判》第 2 期。
[2] 郭沫若：《我们的文学新运动》，1923 年 5 月 27 日《创造周报》第 3 号。
[3] 秋士：《告研究文学的青年》，1923 年 11 月 17 日《中国青年》周刊第 5 期。
[4] 鲁迅：《革命时代的文学——四月八日在黄埔军官学校讲》，1927 年 6 月 12 日《黄埔生活》周刊第 4 期。

美，意思是如何正确，句调是如何铿锵，人家知道你是一个空嚷革命而不去实行的人，那就对于你的作品也不受什么深刻地感动了，此其二”。[1]代英（即恽代英）在关于“文学与革命”的通讯中写道：“自然是要先有革命的感情，才会有革命文学的。”“倘若你希望做一个革命文学家，你第一件事是要投身于革命事业，培养你的革命的感情。”[2]

在这样的话语现场，革命，显然就成了文学的本质所在，它内在地规定着作家和作品的倾向性，正如鲁迅所言：“我以为根本问题是在作者可是一个‘革命人’，倘是的，则无论写的是什么事件，用的是什么材料，即都是‘革命文学’。从喷泉里出来的都是水，从血管里出来的都是血。”[3]

鲁迅在谈“革命时代的文学”时，用了“大革命”和“小革命”的概念。鲁迅讲：“革命时代的文学和平时的文学不同，革命来了，文学就变换色彩。但大革命可以变换文学的色彩，小革命却不，因为不算什么革命，所以不能变换文学的色彩。”“其实‘革命’是并不稀奇的，惟其有了它，社会才会变革，人类才会进步，能从原虫到人类，从野蛮到文明，就因为没有一刻不在革命。”“凡是至今还未灭亡的民族，还都天天在努力革命，虽然往往不过是小革命。”[4]这里的“小革命”显然是指泛化所指的广义的革命而言的，指万事万物的变革、革新。而“大革命”则是专指剧烈的社会革命、政治革命。只有“大革命”才能给与文学以本质性影响，使其变换色彩。也只有“大革命”才能产生革命文学，“为革命起见，

❶ 中夏：《贡献于新诗人之前》，1923 年 12 月 22 日《中国青年》周刊第 10 期。
❷ 代英：《文学与革命（通讯）》，1924 年 5 月 17 日《中国青年》周刊第 31 期。
❸ 鲁迅：《革命文学》，1927 年 10 月 21 日《民众旬刊》第 5 期。
❹ 鲁迅：《革命时代的文学——四月八日在黄埔军官学校讲》，1927 年 6 月 12 日《黄埔生活》周刊第 4 期。

要有‘革命人’，‘革命文学’倒无须急急，革命人做出东西来，才是革命文学”[1]。

那么，如何确定革命文学的内涵呢？郭沫若在1926年5月发表的文章《革命与文学》中，提出了“文学是革命的函数”的著名论断。通过这一论断，郭沫若比较辩证地厘定了文学与革命的关系，并进一步明确了新的时代条件下，革命文学应有的内涵。他认为：

> 社会进化的过程中，每个时代都是不断地革命着前进的。每个时代都有每个时代的精神，时代精神一变，革命文学的内容便因之而一变。在这儿我可以得出一个数学的方式，便是：
>
> 革命文学 =F（时代精神）
>
> 更简单地表示的时候，便是：
>
> 文学 =F（革命）
>
> 这用言语来表现时，就是文学是革命的函数。文学的内容是跟着革命的意义转变的，革命的意义变了，文学便因之而变了。革命在这儿是自变数，文学是被变数，两个都是XYZ，两个都是不一定的。在第一个时代是革命的，在第二个时代又成为非革命的。在第一个时代是革命文学，在第二个时代又成为反革命的文学了。所以革命文学的这个名词虽然固定，而革命文学的内函是永不固定的。[2]

也正是以“文学是革命的函数”为方法论，郭沫若指出，

[1] 鲁迅:《革命时代的文学——四月八日在黄埔军官学校讲》，1927年6月12日《黄埔生活》周刊第4期。

[2] 郭沫若:《革命与文学》，1926年5月16日《创造月刊》第1卷，第3期。

对于“现世”的文学来说，“凡是表同情于无产阶级而且同时是反抗浪漫主义的便是革命文学”[1]。“同情”与“反抗”的措辞显示出倾向性或价值要素在革命文学中的重要地位。

蒋光慈的相关主张，也明确地表明革命文学是以确立倾向性与新价值为主要目的和追求的。他称：“革命文学应当是反个人主义的文学，它的主人翁应当是群众，而不是个人；它的倾向应当是集体主义，而不是个人主义。”“革命文学是以被压迫的群众做出发点的文学！/革命文学的第一个条件，是具有反抗一切旧势力的精神！/革命文学是反个人主义的文学！/革命文学是要认识现代的生活，而指示出一条改造社会的新路径！”[2]“假若他真是‘为革命而文学’的一个，他就应该干干净净地把从来他所有的一切布尔乔亚意德沃罗基完全地克服，牢牢地把握着无产阶级的世界观——战斗的唯物论，唯物的辩证法。”[3]

革命文学显然不是凭空产生的，也不是几个文学家、批评家随意捏造出来的。冯乃超在批评梁实秋的《文学与革命》[4]一文中的观点时，特别强调了“革命文学的必然性”，他指出：“民众正在‘水深火热’的压逼里面挣扎着的当今，又得了多次的革命行动的实际的经验。他们有反抗的感情，求解放的欲念，如荼如火的革命的思想。把这些感情，欲念，思想以具体的形象表现出来的就是艺术——文学——的任务，

[1] 郭沫若：《革命与文学》，1926年5月16日《创造月刊》第1卷，第3期。

[2] 蒋光慈：《关于革命文学》，1928年2月1日《太阳月刊》第2期。

[3] 李初梨：《怎样地建设革命文学》，1928年2月15日《文化批判》第2期。

[4] 梁实秋：《文学与革命》，1928年6月10日《新月》第1卷，第4期。文中主张：“在文学上讲，‘革命的文学’这个名词根本的就不能成立。在文学上，只有‘革命时期中的文学’，并无所谓‘革命的文学’。”“无论是文学或是革命，其中心均是个人主义的，均是崇拜英雄的，均是尊重天才的，与所谓的‘大多数’不发生若何关系。”“文学是没有阶级性的。”……

也是主张革命文学家的任务。”[1]这样在实际上就把革命文学发生的深厚的基础或土壤凸显了出来。

1928年初，“所谓革命文学的声浪，日渐高涨起来了”。“革命文学成为了一个时髦的名词，不但一般急激的文学青年，口口声声地呼喊革命文学，就是一般旧式的作家，无论在思想方面，他们是否是革命的同情者，也没有一个敢来公然反对”。[2]这样的高热度的话语场景持续大约不到两年，鲁迅在发表于1930年4月的杂文《我们要批评家》中指出：“看大概的情形（我们这里得不到确凿的统计），从去年以来，挂着‘革命的’的招牌的创作小说的读者已经减少，出版界的趋势，已在转向社会科学了。”[3]虽然作为思潮的革命文学已渐消退，但那些“坚实的，明白的”[4]革命文学创作及其理论主张依然倔强前行，先后发展出无产阶级（革命）文学、大众文艺、人民文艺，逐步成长为那个时代民族文学高耸的脊梁和坚挺的骨骼。

---

[1] 冯乃超：《冷静的头脑——评驳梁实秋的〈文学与革命〉》，1928年8月10日《创造月刊》第2卷，第1期。

[2] 蒋光慈：《关于革命文学》，1928年2月1日《太阳月刊》第2期。

[3] 鲁迅：《我们要批评家》，1930年6月1日《萌芽月刊》（《新地》）第1卷，第6期。

[4] 同上。

第二章

科学

KEXUE

胡适在1923年11月29日为《科学与人生观》一书所写的“序言”中说道：“这三十年来，有一个名词在国内几乎做到了无上尊严的地位：无论懂与不懂的人，无论守旧和维新的人，都不敢公然对他表示轻视或戏侮的态度。那个名词就是‘科学’。这样几乎全国一致的崇信，究竟有无价值，那是另一问题。我们至少可以说，自从中国讲变法维新以来，没有一个自命为新人物的人敢公然毁谤‘科学’的。”[1] 确乎如此，科学作为当时新知识分子的一种坚定信念，几乎影响到了当时意识形式的方方面面。比如，对于文学是一种科学的看法，如果不放到那个具体的现场或语境中几乎是难以理解的。文学是科学的观念表达了那个时代对于该时代文学的认识的深度和角度。科学作为“五四”启蒙精神的一面重要旗帜，其形上的超越性质常常是明显的，但人们对科学的认识和理解并不是同一的。科学，在那时的文学理论与批评话语现场，或被理解为求真精神，或被理解为认识事物的方法，或被视为一种客观理性的态度，或被视为单纯的自然科学，对于文学与科学的一途或殊途的判断正是基于这些认识的不同。而科学作为中国现代话语的核心范畴之一，其权威性、深刻性和丰富性都在于其作为时代精神赋能现代中国思想界的根本意义。

[1] 胡适：《〈科学与人生观〉· 序二》，见《科学与人生观（一）》，辽宁教育出版社1998年版，第9页。

一 何为『科学』

现代中国的“科学”一词，本由日语舶来，马西尼亦称之为“来自日语的原语汉字借词”[1]（中国唐宋时文献中的“科学”，是指科举之学或“分科举人之学”）。1874年，日本学者西周率先在《明六杂志》上将science译为“科学”，对其意义的理解“倾向于强调观察和实证的经验主义及其知识观与方法论”。此后，随着严复、康有为、梁启超等人的翻译著述，科学范畴在中国逐渐取代“格致”而普及为现代中国话语。[2]

陈独秀在《敬告青年》（1915）一文中写道：“科学者何？吾人对于事物之概念，综合客观之现象，诉之主观之理性而不矛盾之谓也。”“凡此无常识之思惟，无理由之信仰，欲根治之，厥维科学。夫以科学说明真理，事事求诸证实，较之想像武断之所为，其步度诚缓，然其步步皆踏实地，不若幻

---

1 ［意］马西尼：《现代汉语词汇的形成——19世纪汉语外来词研究》，黄河清译，汉语大词典出版社1997年版，第225页。

2 参看刘为民：《科学与现代中国文学》，安徽教育出版社2000年版，第13页。

想突飞者之终无寸进也。”[1] 可见，陈独秀的科学观重在强调科学的客观性、可验证性品质，以此来破除或矫正中国传统思维方式中的主观性和虚幻性。正是基于这种对科学的理解，陈独秀在《今日之教育方针》（1915）中称“写实主义”“自然主义”是“科学精神”在“美术”（含文学艺术）中的体现，他说：“此精神磅礴无所不至，见之伦理道德者，为乐利主义；见之政治者，为最大多数幸福主义；见之哲学者，曰经验论，曰唯物论；见之宗教者，曰无神论；见之美术者，曰写实主义，曰自然主义。”[2] 在《现代欧洲文艺谭》一文中谈及欧洲文学思潮演变时也说：“十九世纪之末，科学大兴……喧传欧土……文学艺术，亦顺此潮流，由理想主义再变为写实主义（Realism），更进而为自然主义（Naturalism）。”[3] 陈独秀并没有说文学是科学，他在这里把科学与文学上的写实主义、自然主义相对举，说明了科学（或科学精神）对于写实主义、自然主义文学的推动和决定性影响，写实主义、自然主义是科学精神在“美术”中的体现，科学精神在这样的表述中顺理成章地成为写实主义、自然主义文学的本质性要素。

与陈独秀对科学的理解着眼于科学的效应与影响不同，任鸿隽则把对科学的理解建立在方法上，也即科学得以以科学形态存在的过程方面。他在《说中国无科学之原因》一文中认为：“科学者，智识而有统系者之大名，就广义言之，凡智识之分别部居，以类相从，井然独绎一事物者，皆得谓之科学。自狭义言之，则智识之关于某一现象，其推理重实验，其察物有条贯，而又能分别关联抽举其大例者谓之科学。”“科

[1] 陈独秀：《敬告青年》，1915 年 9 月《青年杂志》第 1 卷，第 1 号。
[2] 陈独秀：《今日之教育方针》，1915 年 10 月《青年杂志》第 1 卷，第 2 号。
[3] 陈独秀：《现代欧洲文艺谭》，1915 年 11 月《青年杂志》第 1 卷，第 3 号。

学之本质不在物质，而在方法。”[1] 1919年任鸿隽在北京大学论理科的讲演《科学方法讲义》中说：“就实际上讲来，现在的学问，哪一种不带几分科学的色彩。如心理学，本来是个空空洞洞的学问，现在也变成了一种实验的科学。至如生计学……也由一种想当然的议论变成一种事实的数量的学问。社会学处处以统计为根本，以求社会上利病祸福的原则。……至于教育学，现在更是趋于实验的一方面。……就是现在写实的文学派，实用主义的哲学派，哪一件不是与科学方法有关系的？”[2]这里就暗含有“写实的文学派”也变成了“一种实验的科学”之意，而导致这种变化的关键就在于科学方法的使用。

科学对当时文学的影响大体看来有两个方面，即“崇实”“贵确”，这两个方面在任鸿隽对于科学精神的认识上均有体现。他在《科学精神论》中写道：“科学缘附于物质，而物质非即科学。”“科学受成于方法，而方法非即科学。”科学发生之“泉源”在于“科学精神”。“科学精神者何？求真理是已。”“科学精神在求真理，而真理之特征在有多数之事实为之左证。故言及科学精神，有不可不具之二要素。”一是“崇实”，“吾所谓实者，凡立一说，当根据事实，归纳群象，而不以称诵陈言，凭虚构造为能”。二是“贵确”，“吾所谓确。凡事当尽其详细底蕴，而不以模棱无畔岸之言自了是也”。[3]《晨报副镌》（此为报头名，报眉为《晨报附刊》）1922年5月17日至26日连载了钟衍林的长篇论文《科学与其价值》，该文称：“要知科学之真价，不在所得之结果，而在所用之

[1] 任鸿隽：《说中国无科学之原因》，1915年1月《科学》第1卷，第1期（创刊号）。

[2] 任鸿隽：《科学方法讲义》，1919年10月《科学》第4卷，第11期。

[3] 任鸿隽：《科学精神论》，1916年1月《科学》第2卷，第1期。

方法。”[1]“发明真理……即科学方法之精神所在也。”[2]这种把“崇实”“贵确”“求真理”“求真”“发明真理”视为科学精神的看法与把文学视为科学的观念在价值取向上是相一致的。

认为“科学之方法”就是一种“精神”，应“合科学之方法与精神二者为一谈”，由此明确完成了科学精神与科学方法的统一者是胡明复，他在《科学方法论一》一文中指出：“精神为方法之髓，而方法则精神之郛也。是以科学之精神，即科学方法之精神。”“科学方法之惟一精神，曰‘求真’。取广义言之，凡方法之可以致真者，皆得谓之科学的方法。”[3]然而胡明复的“求真”却并非“求真理”而是“求符合”，他认为：“科学之律例殆非真正之真理，盖吾人意象中之真正事物也。”“科学之目的无非欲于脑中构一简彻易通之意象的世界，以代表外方自然之真象，务求其毕肖而后已。”[4]但是，显然其“求符合”与“求真理”之间的相通之处也是明显的。而郁达夫在其《小说论》中的观点则道出了他对于文学上的“真理”之独特性的认识，他说：“自从文艺复兴以后的科学精神，浸入于近代人的心脑以后，小说作家注意于背景的真实现实之点，很明显的在诸作品中可以看出。”[5]“在小说上所说的真理Truth，是我们就日常的人生观察的结果，用科学的方法归纳或演绎起来，然后再加以作家主观的判断所得的一般公理。”[6]这里明显增加了主体参与的成分：求真所求的对象是“日常的

[1] 钟衍林：《科学与其价值》（连载），1922年5月17日《晨报副镌》。

[2] 钟衍林：《科学与其价值》（连载），1922年5月24日《晨报副镌》。

[3] 胡明复：《科学方法论一，科学方法与精神之大概及其实用》，1916年7月《科学》第2卷，第7期。

[4] 胡明复：《科学方法论二，科学之律例》，1916年9月《科学》第2卷，第9期。

[5]《小说论》1926年1月由上海光华书局初版，郁达夫：《艺文私见》，复旦大学出版社2004年版，第66页。

[6] 同上书，第52页。

人生”，而作为“真理”的“一般公理”之所得，却是由于附加了“作家主观的判断”。

任鸿隽于1918年节译了欧柏林大学教授梅加夫1917年在中国学生会的演说《科学与近世文明》，肯定了梅加夫的科学观，认为“其说颇足针发吾国人症结而药之”，译文中称，“所谓科学精神者无他，即凡事必加以试验，试之而善，则守之勿失；其审择所归，但以实效而不以俗情私意羼之，是也”。[1]由此可以看出，“凡事必加以试验”也是被作为“科学精神”而为当时的知识分子所接受和认同的，这一点对于人们文学活动的影响也是相当明显的。20世纪之初的白话文学，尤其是白话诗歌，正处在草创期，“凡事必加以试验”的“科学精神”发挥了明显的影响。瞿世英在《小说的研究》一文中介绍左拉的论文《实验小说》（Le Roman Exqérimental）的基本观点时写道：“他说一种以观察为根据的科学，与以实验为根据的科学不同。天文学是与化学是不同的。观察的人不过像照像师一样，将观察所得的现象，摄出影来。外面现象怎样，照出来的照片也怎样。丝毫不能改换的。但是实验便与此不同。先有一种假设，然后可以任意改变其实验的方法与条件看是否拿他先前所定的假设。实验不准，或者改换其假设，或再用别的方法来实验。”[2]这里的“实验”对象是文学描写的对象，而在现代中国文坛的与之类似的“实验”，其对象则是文学本身或文学描写的工具——白话语言。

比如，胡适就把他的新诗创作中白话的使用看作是一种科学试验，他在他的自传中说道：“在1916年的7月底，我便向我这些朋友写信说，白话也可以做诗，虽然以往没有太多

[1] 梅加夫：《科学与近世文明》，任鸿隽译，1918年12月《科学》第4卷，第4期。
[2] 瞿世英：《小说的研究》，1922年7月10日《小说月报》第13卷，第7号。

的白话诗，今后则可以多写，写得它多彩多姿。所以今日当务之急，便是我们自己认真着实从事写作‘白话诗’的试验。纵使我们失败一二次，乃至无数次，我们还是可以不断地试验下去，试验到最后证明白话究竟能不能做诗为止。因此在7月26日我就写了一封信给吾友任君，说：‘……文字者，文学之器也。我私心以为文言决不足为吾国将来文学之利器。施耐庵、曹雪芹诸人已实地证明作小说之利器在于白话，今尚需人实地试验白话是否可为韵文之利器耳……’”[1] 也许正是在这个用意上，胡适把自己的诗集定名为《尝试集》，他说：“这个诗集的名字也明显的表示出我是受杜威实验主义的影响。把实验主义的哲学理论应用到文学改良运动上面来。‘实验主义’告诉我，一切的理论都不过是一些假设而已；只有实践证明才是检验真理的唯一标准。同时要证明一个理论之是否有真理的唯一方法，也便是想出这个理论在实际运用上牵涉到各种情况；然后在实验中观察这一特殊理论是否能解决某一问题的初步困难，从而进一步找出一个原来所要寻找的解决方案。”[2] 把这本诗集作为“文学的实验主义”的理论假设的一种论证，“用一段实际试验来加以证明或反证”[3]。胡适在上面引文中提及的1916年7月26日给任叔永（即任鸿隽）的信中还写道：“总之，白话之能不能作诗，此一问题全待吾辈解决。解决之法，不在乞怜古人，谓古之所无，今必不可有，而在吾辈实地试验。一次‘完全失败’，何妨再来？若一次失败，

[1]《胡适的自传》，见陈金淦编《胡适研究资料》，北京十月文艺出版社1989年版，第243—244页。

[2] 同上书，第244页。

[3] 同上书，第245页。

便‘期期以为不可’，此岂科学的精神所许乎？”[1]这种“试验”方式是将白话作为对象，并以一种文学样式——诗歌作为假设性结论的，其科学性的特征在于作为“试验”的过程：文学创作活动在这里是以科学试验活动的面目出现的。

试验的目的不仅在于对可以有白话文学（尤其是白话诗）的假设的证明，而且还在于给新文学确立某种要求或标准。刘半农在《我之文学改良观》中认为，“文学本身亦为各种科学之一”。“文学既为一种完全独立之科学，即无论何事，当有一定之标准，不可随随便便含混过去。”[2]并从而对文学“形式上的事项”，包括“分段”“句逗与符号”“圈点”等，都做了规定。

当时，也有不少批评家从寻求文学的独特性上对文学与科学做了区分或说明它们的反对关系。郑振铎（即西谛）指出，文学与科学的不同在于：1. 文学是诉诸情绪的，而科学则是诉诸智慧的；2. 文学的价值和兴趣含于本身，科学的价值则存在于书中所含的真理，而不在书本自身。[3]既澄（即严既澄）则认为：“我们很可以相信文学永远不会自绝其生命而寄生于科学的身上。”“在文学界里，本来就没有要烦科学来插嘴的事情。哲学上的直觉（intuition），心理学上的内观（introspection），都是科学所极力排斥的，以为是毫无根据，不成方法的，然而这两种作用，在文学上，便占了重要的位置。想像是科学所轻视的，然而一入了文学界里，他就成了文学的主要原动力。文学可以和科学立于反对的地位，于此可见

[1] 胡适：《〈尝试集〉自序》，见陈金淦编《胡适研究资料》，北京十月文艺出版社 1989 年版，第 399 页。

[2] 刘半农：《我之文学改良观》，1917 年 5 月 1 日《新青年》第 3 卷，第 3 号。

[3] 西谛：《文学的定义》，1921 年 5 月《文学旬刊》第 1 号。

了。”[1]钱基博在其《现代中国文学史》中区分了文学与哲学科学的不同，他说：“文学与哲学科学不同：哲学解释自然／乃从自然之全体观察，复努力以求解释之。科学实验自然／乃为自然之部分的观察，以求实验而证明之。文学描写自然／科学家实验自然之时，必离我于自然，即以我为实验者之谓也。文学家描写自然之时，必融我如自然，即我与自然为一之谓也。”[2]流衍到1940年代，“哲学和科学以抽象的概念来说明真理，文学艺术则以具体的形象来表现真理”已经成了“通常的说法”[3]。

较早地从创作倾向上质疑或反对科学对于文学的影响的是郭沫若，他说：“自从近代科学发达以后，一切人文现象都受了它的影响，一部分的艺术家直接把科学的精神输入到艺术界来，提倡自然主义，提倡写实主义，提倡印象主义，他们的目标在求客观的真实，充到尽头处，不过把艺术弄成科学的侍女罢了。并且客观的真实，我们又何能求得呢……”[4]还有学者把科学纯粹认知为自然科学，并以之来观照文学与科学的差别，梁实秋就是如此。他认为：“科学的领域是有限制的……科学的对象是外界的自然现象，而人的精神方面的现象，不属于科学范围。”“科学研究的结果也许可以开辟一些新的文学的材料，也许可以令文学家对于一部分自然现象和社会现象得到较精明的认识，但如何使这些材料与认识成为文学，依然有赖于文学家之天才与技巧，非科学所得支配。”[5]由此出发当然就会得出文学与科学分途的结论。

---

[1] 既澄：《自然与神秘》，1922年6月《文学旬刊》第77号。

[2] 钱基博：《现代中国文学史 · 绪论》，中国人民大学出版社2004年版，第5页。

[3] 以群：《文学底基础知识》，生活书店1945年版（实际成书于1940年），第7页。

[4] 郭沫若：《印象与表现》，1923年12月30日《时事新报》副刊《艺术》第33期。

[5] 梁实秋：《偏见集》，南京正中书局1934年版，第134—135、140页。

二 科学作为文学的本质

文学是一种科学的观念在现代中国之所以为不少知识分子，尤其是文学批评家所认同，主要是在于科学理念及方法在文学上的使用对于克服当时文学创作上的严重缺陷或不足有着极为积极的意义，这也是当时知识分子鲜明问题意识的体现。科学精神在文学上的重要体现是自然主义，倡导文学的科学精神者，往往也倡导发展中国的自然主义文学。当然，这些倡导都是以问题意识作为前提和导因的。受科学主义影响，欧洲 19 世纪现实主义和自然主义强调观察和实证。强调文艺创作方法的“物理科学的准确性”[1]，要求“以自然科学家的身份”[2]去描写现实。左拉（Emile Zola，1840—1903）确立了自然主义的创作法则，宣称“文学由科学来确定”[3]，“自然

[1] 福楼拜语，引自［苏］米・贝京：《艺术与科学——问题・悖论・探索》，任光宣译，文化艺术出版社 1987 年版，第 134 页。

[2] 泰纳：《巴尔扎克论》，《古典文艺理论译丛》1957 年第 2 期，第 75 页。

[3] 左拉：《实验小说论》，《自然主义》，中国社会科学出版社 1988 年版，第 466 页。

主义……只是运用实验方法来研究自然和人”[1]，自然主义小说“是小说家借助观察而对人进行的一种真正的实验”[2]。他认为：“实验小说是本世纪科学发展的结果，它是生理学的继续并使之完整……”[3]显然，科学在左拉那里几乎就成了一种文学的本体性存在，本论文之所以重点考察我国现代的自然主义文学理论，就是在于这一理论是科学观念在文学观念中的最直接的实现。

茅盾在《自然主义与中国现代小说》一文中分析了为什么要在现代中国提倡文学的自然主义，现实针对性和问题意识都极为强烈。他首先指出了中国现代的旧派小说在技术方面“最大的共同的错误”和在思想方面的“最大的共同的错误”。他称技术上共同的错误是：

> （一）他们连小说重在描写都不知道，却以“记帐式”的叙述法来做小说，以至连篇累牍所载无非是“动作”的“清帐”，给现代感觉敏锐的人看了，只觉味同嚼蜡。
>
> （二）他们不知道客观的观察，只知主观的向壁虚造，以至名为“此实事也”的作品，亦满纸是虚伪做作的气味，而“实事”不能再现于读者的“心眼”之前。[4]

而思想上的最大的共同错误则是指“游戏的消遣的金钱主义的文学观念”。茅盾主张“须得提倡文学上的自然主义”就是除去这三层错误观念及其在创作实践上的体现。他认为

---

1. 左拉：《实验小说论》，《自然主义》，中国社会科学出版社1988年版，第492页。
2. 同上书，第471页。
3. 同上书，第479页。
4. 沈雁冰：《自然主义与中国现代小说》，1922年7月10日《小说月报》第13卷，第7号。

“客观描写与实地观察”是自然主义者的两件“法宝”和“工具”，而这两件“法宝”和“工具”在茅盾看来正是对当时的文学状况进行补偏救弊的良药，所以他说：“我们要从自然主义者学的，并不是定命论等等，乃是他们的客观描写与实地观察。”[1]

也正是从补偏救弊的立场出发，茅盾才花大笔墨阐发了自然主义的严格求真的态度和描写方法。他看到了自然主义者所追求的最大目标即是“真”，不真的就“不会美，不算善”。“他们以为文学的作用，一方要表现全体人生的真的普遍性，一方也要表现各个人生的真的特殊性，他们以为宇宙间森罗万象都受一个原则的支配，然而宇宙万物却又莫有二物绝对相同。世上没有绝对相同的两匹蝇，所以若求严格的‘真’，必须事事实地观察。这事事必先实地观察便是自然主义者共同信仰的主张。实地观察后以怎样的态度去描写呢？曹拉（即左拉——引者注）等人主张把所观察的照实描写出来，龚古尔兄弟等人主张把经过主观再反射出来的印象描写出来；前者是纯客观的态度，后者是加入些主观的。我们现在说自然主义是指前者。曹拉这种描写法，最大的好处是真实与细致。”[2]

在文章中茅盾还指出了自然主义和近代科学的关系，他说：“自然主义是经过近代科学的洗礼的；他的描写法，题材，以及思想，都和近代科学有关系——曹拉的巨著《鲁孔·玛加尔》，就是描写鲁孔·玛加尔一家的遗传，是以进化论为目的。莫泊三的《一生》，则于写遗传而外又描写环境支配个

[1] 沈雁冰：《自然主义与中国现代小说》，1922年7月10日《小说月报》第13卷，第7号。

[2] 同上。

人。意大利自然派的女小说家塞拉哇（Serao）的《病的心》（Cuore Infermo）是解剖意志薄弱的妇人的心理的。进化论，心理学，社会问题，道德问题，男女问题……都是自然派的题材：自然派作家大都研究过进化论和社会问题，霍普德曼在作自然主义戏曲以前，曾经热烈地读过达尔文的著作，马克司和圣西蒙的著作，就是一个现成的例。"可贵的是茅盾并没有停止于单纯理论上的介绍，他要从这种介绍中引出解决中国现代文学中现实问题的方案或对策。他不仅是介绍这理论是什么，怎么样，而且更重要的是要通过这理论来思考现实实践中文学创作者应该怎样做、需要怎样做。他明确指出："现在国内有志于新文学的人，都努力想作社会小说，想描写青年思想与老年思想的冲突，想描写社会的黑暗方面，然而仍不免于浅薄之讥，我以为都因作者未曾学自然派作者先事研究的缘故。作社会小说的未曾研究过社会问题，只凭一点'直觉'，难怪他用意不免浅薄了。想描写社会黑暗方面的人，很执着的只在'社会黑暗'四个字上做文章，一定不会做出好文章来的。我们应该学自然派作家，把科学上发见的原理应用到小说里，并该研究社会问题，男女问题，进化论种种学说。否则，恐怕没法免去内容单薄与用意浅显两个毛病。"[1]对"研究型"文学作品的提倡，可以说是茅盾以自然主义理论为解决现实文学创作弊端所开出的一剂良药，也是科学观念对于文学的影响的一个重要方面。

由于自然主义自身理论上的某些极端或偏失，当时也有文学评论者对自然主义主张提出质疑。针对这些质疑，茅盾作出了分析，他认为，对于自然主义本身不满意的论者，大

[1] 沈雁冰：《自然主义与中国现代小说》，1922 年 7 月 10 日《小说月报》第 13 卷，第 7 号。

都是“引用新浪漫派攻击自然主义的理论为据”，他们所持的理由，大约有两点：

> （一）自然主义者所主张的纯粹的客观描写法是不对的。因为文学上的描写，客观与主观——就是观察与想像——常常相辅为用，犹如车之两轮。太偏于主观，容易流于虚幻，诚如自然派所指摘，但是太偏于客观，便是把人生弄成死板的僵硬的了。文学的作用，一方是社会人生的表现，一方也是个人生命力的表现，若照自然派的主张，那就是取消了后者了。
>
> （二）自然主义者所主张的客观的观察法实在是蔽于主观的偏见，所以也是不对的。自然主义者主观的偏见先自肯定人生是丑恶的，从而去搜求客观丑恶相，结果只把人生看了一半；须知人生中是有丑有美的，自然派立意去寻丑，却不知道所见的只是一半。自然派虽自称为客观的观察，不涉一毫主见，其实完全是主观的观察，正与旧浪漫派同陷一失。[1]

茅盾指出：“这两条理由当然是强有力的；但只是两条理论而已，和我们讨论的实际问题不生关系。我们的实际问题是怎样补救我们的弱点，自然主义能应这要求，就可以提倡自然主义。参茸虽是大补之品，却不是和每个病人都相宜的。新浪漫主义在理论上或许是现在最圆满的，但是给未经自然主义洗礼，也叨不到浪漫主义余光的中国现代文坛，简直是等于向瞽者夸采色之美。采色虽然甚美，瞽者却一毫受用不得。”[2]这种以“实际问题”取舍理论的做法，在当时是有着

[1] 沈雁冰：《自然主义与中国现代小说》，1922年7月10日《小说月报》第13卷，第7号。

[2] 同上。

一定的代表性的，那个时代是要求理论必于实践上有所为的时代，理论家们要求借鉴的理论都是“医现实之病”的良方。茅盾对于自然主义的汲取，正是基于这样的立场。

更为详细地介绍西方自然主义文学的是徐蔚南的著作《文学的科学化》。徐蔚南直接把自然主义文学称为“科学化的”文学，认为巴尔扎克（Balzac，1799—1850）是小说科学化的“前锋”，他说:“巴尔若克（即巴尔扎克——引者注）想写一部‘人类的博物史’。他完全以科学的研究方法应用到小说上去，像科学者一般，无论逢着什么事，总不肯表示喜怒哀乐的感情，又极端地不下什么判断，照他看去，描写‘事实’，并将此事实分析分类，便是小说家的任务了。”“巴尔若克视人类全然与动物相同，不承认人类生活的自由，而欲以本能及外部的环境的影响来解释人类全部活动，它的巨大的小说集约有百卷的《人类戏曲》就是这种思想的结果。”[1]“巴尔若克之后以纯客观的态度作小说的，便是弗洛培尔（Flaubert，1821—1880），他公然地说作品的价值是与作品的客观性成正比例的。他的观察人生，务求入微穿细，不到透微的地步再也不肯罢休。说到一个人物时，他一定要把那人物的周围的影响，所受的感化，以及深入于那人物的本质的特性都拿出来，这正是科学者的态度……如《波伐利夫人》，以此妇人为代表而表示资产阶级妇人心理的典型，个别中间显示出类型来，类型中显示出个别来，这正是科学的方法。”[2]徐蔚南指出，小说科学化的倾向发展到左拉“竟更进一步了，简直要把弗洛培尔实验医学解剖中所论述的应用到小说上去；当时最流行的遗传论，他一把拿住，就作为写小说的

[1] 徐蔚南:《文学的科学化》，上海世界书局1927年版，第18页。

[2] 同上书，第20页。

内容。他的小说定名为自然主义（Naturalism）的道理，就是等于告诉人家说他要试一试纯粹科学化的小说了”。[1]

徐蔚南在著作中还概要介绍了左拉的科学化小说的方法，他写道：“照左拉所说，小说家是由观察家与实验家会合而成立的。小说家先聚集了许多的记录或事实，然后观察这种种的事实，然后把这种种事实的原状，一丝不改地写出来，定出一个出发点，定一个小说中的人物的进展以及事实的展开所必要的地盘，换句话说，就是定一个结构。嗣后，实验家的任务来了，他去组织‘实验’，就是去观察那一切的准备，使各种人物在一种特别的史事中转动，那史事不外是显示小说家所研究的事实的解释。”[2]“左拉那个时代，科学家和哲学家们（如 Ribot Renomior Baillarger 等）正热心于遗传现象的研究，大家竞争发表那关于遗传的新学说。”[3]他以《卢贡—马卡尔家族》（Les rougon-Macquart）为例，详细分析了左拉在创作中对遗传学理论的运用。徐蔚南的著述最突出的特点就是把自然主义的发展看作一个文学科学化的进程，从巴尔扎克到左拉，越发展，小说中科学化的要素或思维就越多，以至到了左拉几乎变成是“纯粹科学化”小说了。这样就更直接、更直观地揭示了科学与自然主义文学的关系及影响的渐进式发展：在巴尔扎克那里，科学只是作为文学的方法，福楼拜强调的是文学的科学性质，而到左拉那里，科学几乎已是作为文学的本体而存在了。

现代中国的文学批评家很多都是像茅盾那样把文学视为一种“研究”的，这既是一些人把文学看作科学的原因，同

[1] 徐蔚南：《文学的科学化》，上海世界书局1927年版，第21页。
[2] 同上书，第26—27页。
[3] 同上书，第32页。

时也是人们把文学看作科学的一个结果的原因。梁启超就认为:“科学的研究法,既已无论何种学问都广行应用,文学家自然也卷入这潮流,专用客观分析的方法来做基础。要而言之,自然派当科学万能时代,纯然成为一种科学的文学。他们有一个最重要的信条,说道‘即真即美’。他们把社会当作一个理科试验室,把人类的动作行为,当作一瓶一瓶的药料,他们就拿他分析化合起来。那些名著,就是极翔实极明了的试验成绩报告,又像在解剖室中,将人类心理层层解剖,纯用极严格极冷静的客观分析,不含分毫主观的感情作用。”[1]茅盾在1921年发表的文章《文学和人的关系及中国古来对于文学者身分的误认》中指出:“文学到现在也成了一种科学,有他研究的对象,便是人生——现代的人生;有他研究的工具,便是诗(poetry)剧本(drama)说部(fiction)。”[2]瞿世英在其文章《小说的研究》中也认为:“因自然科学与实证哲学之发达,文学亦受了绝大的影响。产生了自然主义的文学”,“将科学的研究法,运用于文学的创作。以研究自然现象的态度来研究人生”。[3]周作人在《平民文学》一文中说:“正同植物学应用在农业药物上一样,文学也须应用在人生上。”[4]显然也是把文学作为了一种学问。胡适也作过类似比方,他在《论短篇小说》(1918)中强调“用最经济的文学手段,描写事实中最精彩的一段,或一方面”时,打比方说:“譬如把大树的树身锯断,懂植物学的人看了树身的‘横断面’,数了树的

[1] 梁启超:《欧游心影录节录·文学的反射》(第13—14页),《饮冰室合集》第5册(专集之二十三),中华书局2015年版,第5699—5700页。

[2] 沈雁冰:《文学和人的关系及中国古来对于文学者身分的误认》,1921年1月《小说月报》第12卷,第1号。

[3] 瞿世英:《小说的研究》,1922年7月10日《小说月报》第13卷,第7号。

[4]《中国新文学大系·建设理论集》,上海良友图书印刷公司1935年版,第212页。

‘年轮’，便可知道这树的年纪，一人的生活，一国的历史，一个社会的变迁，都有一个‘纵剖面’和无数‘横截面’。”[1]

研究是为了了解，因为要了解，所以才需要研究。周作人在《妇女运动与常识》(1923)中写道:“……大家都做着人，却几乎都不知道自己是人;或者自以为是‘万物之灵’的人，却忘记了自己仍是一个生物。在这样的社会里，决不会发生真的自己的解放运动的，我相信必须个人对自己有了一种了解，才能立定主意去追求正当的人的生活。希腊哲人达勒思(Thales)的格言道‘知道你自己’(Gnōthi seauton)，可以说是最好的教训。”[2]陈钧在《小说通义》中说，小说创作“观察务真，一如科学之研究声光电化然。虽毫厘微末之间，亦必辨析精确。此种科学的精神，小说家所必备也。”[3]瞿世英也称:“文学以求真为其任务之一，所以现在的小说家不可无科学常识。科学的精神是巨细弥遗，所以现在的小说家在未下笔写小说以前，对于他所要写的，不可不有精细的观察与了解。”[4]了解人生需要研究人生，研究需要科学方法或科学精神，并且研究本身就是科学，而文学是“研究的工具”，这样，文学与科学之间关系的通径就被开辟出来了。

在现代中国从事文学批评的知识分子眼中，科学大多是作为一种时代精神而非作为具体的学术科目影响于文学的。茅盾在《文学与人生》一文中说:“时代精神支配着政治，哲

[1]《中国新文学大系·建设理论集》，上海良友图书印刷公司1935年版，第272—273页。

[2] 周作人:《谈虎集·妇女运动与常识》,《谈龙集 谈虎集》，岳麓书社1989年版，第241—242页。

[3] 陈钧:《小说通义》，1923年3月《文哲学报》第3期。

[4] 瞿世英:《小说的研究》，1922年7月10日《小说月报》第13卷，第7号。

学，文学，美术等等，犹影之与形。”[1]“近代西洋的文学是写实的，就因为近代的时代精神是科学的。科学的精神重在求真，故文艺亦以求真为唯一目的。科学家的态度重客观的观察，故文学也重客观的描写。”[2]吴云在《近代文学ABC》中也认为：“科学精神是形成近代精神的主要部分，哲学，宗教，文学无不受着科学精神的影响。所谓科学精神者，就是跟着自然科学勃兴而来的物质的，实际的思想。”[3]而傅斯年在其文章《文学革新申议》中更是强调了科学对文学影响的必然性，他写道：“西方学者有言，‘科学盛而文学衰’。此所谓文学者，古典文学也。人之精力有限，既用其精力于科学，又焉能分神于古典，故科学盛而文学衰者，势也。今后文学既非古典主义则不但不与科学作反比例，且可与科学作同一方向之消长焉。写实表象诸派，每利用科学之理，以造其文学，故其精神上之价值有迥非古典文学所能望其肩背者。方今科学输入中国，违反科学之文，势不能容，利用科学之文学，理必孳育。此则天演公理，非人力所能逆从者矣。”[4]成仿吾则指出，科学应该成为作家们的一种“素养”，他说：“我们要做一个文学家，我们要先有十分的科学与哲学上的素养。”[5]

在20世纪20年代对科学精神之于文学的影响做出积极与消极两方面较为中肯的判断的是瞿世英，他在《小说的研究》一文中指出：“科学精神对于小说至少有三种贡献，一小说家的材料增加了不少。小说家更学了一种新的方法。二小

[1] 沈雁冰：《文学与人生》，《中国新文学大系·文学论争集》，上海良友图书印刷公司1935年版，第151页。

[2] 同上书，第152页。

[3] 吴云：《近代文学ABC》，上海世界书局1928年版，第10页。

[4] 傅斯年：《文学革新申议》，《中国新文学大系·建设理论集》，上海良友图书印刷公司1935年版，第119页。

[5] 成仿吾：《新文学之使命》，1923年5月20日《创造周报》第2号。

说家因受了科学的濡浸，对于人生肯老老实实地写出来，不论是如何龌龊污秽，机械变诈都赤裸裸的写出来。这真是近代小说的特别优点。三因为科学发达，人们的世界观与人生观都改变了，于是小说家也不得不改其对于人生之见解，另从一个方面去观察人生。于是出产的作品也因以不同。”[1] 至于科学精神对于文学（尤其是小说）创作的负面影响，瞿世英也作了分析，他说：“文学因科学之发达亦有所失。小说家因为注重事实的缘故，想像因之受莫大的损失。因之失却精神的真理。”“其次科学精神常带有惟物的倾向，这种精神在左拉的话里已表现得很清楚了。但是人不是机械，人生不是机械的运动，科学顾得到知识却顾不到感情，顾到物质却顾不到精神。对于人生的一面固然很清楚，但对于人生的全部却遗漏了不少。便是人的心理活动，也用机械的心理学去看他。这是很容易减少人的同情的。这也是文学吃了科学的亏。”[2] 虽然如此，但在总体上，瞿世英还是认为，“利害相权起来，科学对于小说究竟是好是歹正不易说。但我总以为利多害少”。[3]

1940 年代，人们在文学与科学的关系的认识上，承接 1920、1930 年代的观点，有了比较全面、稳定、清晰和深入的看法，王西彦在《文学、科学、哲学》中的认识具有相当的代表性。他认为：“人类的一切活动，无论是肉体的或是精神的，它们发生的最初，都是为了一定的实用的目的。不待说，文学（或者说广义的艺术）和科学的发生，也莫不是为了人类在实际生活上的需求。”[4] 文学和科学二者最初是“不可

[1] 瞿世英：《小说的研究》，1922 年 7 月 10 日《小说月报》第 13 卷，第 7 号。
[2] 同上。
[3] 同上。
[4] 王西彦：《文学、科学、哲学》，上海中华书局 1949 年版，第 7 页。

分”的。[1]王西彦进一步分析了文学与科学的共性，他称：文学和科学，在求真这一点上，二者的任务相同。[2]“而且，求真的第一步，无论文学和科学，都是认识。”“为了能够对自然得到正确而深刻的认识，应该对自然现象加以考察、比较、分析、综合……因此，我们可以断定，文学和科学二者，同是我们人类认识和探究自然现象的真理和本质的重要手段；同时，二者认识自然的方法，也有相同的地方。”[3]王著对文学与科学相异点的分析主要着眼于二者不同的思维方式或认识过程。他说，文学和科学虽然“都必须经过思索的历程”，但科学的认识过程是“从自然现象之中，归纳出一个普遍化的概念”，“抛弃原来的个别的事物，增加概念的抽象性，形成所谓‘抽象概念’”；而文学的认识过程则是“概念和个别事物紧紧结合起来，从而使个别事物凝成一体，集中起个别事物的特征，形成所谓‘具体现象’”。[4]王西彦还通过文学表现与科学表达的差异对比，突出了文学表现的特点：因为文学形象“主要的是诉之于感觉作用的”，所以文学创作“必须随着把概念转化为形象的途径进行”；而科学“主要的是诉之于思维作用的”，因此直接用概念表达即可。文学“以代表抽象概念的文字去表现具体的形象”，较之科学之“用概念表现概念”要困难得多。另一方面，“我们人类以感觉接受具体形象，比较以思维接受抽象的概念，要来得容易”，因此，文学表现较之科学表达更具强力和普遍性。[5]

---

[1] 王西彦:《文学、科学、哲学》，上海中华书局 1949 年版，第 8 页。

[2] 同上书，第 19 页。

[3] 同上书，第 20—21 页。

[4] 同上书，第 23 页。

[5] 同上书，第 26 页。

三 『科玄论战』钩沉

1923年，由北京大学教授张君劢在清华大学作的题为《人生观》的讲演和地质学家丁文江反驳张君劢观点的文章《玄学与科学》所引发的“科玄论战”（又称“科学与人生观论战”）中，有一些具体观点也涉及文学与科学的关系问题，比如文学是不是科学，比如胡适之讲《红楼梦》是不是科学等，但这些观念多是在概念与逻辑之间进行的抽象的说理、思辨和演绎，针对现实的问题意识较为淡化。自然，文学与科学的关系并非“科玄论战”的重点，且谈及这一点时大多也是举例而言，因而这方面的主张也往往容易被人们所忽略和淡忘。但这次论战所呈现出来的相关主张，却从一个方面确定了科学区别于文学的性质，对于定型中国现代话语体系中科学的内涵具有一定意义。

“科玄论战”的首倡者张君劢在其讲演《人生观》中以文学艺术的例子来说明科学与世界观的不同，表明他认为文学是属于人生观范畴的，并且与科学在本性上是两途的。张君劢认为科学与人生观有五点不同:“第一，科学为客观的，人生观为主观的。”“第二，科学为论理的方法所支配，而人生观则起于直觉。”“第三，科学可以以分析方法下手，而人生观则为综合的。”“第四，科学为因果律所支配，而人生观则为自由意志的。”“第五，科学起于对象之相同现象，而人生观起于人格之单一性。”[1]虽然张君劢只是就第五点不同举了文学的例子，他说:“哥德（Goethe）之《佛乌斯脱》（Faust），但丁（Dante）之《神曲》（Divine Comedy），沙士比尔（Shakespeare）之剧本，华格那（Wagner）之音乐，虽主张精神分析或智慧测验者，恐亦无法以解释其由来矣。盖人生观者，特殊的也，个性的也，有一而无二者也。见于甲者，不得而求之于乙；见于乙者，不得而求之于丙。”[2]但总体看来，他的科学与人生观之不同的分析，同样都是可以以之来分析科学与文学的不同的。可见，张君劢强调的是文学与科学的差异点，主张文学非但不是科学，反而是与科学相对立的。这一观点成为“科玄论战”中其他赞同张君劢者思考文学与科学关系时的一个基本考量。

林宰平在《读丁在君先生的〈玄学与科学〉》一文中认为:“乌尔夫（Wolff）主张凡用科学方法所研究者，皆可谓为‘科学的’，然严格说来，科学的究不是科学，换句话说:就是科学方法，究不是科学自身。”[3]“若谓绘画等虽不能说他即是几何学，然他既是应用科学的方法，总可谓之科学，其实这句话只可说:绘画等也未尝不可用科学的方法来研究，至于

[1] 张君劢:《人生观》，见《科学与人生观（一）》，辽宁教育出版社 1998 年版，第 31—34 页。

[2] 同上书，第 34 页。

[3] 林宰平:《读丁在君先生的〈玄学与科学〉》，见《科学与人生观（一）》，辽宁教育出版社 1998 年版，第 146 页。

绘画自身，他是整的，调和的，活的，不可分析的；音乐也是如此，要说他是科学，就很费解的了。”[1]唐钺在文章《科学的范围》中说：“林先生（指林宰平——引者注）既然承认绘画可以用科学方法来研究，那末，当然可以有绘画的科学——即关于绘画的事实之科学的研究。这个绘画的科学，与绘画自身——即艺术品的创造——不是不相容的东西。至于绘画自身，虽然应用科学如透视学等，而实在是艺术，从来没有人称他做科学。林先生说这样称说是‘费解的’，我还要说，不特费解，而且是不通。以上的话，推之其他艺术也是一样。关于这一点，林先生同我的意见实际上没有差异。”[2]范寿康在《评所谓“科学与玄学之争”》一文中也对此进行了辨析，他说：“第一，科学既是一种学问，那末学问自然不应该和艺术、宗教混为一谈。我们用科学方法研究艺术或宗教的时候，我们固然可以称这一种科学做艺术学或宗教学，但是断不能称应用科学方法的艺术或宗教（假使有这一种艺术或宗教）做科学。”“第二，科学方法虽是科学的本质，但我以为丁氏决不会把科学方法就看做科学。科学方法是一种研究方法，科学是应用这一种研究方法而成立的学问。研究方法和应用这种研究方法的学问当然是不同的。”[3]

看来，他们在反对说艺术（包括文学）是科学方面并没有什么分歧，他们关于艺术和学问之关系的看法也大抵都是承认艺术（包括文学）中有学问或者艺术可以使用科学方法，

[1] 林宰平：《读丁在君先生的〈玄学与科学〉》，见《科学与人生观（一）》，辽宁教育出版社 1998 年版，第 146—147 页。

[2] 唐钺：《科学的范围》，见《科学与人生观（二）》，辽宁教育出版社 1998 年版，第 264 页。

[3] 范寿康：《评所谓“科学与玄学之争”》，见《科学与人生观（二）》，辽宁教育出版社 1998 年版，第 293 页。

但又都坚信艺术（包括文学）不是学问、不是科学。这显然与我们前面所述的由现实问题、科学精神出发而论文学与科学的关系大有不同，这里是由纯概念和作为“学问”的科学出发的研究和认识，看来，出发点的不同正是导致在理解文学与科学关系上的差异的一个重要原因。

当时在论战中，关于胡适之讲《红楼梦》是否科学也是一个颇有意味的话题，丁文江是问题的引发者，他在《玄学与科学——评张君劢的〈人生观〉》一文中说：“科学的目的是要屏除个人主观的成见，——人生观最大的障碍——求人人所能共认的真理。科学的方法是辨别事实的真伪，把真事实取出来详细的分类，然后求他们的秩序关系，想一种最简单明了的话来概括他。所以科学的万能，科学的普遍，科学的贯通，不在他的材料，在他的方法。安因斯坦谈相对论是科学，詹姆士讲心理学是科学，梁任公讲历史研究法，胡适之讲《红楼梦》，也是科学。”[1] 林宰平在《读丁在君先生的〈玄学与科学〉》一文中反驳丁文江的看法，他讲：“但是在君先生又说‘科学不在他的材料，而在他的方法’，那么无论什么材料，都可作为科学对象，妖怪学等等又何尝不可称为科学呢？总之，凡主张科学方法与科学不分者，当然弄成‘胡适之讲《红楼梦》也是科学’，其结果必至天地间无一不是科学罢了。”[2] 唐钺则在《科学的范围》一文中又反驳林宰平说：“林先生以为丁先生说‘胡适之讲《红楼梦》，也是科学’，是可笑的话。其实没有甚么可笑的，假如胡先生的讲《红楼梦》，是用真正科学方法以求得关于此书的事实，那当然是科

[1] 丁文江：《玄学与科学——评张君劢的〈人生观〉》，见《科学与人生观（一）》，辽宁教育出版社 1998 年版，第 49 页。

[2] 林宰平：《读丁在君先生的〈玄学与科学〉》，见《科学与人生观（一）》，辽宁教育出版社 1998 年版，第 147 页。

学；假如他不过说欣赏的话头，那就不是科学。讲《红楼梦》之是否科学，要看他所用的方法怎样，不能因为讲的是《红楼梦》，而说他不是科学。”“我的浅见，以为天地间所有现象，都是科学的材料。天地间有鱼，我们就有鱼学。天地间有艺术，我们就可以有艺术学。天地间有宗教，我们就可以有宗教学。……说艺术宗教的科学的研究是科学，不是说艺术宗教就是科学，同说鱼的科学研究是科学，不是说鱼就是科学一样。”[1]

这里的丁文江认为，文学比如《红楼梦》，可以成为科学的对象，因而胡适之讲《红楼梦》是科学；唐钺也认为文学虽然不就是科学，但对于文学的研究却可以是科学，因而他赞同胡适之讲《红楼梦》是科学；林宰平则非但否认文学是科学，而且认为文学也不是科学的对象，对于文学的研究也不是科学，所以他说胡适之讲《红楼梦》不能成其为科学。林宰平的观点当然可算是一家之言，但其举称妖怪学为科学的荒谬来否定胡适之讲《红楼梦》是科学，则显然是非常主观的判断，因为文学并不等同于妖怪，而文学学亦不能与妖怪学对举。

[1] 唐钺:《科学的范围》，见《科学与人生观（二）》，辽宁教育出版社 1998 年版，第 264 页。

第三章

物

WU

1917年1月1日，《新青年》第2卷第5号发表了胡适的著名论文《文学改良刍议》，文中提出了文学改良的八项主张，即其所谓的“八事”，其第一事便是“须言之有物”，在该文中，可以看出胡适是把这一事作为了最为基础和最为根本的一事来论述的，可视为他对文学本质的基本看法之一。“须言之有物”之“物”就是“言”的对象，也即被语言所描述的对象。[1]在中国现代文论史上，作为文学之“言”的对象的有想像（想象、理想）、时代、人生、情绪（情感）、感情、思想等等。我国近现代学者中视“物”为文学本质者较早的是王国维，他在《文学小言》（1906）中说：“文学中有二原质焉：曰景，曰情。前者以描写自然及人生之事实为主，后者则吾人对此种事实之精神的态度也。”[2]像这样将文学描写的对象或内容（即“物”）作为文学之“质”所在者渐成我国现代文学本质观话语体系的一脉传统。

---

[1] 陈独秀1916年10月1日在答胡适之的信中，曾对胡适提出的“言之有物”提出质疑，认为：“若专求‘言之有物’，其流弊将毋同于‘文以载道’之说？以文学为手段为器物，必附他物以生存。”（《独秀文存》，安徽人民出版社1987年版，第636页）后曾毅致信陈独秀对此作出辩解，称：“足下主张写实，写实即有物，有物即有道。”（同上书，第684页）1917年4月1日，陈独秀在答曾毅书中说：“尊意谓道即理即物，亦即思想之内容，此盖‘道’字之广义的解释，仆所极以为然者也。”（同上书，第681页）看来，从广义的角度，即“言之有物”在“物”作为思想内容而言，当时学者的意见还是相对一致的。

[2] 王国维：《文学小言》，《王国维论学集》，中国社会科学出版社1997年版，第311页。

一 想像（想象）·理想

胡适在《文学改良刍议》（1917）一文中写道：

吾国近世文学之大病，在于言之无物。今人徒知“言之无文，行之不远”，而不知言之无物，又何用文为乎。吾所谓“物”，非古人所谓“文以载道”之说也。吾所谓“物”，约有二事。（一）情感 《诗序》曰，“情动于中而形诸言。言之不足，故嗟叹之。嗟叹之不足，故咏歌之。咏歌之不足，不知手之舞之，足之蹈之也。”此吾所谓情感也。情感者，文学之灵魂。文学而无情感，如人之无魂，木偶而已。行尸走肉而已（今人所谓“美感”者，亦情感之一也）。

（二）思想 吾所谓“思想”，盖兼见地、识力、理想三者而言之。思想不必皆赖文学而传，而文学以有思想而益贵。思想亦以有文学的价值而益贵也。此庄周之文，渊明老杜之诗，稼轩之词，施耐庵之小说，所以绝千古也。

思想之在文学，犹脑筋之在人身。人不能思想，则虽面目姣好，虽能笑啼感觉，亦何足取哉。文学亦犹是尔。

文学无此二物，便如无灵魂无脑筋之美人，虽有秾丽富厚之外观，抑亦末矣。近世文人沾沾于声调字句之间，既无高远之思想，又无真挚之情感，文学之衰微，此其大因矣。此文胜之害，所谓言之无物者是也。欲救此弊，宜以质救之。质者何。情与思二者而已。[1]

斯洛伐克著名汉学家玛利安·高利克在其著作《中国现代文学批评发生史（1917—1930）》中谈到胡适的文学批评时引述了上面这几段文字，高利克认为："尽管原则上只有感情和思想[2]才能构成胡适的文学观点和理论的基础，他还是在他的文学概念里添加了想像的因素。不过，他认为想像来自他所说的'物'[3]。"[4]高利克说"想像"来自胡适所说的"物"，其实就把"想像"排除到"物"外了，根据笔者对所掌握的材料的分析来看，这是高利克对于胡适文中的"物"概念的误读。胡适的"物"概念本身就包含有"想像"，"想像"就是"思想"中所包含的"理想"，也即胡适所说的"物"之一种。在当时胡适的文章中常常用到的"理想"一词，大都是"想像"之意。笔者推测引文中的"所谓思想，盖兼见

[1] 胡适:《文学改良刍议》，1917年1月1日《新青年》第2卷，第5号。

[2] 胡适:《文学改良刍议》，见《中国新文学大系》第1卷，第35页。——引文原注。(《中国新文学大系》第1卷，应为第1集，"建设理论集"，由胡适编选，上海良友图书印刷公司1935年版)

[3] 胡适:《建设的文学革命论》，见《中国新文学大系》第1卷，第136—137页。——引文原注。(《中国新文学大系》第1卷，应为第1集，"建设理论集"，由胡适编选，上海良友图书印刷公司1935年版)

[4]［斯洛伐克］玛利安·高利克:《中国现代文学批评发生史（1917—1930）》（中文版），陈圣生、华利荣、张林杰、丁信善译，社会科学文献出版社1997年版，第9页。

地、识力和理想三者而言”中的“理想”其实应是“想像”（imagination），这一点在胡适的《建设的文学革命论》一文中可以找到佐证。他在该文中谈“文学的方法”的第一步，即“集收材料的方法”时认为：“要用周密的理想作观察经验的补助。实地的观察和个人的经验，固是极重要，但是也不能全靠这两件。例如施耐庵若单靠观察和经验，决不能做出一部《水浒传》。个人所经验的，所观察的，究竟有限。所以必须有活泼精细的理想（imagination），把观察经验的材料，一一的体会出来，一一的整理如式，一一的组织完全；从已知的推想到未知的，从经验过的推想到不曾经验过的，从可观察的推想到不可观察的。这才是文学家的本领。”[1]

毫无疑问，这段文字中的“理想”就是“想像”（imagination），高利克就是据此说认为胡适在文学概念里添加了想像的因素，其实并非添加，而是本来就有的。若仔细分析起来，胡适“思想”概念的三个方面“见地、识力和理想”和“集收材料”的三个方面颇相对应。胡适认为收集材料应有三个方面：“（甲）推广材料的区域”，“（乙）注重实地的观察和个人的经验”，“（丙）要用周密的理想作观察经验的补助”。[2]（甲）（乙）两点对应考验的是“见地”和“识力”，而（丙）考验的则是“理想”。由此看，胡适“思想”一词所包含的“理想”是与“想像”的意思更为接近的。

胡适在其他用到“理想”一词的地方还有许多，比如：

> 1. ……并且要他知道这不是美国风，只是诗人的理想境界。（《评新诗集》）[3]

❶ 胡适：《建设的文学革命论》，1918 年 4 月 15 日《新青年》第 4 卷，第 4 号。
❷ 同上。
❸ 胡适：《胡适书评序跋集》，岳麓书社 1987 年版，第 38 页。

> 2. 传说的屈原，若真有其人，必不曾生在秦汉以前。……“屈原”明明是一个理想的忠臣，但这种忠臣在汉以前是不会发生的，因为战国时代不会有这种奇怪的君臣观念。(《读〈楚辞〉》)[1]
>
> 3. 女儿国是李汝珍理想中女权伸张的一个乌托邦，那是无可疑的。但他又写出一个黑齿国，那又是他理想中女子教育发达的一个乌托邦。(《〈镜花缘〉的引论》)[2]
>
> 4. 曹雪芹肯直写他和他的家庭的罪恶，而文铁仙却不但不肯写他家所以败落的原因，还要有全力描写一个理想的圆满的家庭。……他不肯老实描写那些“以往之过”，偏要虚构一个理想的家庭来“抒其未遂之志”。(《〈儿女英雄传〉序》)[3]

以上文中使用的“理想”一词，表面看来理解为“理想”（ideal），似乎也都是讲得通的，但结合具体语境来研判，则理解为“想像”（imagination）更显得契合。因为这样的“理想”大都具有明显的“非经验”“非实在”性，都或多或少地带有指涉“虚构”“虚幻”特质。而在当时，不对应“想像”意义的“理想”则更多地显示为至高无上，或完美至堪为楷模的终极目的或目标。比如，“文学……不但是以往时间的出品，并且是最高理想的策源”（罗家伦：《什么是文学？——文学界说》）[4]；“在中国文学中，想得上文所说理想的平民文学，原极为难”（仲密：《平民文学》）[5]；“歌人的理想是闲雅，俳人

[1] 胡适：《胡适书评序跋集》，岳麓书社 1987 年版，第 46 页。
[2] 同上书，第 69 页。
[3] 同上书，第 162 页。
[4] 罗家伦：《什么是文学？——文学界说》，1919 年 2 月 1 日《新潮》第 1 卷，第 2 号。
[5] 仲密（周作人）：《平民文学》，1919 年 1 月 19 日《每周评论》第 5 号。

的理想是洒脱、幽玄、静寂”（成仿吾:《诗之防御战》）[1]；等等。这样的“理想”虽也是“非经验”性概念，但使用者往往并不对此特点加以强调或加以特殊指涉。

在“理想”一词的用法上与胡适相似的有朱光潜等。朱光潜在《给青年的十二封信》之九《谈情与理》中写道:“我所以不满意张东荪、杜亚泉诸先生的学说者，就因为他们既没有把规范和事实分别清楚，而又想离开事实，只凭自家理想去订规范。”[2]这里的“理想”也显然就是“想像”的同义语。朱光潜在《无言之美》(1924)一文中对“理想界”的描述，也使人们感到他的“理想”是与“想像”更为接近的，他说:“现实界处处有障碍有限制，理想界是天空任鸟飞，极空阔极自由的。现实界不可以造空中楼阁，理想界是可以造空中楼阁的。现实界没有尽善尽美，理想界是有尽善尽美的。”[3]这样的“理想界”其实就是“想像界”，也正是在这个意义上，才可以理解朱光潜所说的“想像作用的结果就是一个理想世界”。[4]

我国现代文学理论与批评中，使用外来词很多，这些词的翻译当时在每个译者或使用者那里都是很不统一的，并且与今人的翻译或今人的理解出入也很大，比如“imagination”在胡适那里用作“理想”，但在其他许多译者那里就是直接用作“想像”的。又比如，“style”，“五四”时期译作“体裁”[5]，不同于今天的译成“风格”；“taste”，译为“风格”，不同于

[1] 成仿吾:《诗之防御战》，1923年5月13日《创造周报》第1号。

[2]《朱光潜全集》第1卷，安徽教育出版社1987年版，第41页。

[3] 同上书，第67页。

[4] 同上书，第69页。

[5] 罗家伦曾将style译作“体性”，他说:“style字，昔译作‘体裁’，今译作‘体性’似较妥当。”见罗家伦:《驳胡先骕君的中国文学改良论》，1919年5月1日《新潮》第1卷，第5号。

今天的译为“趣味”。这样的情况就往往会给人们对这些词的词义的区分、判断带来阻碍和困难，是值得研究者加以注意的。

我们理解了胡适文章中的“理想”跟“想像”之间的关联，才能够进一步理解胡适所说的“思想”概念并非只包含了抽象的“见地”和“识力”，还包含有“想像”的意义层面，而这一层面是更接近于我们今天的对于文学性的理解的。

其实，在现代文学理论与批评文章中，像胡适那样把“想像”包蕴于“思想”中的情况是并不多见的。1919年2月罗家伦在发表于《新潮》杂志上的《什么是文学？——文学界说》一文中就是把“思想”和“想像”两个概念并列来谈的，把思想和想像并称为文学的要素。他在文章中对“想像”的描述是：“想像是文学里最重要的要素。文学家论一件事，说一件事，总要设身处地的设想；以自己的想像唤起他人的想像，使读者脑筋里仿佛有一幅图画，也如身历其境一样。”[1]这样的描述无疑使“想像”具有了自己独立的特质。“想像”之所以被包蕴于“思想”，是人们在广义的意义上使用思想的缘故。如傅斯年所说：“思想原有广狭两层意思，狭意的就是心理学上所谓‘思想’，广意的就是心理的总称。”[2]“心理的总称”当然要包括“想像”于其中了。而茅盾则把“想象”作为浪漫（romantic）文学创作的原则，他说：“观察（observation）和想象（imagination）是文学的两大原则，自然派文学只重观察，在当时原可补救浪漫文学只重想象的偏失；但就文学全部看来，过犹不及。”[3]

[1] 罗家伦：《什么是文学？——文学界说》，1919年2月1日《新潮》第1卷，第2号。

[2] 傅斯年：《白话文学与心理的改革》，1919年5月1日《新潮》第1卷，第5号。

[3] 沈雁冰：《为新文学研究者进一解》，1920年9月15日《改造》第3卷，第1号。

在中国现代的许多文学理论著作中，都是把“想像”概念作为文学的一个基本的要素来论述的，王森然在其著作《文学新论》中就对“想像（imagination）”概念有比较细致的分析，他写道：“我们知道文学之所以称为文学，必有动人的情感，可是究竟用什么方法动人的感情呢？这种操纵文学上的感情的力量，叫做想像。想像可以从两方面看：其一关于实行……情绪的客观化的方法的心的作用，其一是受入那被客观化的情绪上的心的作用。”[1] 王森然还区分了“想像”与“空想”的差别，并由此说明了作为“文学的要素”的“想像”的结构或构成，他说：“世人往往把想像与空想混而为一，其实是完全不同的。想像是以过去种种的经验为基础，从中抽象了一部分及一种性质，把他选择，结合之后来再构成了新者的一种创造作用。至于空想，却不是经过这正确的顺序的创造作用。为文学的要素而应重视的，不是空想，乃是想像。所以文学家的想像，必须具有二步手续。第一步具有种种原质，这原质为完成想像的第一步，这叫做散体。第二步须有组织力，这组织将所有的原质构成一具体的东西，这叫做聚体。”[2] 最后，王森然还讲到了“情感”“思想”与“想像”的相互推助的作用和意义：“想像常与情感相连，所以高深的想像，常与情性共同发达，想像也常与思想相密合，所以深邃的思想，必能发出广博有力的想像。”[3] 到1940年代，文学理论研究者已开始使用“想像”概念来作为判断作品优劣的指标

[1] 王森然：《文学新论》，上海光华书局 1930 年版，第 131 页。

[2] 同上书，第 132 页。马仲叔在其《文学概论》（现代书局 1930 年版）里也区分了想像与空想，他说：“想像与空想不同。空想只是不依照经验的妄念。文学之能动人，全在作者的想像力如何。描写手腕的高妙和不高妙，就看那作品里的所给予的想像是不是令作者领会到一个‘境界’。”

[3] 王森然：《文学新论》，上海光华书局 1930 年版，第 134 页。

之一，在朱志泰、顾仲彝合著的《文学概论》里就称："好的作品都是想像（imagination）丰富的。作者用想像来发挥他的情感和思想是最为生动的，如果不用想像来开拓写作的疆界，我们无论写小说或诗歌都要觉得非常枯涩了。富于想像，才能有所创造……"[1]这里强调了"想像"对于文学性的贡献或意义——丰富的"想像"就是文学性之所在。"想像"于此不仅是文学写作的对象，而且是文学写作的一种主体活动，更是文学的一种不可或缺的本质属性。

与"想像"相关的是茅盾的"意象"概念，茅盾在《告有志研究文学者》一文中给文学的定义是："文学是我们的意象的集团之借文字而表现者，这种意象是先经过了我们的审美观念的整理与调谐（即自己批评）而保存下来的。"[2]"意象"在此成为文学表现的对象。那么什么是意象呢？茅盾解释说："意象可说是外物（有质的或抽象的）投射于我们的意识镜上所起的影子；只要我们的意识镜是对着外物，而外物又是不息的在流转在变动，则我们意识界内的意象亦必不断的生出来，而且自在地结合，自在地消散。"[3]这里的"外物（有质的或抽象的）投射于我们的意识镜上所起的影子"无疑正是想像功能的实现，可以说是想像的结果，或者说它就是作为结果性名词的"想像"。

[1] 朱志泰、顾仲彝：《文学概论》，永祥印书馆1945年版，第8页。
[2] 沈雁冰：《告有志研究文学者》，1925年7月5日《学生杂志》第12卷，第7号。
[3] 同上。

二 时代·人生

1921年2月，茅盾在《新文学研究者的责任与努力》（作者署名“郎损”）一文中说：“大文豪的著作差不多篇篇都带着他的个性；一篇一篇反映着他生活史中各时期的境遇的。”[1]在同年7月发表的文章《社会背景与创作》中，他评价匈牙利诗人的“怀念祖国的古代文化和爱国主义的思想”时指出：“这也是从社会背景自然产生的结果，正可作‘文学是时代反映’的强硬证据了。”他还说：“真的文学也只是反映时代的文学。”[2]在同时发表的《创作的前途》一文中，茅盾鲜明地指出：“文学是时代的反映，社会背景的图画。”[3]初版于1925年10月的马宗霍所著《文学概论》中也有“时代影响于文学，文学常为时代之反映，故亦随时代为转移……”[4]之语。

---

❶ 郎损:《新文学研究者的责任与努力》,1921年2月10日《小说月报》第12卷，第2号。

❷ 郎损:《社会背景与创作》，1921年7月10日《小说月报》第12卷，第7号。

❸ 沈雁冰:《P创作的前途》，1921年7月10日《小说月报》第12卷，第7号。

❹ 马宗霍:《文学概论》，商务印书馆1925年版，第73页。

正如郑振铎指出的，“文学是时代的反映”是当时文学研究会的“共同的见解”。[1]这一概念在此表达的是文学与时代之间的一种关系，即时代对文学的对象性支配关系。“文学是时代的反映”到后来演变为“文学是生活的反映”，或者在文学理论中将“文学是时代的反映”简单地等同于“文学是生活的反映”来使用，这些其实都是很不确切的，原因在于当时人们对“时代”这一概念的理解远不同于“生活”。茅盾在发表于1923年的《文学与人生》中指出：“时代。这字或是译得不好。英文叫epoch，连时代的思潮，社会情形等都包括在内。或者说时势，比较近些。我们现在大家都知道有‘时代精神’这一句话。时代精神支配着政治，哲学，文学，美术等等，犹影之与形。各时代的作家所以各有不同的面目，是时代精神的缘故；同一时代的作家所以必有共同一致的倾向，也是时代精神的缘故。自然也有例外，但大体总是如此的。我们常听人说：两汉有两汉的文风，魏晋有魏晋的文风……就是因为两汉有两汉的时代精神，魏晋有魏晋的时代精神。”[2]

“文学是时代的反映”这一命题中“时代”[3]的意思不仅仅是指纯粹客观的现实，而更多的、更重要的是指某一时期的领风气之先、居先导地位的精神倾向或风尚。认为文学是这一精神倾向或风尚的反映，这更多的其实就是指对社会现实背景中的主体精神状况的反映。这与后来的“文学是现实的

[1] 郑振铎：《中国新文学大系·文学论争集·导言》，良友图书公司1935年版，第10页。

[2] 沈雁冰：《文学与人生》，原载松江暑期演讲会《学术演讲录》第1期，1923年出版；见《茅盾文艺杂论集（上集）》，上海文艺出版社1981年版，第112—113页。

[3] “时代”的英文是epoch，常常是指（新）纪元、（新）时代，更强调“新”，强调对于社会等的革新性和开辟性，社会等也由于这样的革新性和开辟性而进入崭新的阶段。

反映”或“文学是社会生活的反映”有很大不同：文学是现实或生活的反映，意指反映的内容范围；而文学是时代的反映则是着意在文学所体现的精神。若从文学是现实的反映的角度来看，现实主义或写实主义就是指文学作品以现实为内容；若以“文学反映时代”的角度来看则现实主义或写实主义都是体现了科学的求真精神。显然，“文学反映时代”或“文学是时代的反映”比较起“文学反映现实生活”或“文学是生活的反映”来，具有更强烈的社会实践性质。我们只有理解到这一点，才能真正把握“文学是时代的反映”这一命题在当时所具有的参与社会变革的重要意义。

“文学是时代的反映”命题，作为文学研究会的“共同的见解”，这在当时的另一个意义是表明我国的五四新文学由“新青年派”的主要关注形式方面转到文学研究会的主要关注新文学的内容方面的问题了。[1]

“文学乃是人类生活状态的一种记载，人类生活随时代变迁，故文学也随时代变迁，故一代有一代的文学”[2]的观念，在当时的中国先进知识分子思想中几成不刊之论。成仿吾在

[1] “在文学上，新青年派（在这方面，它是那时候的主角）所提出的许多口号都是属于形式方面的，他们的‘新文学’的建设纲领并没有详细指出在新的形式之下该有怎样新的内容。至多不过说‘新文学’应该是平民的，真实情绪的，现代生活的反映（我们要注意，这所说平民，其实就等于布尔乔亚）。”“文学研究会，首先成立的一个文学者的团体，向来是并无什么具体主张的，此时该研究会在上海的分子（虽然并不是全然一致）开始讨论到‘新文学’的内容以及问题（就是认为‘五四’期所遗下的关于内容的纲领——完全资产阶级性的，已经不能满足），高呼着我们的文学者应该把被压迫者的血与泪来充实作品的内容了。他们反对那不为人生及社会服务的纯艺术派的文学，他们反对‘近代人的颓废’。”以上见丙申（即茅盾）：《“五四”运动的检讨——马克思主义文艺理论研究会报告》，1931年8月5日《文学导报》第1卷，第2期。

[2] 胡适：《文学进化观念与戏剧改良》，1918年10月15日《新青年》第5卷，第4号。

《新文学之使命》一文中认为文学有三种使命[1]，第一位的便是文学对于时代的使命。他说道："我们是时代潮流中的一泡，我们所创造出来的东西，自然免不了要有他的时代的彩色。然而我们不当止于无意识地为时代排演，我们要进而把住时代，有意识地将他表现出来。我们的时代，他的生活，他的思想，我们要用强有力的方法表现出来，使一般的人对于自己的生活有一种回想的机会与评判的可能。"[2]

与"时代"同样重要的一个概念是"人生"（life）[3]，与"文学是时代的反映"同样重要的一个命题是"文学是人生的表现"。郑振铎在《新文学观的建设》一文中径直地把文学看作是"人生的自然的呼声"。[4]茅盾则一贯地主张"文学是人生的真实的反映"，文学"真实地表现人生"。[5]也有不少学者或文学家主张文学"是批评人生解释人生的"，称"小说是人生的一部或一片段的图画"。[6]

从晚清到"五四"，人们对文学（主要是小说）价值（作用于社会的功能）的判断的出发点发生了一个变化，即从主要由文学（小说）对人和社会所产生的影响与效果出发，转向了由文学（内容）自身与人和社会的关系出发。梁启超之所以极力推崇小说（政治小说），就在于他看到了小说对于人和社会的作用力，他认为："西国教科之书最盛，而出以游戏小说者尤夥。故日本之变法，赖俚歌与小说之力，盖以悦童

[1] 这三种使命分别是："1. 对于时代的使命，2. 对于国语的使命，3. 文学本身的使命。"见成仿吾：《新文学之使命》，1923年5月20日《创造周报》第2号。

[2] 成仿吾：《新文学之使命》，1923年5月20日《创造周报》第2号。

[3] 近代王国维在《〈红楼梦〉评论》中已有关于"人生""生活"之本质与"美术"之目的相关联的论述，可参看。

[4] 西谛：《新文学观的建设》，1922年5月11日《文学旬刊》第37期。

[5] 沈雁冰：《文学者的新使命》，1925年9月13日《文学周报》第190期。

[6] 瞿世英：《小说的研究》，1922年7月10日《小说月报》第13卷，第7号。

子以导愚氓，未有善于是者也。他国且然，况我支那之民不识字者十人而六，其仅识字而未解文法者又四人而三乎！”[1] 他之所以要“新一国之小说”，乃是因为他觉得通过“新一国之小说”可以有“新一国之民”的效果和影响。[2]“五四”时期的知识分子早期也大都重视文学的这种启蒙效果，鲁迅在《〈呐喊〉自序》（写于 1922 年 12 月 3 日）中谈到自己做弃医从文的选择时说：“……从那一回以后，我便觉得医学并非一件紧要事，凡是愚弱的国民，即使体格如何健全，如何茁壮，也只能做毫无意义的示众的材料和看客，病死多少是不必以为不幸的。所以我们的第一要著，是在改变他们的精神，而善于改变精神的是，我那时以为当然要推文艺，于是想提倡文艺运动了。”[3] 这种情况在当时的知识分子中是有着一定的代表性的。

“五四”以后，尤其是那时的一些文学批评或理论家便由大多着眼于文学的社会影响转向了大多着眼于文学本身，从文学的内容本身出发来判断文学对于社会的作用和功能。正是由于这一转向，才有了“人生”概念的广泛使用，文学为人生或“为人生而艺术”在“五四”以后的一段时期内基本上形成了文学上的一个主潮。周作人是较早倡导“人生的文学”的作家之一，他早在他的《人的文学》中就指出，人的文学应该是人间本位主义的，要拒斥人的神性、兽性，还人以恰如其分的“人间性”。他还在一次演讲中给“人生的文

---

[1] 梁启超：《〈蒙学报〉〈演义报〉合叙》，载《时务报》第 44 册，光绪二十三年十月十一日（1897 年 11 月 5 日）出刊。

[2] 梁启超：《论小说与群治之关系》，刊于1902年11月14日《新小说》杂志首期。《新小说》（梁启超创办）1902 年 11 月 14 日（光绪二十八年十月十五日）创刊于日本横滨。

[3]《鲁迅全集》第 1 卷，人民文学出版社 2005 年版，第 438—439 页。

学”下了这样一个定义：人生的文学“就是个人以人类之一的资格，用艺术的方法表现个人的感情。代表人类的意志，有影响于人间生活幸福的文学”[1]。他从两方面来说明人生的文学是怎样的：“一、这文学是人性的；不是兽性的，也不是神性的。二、这文学是人类的，也是个人的；却不是种族的，国家的，乡土及家族的。”[2]如果说周作人更多的是从文学本身的性质来谈论“人生”的话，那么茅盾就更多的是由文学的对象（或影响文学的因素）出发来看待“人生”了，他讲：“西洋研究文学者有一句最普通的标语：是‘文学是人生的反映（reflection）’，人们怎样生活，社会怎样情形，文学就把那种种反映出来。譬如人生是个杯子，文学就是杯子在镜子里的影子。所以可说‘文学的背景是社会的’。‘背景’就是所从发的地方。”[3]在茅盾看来，人生是文学所表现的内容，人生就是人的生活、社会的情形，包括人种、环境、时代、作家的人格等等方面。[4]这样看来，当时人们所谓的“人生”概念的内涵是非常丰富的。

茅盾显然是对“人生”概念论及较多的批评家。他在《现在文学家的责任是什么？》（作者署名“佩韦”）一文中指出：“文学是为表现人生而作的。文学家所欲表现的人生，决不是一人一家的人生，乃是一社会一民族的人生。不过描写全社会的病根而欲以文学小说或剧本的形式出之，便不得不请出几个人来做代表。他们描写的虽只是一二人、一二家，而他们在描写之前所研究的一定是全社会、全民族。从这里

[1] 周作人：《新文学的要求》（1920年1月6日在北平少年学会的讲演），见郑振铎：《中国新文学大系 · 文学论争集》，良友图书公司1935年版，第144页。
[2] 同上书，第142页。
[3] 沈雁冰：《文学与人生》，见郑振铎：《中国新文学大系 · 文学论争集》，良友图书公司1935年版，第150页。
[4] 同上书，第150—152页。

研究得普遍的弱点，用文字描写出来，这才是表现人生的文学；这是现在研究文学的人不可不知道的。”[1] 在时隔一年发表的另一篇文章中，他写道：“文学者表现的人生应该是全人类的生活，用艺术的手段表现出来，没有一毫私心不存一些主观。自然，文学作品中的人也有思想，也有情感，但这些思想和情感一定确是属于民众的，属于全人类的，而不是作者个人的。”[2] 显然，“人生”，在茅盾看来，是一个普遍性概念，并且是一个内在性很强的概念，它需要认真、深入地研究才能被把握到——人生不是现象，而是本质。

在当时大多的知识分子那里，“人生”概念最基本的意义指向还是“社会”，比如鲁迅在写于 1925 年 7 月 22 日的杂文《论睁了眼看》中就指出：“中国的文人，对于人生，——至少是对于社会现象，向来就多没有正视的勇气。”[3] 这就意味着在鲁迅看来，“社会现象”是“人生”的最为基本的方面。在这篇文章中，鲁迅还说：“中国人向来因为不敢正视人生，只好瞒和骗，由此也生出瞒和骗的文艺来，由这文艺，更令中国人更深地陷入瞒和骗的大泽中，甚而至于已经自己不觉得。世界日日改变，我们的作家取下假面，真诚地，深入地，大胆地看取人生并且写出他的血和肉来的时候早到了；早就应该有一片崭新的文场，早就应该有几个凶猛的闯将！”[4] 可见，鲁迅虽然认为“人生”是“社会现象”，但他所说的“人生”却不仅仅是“现象”，他也强调人生的“内在性”或者说本质

---

[1] 佩韦：《现在文学家的责任是什么？》，1920 年 1 月 10 日《东方杂志》第 17 卷，第 1 期。

[2] 沈雁冰：《文学和人的关系及中国古来对于文学者身分的误认》，1921 年 1 月 10 日《小说月报》第 12 卷，第 1 期。

[3]《鲁迅全集》第 1 卷，人民文学出版社 2005 年版，第 251 页。

[4] 同上书，第 254—255 页。

性。所以他要求“真诚地”“深入地”“看取”。

王森然在其著作《文学新论》中认为:“经验亦是文学上的重要要素,故真文学必具有经验,经验即是人生;换言之,即我们日常的活动。所以要描写生动有势的文学,非把我们真实的人生,赤裸裸地表现出来,不能算为最高文学。”“经验和……感情,想像,思想极有关系,因为感情,想像,思想各要素中都含有经验,是以经验愈丰富,情感愈浓挚,想像愈真切,思想愈发达。”[1]王森然把“人生”视为“经验”,并进而视之为“我们日常的活动”,显然他所理解的“人生”还只是表层的、现象层面的。但这种认识在当时却也是有着相当的代表性的。

值得说明的一点是,中国现代文学理论与批评界虽然有些人不赞同甚至批评“人生派”,但却是不反对甚至是肯定或赞成“为人生”或“为人生的艺术”的。郭沫若在《艺术家与革命家》一文中指出,“艺术之艺术”的主张者“他们是以人生奉献于艺术,自己膜拜自己泥塑的菩萨。其实任何艺术没有不和人生发生关系的事”。[2]在另一篇文章中,郭沫若说:“我不反对艺术的功利性,但我对于艺术上的功利主义的动机说,是有所抵触的。或许有人会说我是甚么艺术派,但我更是不承认艺术中可以划分出甚么人生派与艺术派的人。艺术与人生,只是一个晶球的两面。和人生无关系的艺术不是艺术,和艺术无关系的人生是徒然的人生。”[3]夏丏尊在《文艺论ABC》(1928)一书中也指出:“人生派的所谓‘人生’者往

---

[1] 王森然:《文学新论》,上海光华书局1930年版,第138—139页。

[2] 郭沫若:《艺术家与革命家》,《沫若文集》(10),人民文学出版社1959年版,第76页。

[3] 郭沫若:《论国内的评坛及我对于创作上的态度》,《沫若文集》(10),人民文学出版社1959年版,第107页。

往只是‘功利’，因此其所谓‘为人生的艺术’者，结果只是‘为功利的艺术’而已。人生原有许多方面，把人生只从功利方面解释，不许越出一步，这不消说是一种褊狭之见。”他从而认为艺术派与人生派都是“为人生的艺术”，二者“相差只是意义的广狭的罢了”，“这两派的纠纷，问题似只在‘人生’二字的解释上”。“人生是多元的，人的生活有若干的方面，故有若干的对象。知识生活的对象是‘真’，道德生活的对象是‘善’，艺术生活的对象是‘美’。我不如艺术派所说，相信‘美’与‘善’无关，是独立的东西，但亦不能承认人生派的主张，把‘美’只认为‘善’的奴仆。我相信文艺对人有用处，但不赞成把文艺流于浅薄的实用。”[1]

郁达夫在其著作《文学概说》(1927)中，专门讲到了“生活与艺术”的关系，“生活”在该著里是与“人生”相等同的概念。郁达夫认为要想理解什么是“生活”，就必先理解什么是“生”。他说，“生”是一种力量，“是造成一切存在，一切现象的原动力”，“我们的一切要求，都因为我们的‘生’的原因而来的”。[2]“我们一般的人，大约生存在这世上的人，无论何人，总有一种想把这世上的生存继续下去的心思。这一种冲动，这一种内部的要求，想来是谁也不能否定的罢。我们非但想把这生存继续下去，同时且更有想使这生存强固扩充的心思，所以我们的生存在世上，实在是这一种内部的要求反动的结果。这内部的要求，就是‘生’的力量，生物

❶ 夏丏尊:《文艺论 ABC》，世界书局 1928 年初版。此处引文据《夏丏尊文集》，浙江文艺出版社 1983 版，第 131—132 页。

❷ 郁达夫:《文学概说》，上海商务印书馆 1927 年初版。此处引文据《艺文私见》，复旦大学出版社 2004 年版，第 1 页。

学者称他为本能。"[1] 但郁达夫并非完全从生物学的角度去理解"本能"，他说："从心理的进化方面来说，'生'就是使无意识的活动变为有意识的，有意识的活动变为反省的，反省的活动变为道德的活动的动机。这就是'生'这一个力量所有的动向。总之'生'的动向，是使人类一步一步从不完全的路上走向完全的路上去。""所以'生'这一个力量是如此的表现在我们的存在之中。组成人类社会的我们个人，以'生'的力量的原因，得保持我们的存在，所以我们的存在，就是'生'的力量的具象化。我们在表面上虽则好像是个个独立生活在这儿，但实际上我们不过是一种假象，我们的背后，有这一种'生'的力量隐存在那儿。"[2]"生活"就是"生"的表现，而包括文学作品在内的艺术品则是"生"的表现的表现，是"第二次的表现"。[3] 郁达夫的这种见解在当时可以说是比较独特新颖的一种。

"人生"范畴发展到1930年代以后，跟"时代"范畴一样，逐渐被"生活"概念所替代。胡风在《文艺与生活》一文中认为："文艺是从生活产生出来的。"[4]"文艺是反映生活的。"[5] 然而，胡风仿佛把"生活"看作是一个更为基本的理论范畴，他以之来说明"为人生"的艺术与"为艺术"的艺术都是从"生活"（或"实际生活"）中产生出来的。他说："在中国，新文学运动底开始就发生了为人生而艺术和为艺术而艺术的争论。主张为人生而艺术的人们说，文艺应该描写现

[1] 郁达夫：《文学概说》，上海商务印书馆1927年初版。此处引文据《艺文私见》，复旦大学出版社2004年版，第1—2页。

[2] 同上书，第2页。

[3] 同上书，第2页、第5页。

[4] 胡风：《文学与生活 · 密云期风习小记》，人民文学出版社2001年版，第4页。

[5] 同上书，第13页。

实生活，尤其是现实生活底黑暗、痛苦、残酷、等等……不用说，为人生而艺术的主张明显地说明了它是由于生活底需要，说明了文艺应该附属在生活下面，说明了在帝国主义和封建势力统治下的半殖民地中国底黑暗人生，需要作家们摘发，暴露，控告。”[1]而“为艺术而艺术的主张者却以为文艺底目的只应该是创造作者底理想的境界，美的境界，作者应该表现的是他自己底热情、幻想、信仰，等等”。为艺术而艺术的主张“主要地表现了新兴资产阶级底主观的气魄，例如自由，奔放，热情，幻想；一句话，个人主义的精神在文艺上的表现。所以，如果说为艺术而艺术的主张不过是由于少数人的主观偶感，和当时的社会背景没有关系，那就不能够说明这种主张为什么能够成为一种运动，为什么能够发生了广大的影响，因而也就不能够达到对于这种主张的正确的批判”。“所以我们说，文艺是从实际生活产生出来的。”[2]

[1] 胡风：《文学与生活 · 密云期风习小记》，人民文学出版社 2001 年版，第 6 页。
[2] 同上书，第 6—7 页。

三

情绪·情感（感情）

情绪与情感（感情）两个概念在不少现代中国文学理论或批评家那里是混用的，是没有什么差别的，大致也都可以用来翻译英文词 emotion。成仿吾在《诗之防御战》一文中认为："文学的目的是对于一种心或物的现象之情感的传达，而不是关于他的理智的报告……文学始终是以情感为生命的，情感便是他的终始。至少对于诗歌我们可以这样说。不仅诗的全体要以他所传达的情绪之深浅决定他的优劣，而且一字一句亦必以情感的贫富为选择的标准。"[1] 成仿吾在此就是将作为文学对象的"情感"视为文学之本质的，并且在该文的不少地方"情感"与"情绪"是换用的，"情绪"即"情感"。

方光焘在发表于《创造月刊》的《文学与情绪》一文中认为："哲学是诉诸理知的；而文学却是诉诸情绪的东西。"他文章里引用了 Winchester 和 Stopford Brooke 的话："Winchester

[1] 成仿吾：《诗之防御战》，1923 年 5 月 13 日《创造周报》第 1 号。

曾说过：‘使一书得到永久的兴味，而且因此具备着文学的特质的，就是诉诸情绪的力。’（It is the power to appeal to the emotion, that gives a book permanent interest, and consequently literary quality）所以文学第一首先应得具备诉诸情绪的力。”[1]（“力”表示文学作品里面所表现的东西“有感动人心的性质”[2]）“《失乐园》不是科学，也不是哲学；所以称谓文学也就因了诉诸情绪的性质而断定的。”[3]“Stopford Brooke 也说过：‘有才智的男女，所书写出的感情思想，能给读者以快感地，排列着的东西’，（The written thoughts and feelings of intelligent men and women, arranged in a way that gives pleasure to the reader），便是文学。”[4]这里值得注意的是方光焘以“情绪”翻译 emotion，而以“感情”翻译 feelings。由此可见二者的细微差别。

王森然 1930 年代的著作《文学新论》在论及“情绪”时，显然受到了方光焘《文学与情绪》一文的影响，他在著作中写道：“Winchester 说过：‘使一书得到永久的兴味，而且因此具备着文学的特质的，就是诉诸情绪的力。’（It is the power to appeal to the emotion, that gives a book permanent interest, and consequently literary quality）所以文学第一首先应得具备诉诸情绪之力。《失乐园》不称为科学，不名为哲学，叫他为文学的，也是因为诉诸情绪的性质而断定。故本间久雄说：‘文学，艺术的发生，是以感情的表白与其传达为中心

[1] 方光焘：《文学与情绪》（原文末附注：本文系根据竹友藻风文学论中之文学的本质而作），1926 年 7 月 1 日《创造月刊》第 1 卷，第 5 期。

[2] 同上。

[3] 同上。

[4] 同上。

目的的。’所谓感情，就是指这情绪而言。”[1]王森然论情绪的可贵之处在于他规定了“文学的情绪”，即他回答了怎样的情绪才是“文学的情绪”的问题。他说:“所谓情绪，是否无论怎样的情绪，都可以随便成为文学？这是属于文学创造上的问题。最简单的答案，可以说无论怎样情绪，他的生坯是决不可以作为文学的情绪，生坯的情绪，为了要成为文学的情绪，定有取一种特殊的径路的必要，否则无论怎样的情绪，决不能作为文学的要素的。生坯的情绪，是用实行的意气经营的自己，文学的情绪，是用回顾瞑想的意气经营的自己，岛村抱月名为观照（contemplation）。文学情绪的根本条件，是观照，不是生坯。观照的情绪，是被客观化的情绪，生坯的情绪，是不被客观化的情绪。所谓文学要素的情绪，是一切已被客观化的东西；不被客观化的情绪，无论怎样的情绪，断不能作为文学的要素的。”[2]对于英汉的对译来说，在王森然那里“情绪”也是与 emotion 相对应的，但他认为感情与情绪是一回事，并没有对二者作出区分。

文学中的情感（感情）要有规定性，这一点在梁实秋的《文学的纪律》一文中也有着类似的观念。梁实秋主张，“文学的力量，不在于开扩，而在于集中；不在于放纵，而在于节制”。他认为，这种节制是“内在的”，“所谓节制的力量，就是以理性（reason）驾驭情感，以理性节制想像”，“情感不是一定该被诅咒的，伟大的文学者所该致力的是怎样把情感放在理性的缰绳之下。文学的效用不在激发读者的热狂，而在引起读者的情绪之后，予以和平的宁静的沉思的一种舒适的

[1] 王森然:《文学新论》，上海光华书局 1930 年版，第 127 页。
[2] 同上书，第 128 页。

感觉”。在抒泄情感时，“要有一个相当的分寸”。[1]文学的情感（感情）确实也要有纪律，有规定，但这种纪律和规定也必须是有限度的，否则在严肃的规定和纪律之下，情感（感情）就会失真，失去其自然流露的纯粹状态。

认为文学的本质是“情绪”，并且比较细致地区分和分辨“情绪”与“感情”的差别的是郭沫若。他在《文学的本质》（写于1925年7月8日）一文的最后，总结“文学的本质”时写道：

> （1）诗是文学的本质，小说和戏剧是诗的分化。
>
> （2）文学的本质是有节奏的情绪的世界。
>
> （3）诗是情绪的直写，小说和戏剧是构成情绪的素材的再现。[2]

郭沫若认为艺术在本质上都是“情绪的世界”的表现，诗歌、小说、戏剧都是如此。他说：“音乐、诗歌、舞蹈都是情绪的翻译，只是翻译的工具不同，一是翻译于声音，一是翻译于文字，一是翻译于表情运动。”[3]“时间艺术是情绪自身的表现，空间艺术是构成情绪的素材的再现。”[4]“两者虽然有直接和间接的差异，但两者所表现的同是情绪的世界。便是两者之间，所不同的只是方法上的问题，不是本质上的问题。”[5]“小说和戏剧虽与诗歌同属于文学，同属于时间的艺术，但在性质上我宁肯说它们是空间的艺术。”“小说注重在描写，戏剧注重在构成，它们的精神同空间艺术是一样，是构成情

[1] 梁实秋:《文学的纪律》，1928年3月《新月》月刊创刊号。
[2]《沫若文集》（10），人民文学出版社1959年版，第223—224页。
[3] 同上书，第221页。
[4] 同上书，第222页。
[5] 同上书，第222—223页。

绪的素材的再现。——这构造情绪的素材不一定限于外界的物质，便是内在的想像也是一种素材：便是由这种想像在作者自心能起出一种情绪的，把这种想像写出来在读者心中也可以起出同样的情绪。”[1]

在这篇文章中，郭沫若比较明确地区分了“情绪”与“感情”的不同。他说：“情绪在我们的心的现象里是加了时间的成分的感情的延长，它本身具有一种节奏。我们由内在的或者外界的一种或多种的激刺，同时在我们的心境上反应出单纯的或者复杂的感情来。这单纯的或者复杂的感情如不加以时序的延长，那是不能发生出诗的表现的。简单的一句感情话绝不能成为诗，感情到顶强烈的时候我们的观念的进行反而有停止的时候。……所以纯粹的感情是不能成为诗的。”“感情加了时序的延长便成为情绪，情绪的世界便是一个波动的世界、节奏的世界。”“我们在这种节奏之中被自己的情绪催眠，会不知不觉地发出有节奏的声音，发出有节奏的语言，发出有节奏的表情运动，这便是音乐、诗歌、舞蹈的诞生了。”[2]

在郭沫若的文学“情绪”本质论中，“节奏”无疑也是一个重要概念。郭沫若在写了《文学的本质》后不久，就又专门写了《论节奏》（1925 年 7 月中旬）一文，较细致地论述、说明了他在前文中涉及的“节奏”概念。他指出：“抒情诗是情绪的直写。情绪的进行自有它的一种波状的形式，或者先抑而后扬，或者先扬而后抑，或者抑扬相间，这发现出来便成了诗的节奏。所以节奏之于诗是它的外形，也是它的生命，

[1]《沫若文集》（10），人民文学出版社 1959 年版，第 223 页。
[2] 同上书，第 220 页。

我们可以说没有诗是没有节奏的，没有节奏的便不是诗。”[1]

郭沫若认为节奏有两个不可或缺的重要关系，即“时间的关系”和“力的关系”。他说：“简单的一种声音或一种运动，是不能成为节奏的。但加上时间的关系，它便可以成为节奏了。”“有两种以上的声音或运动的时候，因为有弱强的关系，彼此一组合起来，加以反复，我们便感觉出一种节奏来。……这种节奏便叫着‘力的节奏’。”[2]论者分析说，这两种节奏是“互为表里的”，“力的节奏不能离去时间的关系，而时的节奏在客观上虽只一个因子，并没有强弱之分，但在我们的主观上是分别了强弱的。……这样看来，虽然是时的节奏，但在主观上也是一种力的节奏了”。[3]在郭沫若看来，“节奏”对于艺术也是本质性的，这一概念的重要性是不言而喻的，他说：“一切感情，加上时间的要素，便要成为情绪的。所以情绪自身，便成为节奏的表现。我们在情绪的氛氤中的时候，声音是要战栗的，身体是要摇动的，观念是要推移的。由声音的战颤，演化而为音乐。由身体的动摇，演化而为舞蹈。由观念的推移，表现而为诗歌。所以这三者，都以节奏为其生命。”[4]

诗人戴望舒对于“情绪”概念也是极为关注的，常常把它视为诗的本质所在。这在他的《诗论零札》里显现得鲜明而突出。《诗论零札》是戴望舒对诗艺进行不懈探索的思想结晶，共包括两组：第一组十七条，以《望舒诗论》为题发表于1932年11月《现代》第2卷第1期；第二组七条，发表于1944年2月6日香港《华侨日报》“文艺”周刊第2期。在

[1]《沫若文集》（10），人民文学出版社1959年版，第225页。

[2] 同上书，第227、228页。

[3] 同上书，第228页。

[4] 同上书，第231—232页。

这24条诗论中，有11条之多是专论诗的情绪的：“诗的韵律不在字的抑扬顿挫上，而在诗的情绪的抑扬顿挫上，即在诗情的程度上。”“新诗最重要的是诗情上的nuance，而不是字句上的nuance。”“新的诗应该有新的情绪和表现这情绪的形式。”“诗应当将自己的情绪表现出来，而使人感到一种东西，诗本身就像是一个生物，不是无生物。”[1]他给诗的“定理”是：“诗：以文字来表现的情绪的和谐。”[2]可见，在戴望舒那里“情绪”概念成了其诗论的主题词，与郭沫若的看法类似的是戴望舒对“情绪”的“韵律”的强调，他说：“诗的韵律不应只有肤浅的存在。它不应存在于文字的音韵抑扬这表面，而应存在于诗情的抑扬顿挫这内里。”[3]这样看来，戴望舒强调的“韵律”与郭沫若所强调的“节奏”无疑是一致的了。

对于“感情”作为文学之要素进行本体与价值两个层面观照的是郑振铎，在本体层面他认为：“文学是人类感情之倾泄于文字上的。”“文学是人的情绪流泄在纸上的。”文学“是由作者的情绪中自然流露出来的”。“文学以真挚的情绪为他的生命，为他的灵魂。”[4]在价值层面，郑振铎指出，文学的“使命”、文学的“伟大的价值”“就在于通人类的感情之邮”，“以真挚的情感来引起读者的同情”。[5]（茅盾也有过类似观点，他曾说：文学作品“是沟通人类感情代全人类呼吁的唯一工具”[6]）在《文学与革命》一文中，也正是以“感情”为中介，郑振铎找到了文学和革命之间的共通点。他说：“革命天然是

---

[1] 戴望舒：《望舒诗论》，1932年11月《现代》第2卷，第1期。

[2] 戴望舒：《诗论零札》，1944年2月6日香港《华侨日报》“文艺”周刊第2期。

[3] 同上。

[4] 西谛：《新文学观的建设》，1922年5月11日《文学旬刊》第37期。

[5] 同上。

[6] 沈雁冰：《文学和人的关系及中国古来对于文学者身分的误认》，1921年1月10日《小说月报》第12卷，第1期。

感情的事；一方面是为要求光明的热望所鼓动，一方面是为厌恶憎恨旧来的黑暗的感情所驱使”，而“文学是感情的产品”，“他最容易感动人，最容易沸腾人们的感情之火”，所以“革命就是需要这种感情”。[1]须补充一句的是，郑振铎的文学情感本质论是建立在对文以娱乐和文以传道的排斥之基础上的。他明确指出，文学“不是以传道为目的，更不是以娱乐为目的”。[2]

[1] 郑振铎:《文学与革命》，1921 年 7 月《文学旬刊》第 9 期。

[2] 西谛:《新文学观的建设》，1922 年 5 月 11 日《文学旬刊》第 37 期。

四

思想（一）

20 世纪初，学者们开始谈及文学与“思想”之关系时，大抵是从这样两个方面来着眼的：一是将“思想”视为文学的内容要素之一；二是视文学为革新旧“思想”、宣传新“思想”之利器。新“思想”乃新文学之先导与前提——这显然是由文学与“思想”的相互影响和作用的角度来看的。早在 1903 年（即癸卯年，光绪二十九年）秋，鲁迅在《〈月界旅行〉辨言》中就曾写道：“盖胪陈科学，常人厌之，阅不终篇，辄欲睡去，强人所难，势必然矣。惟假小说之能力，被优孟之衣冠，则虽析理谭玄，亦能浸淫脑筋，不生厌倦。……故掇取学理，去庄而谐，使读者触目会心，不劳思索，则必能于不知不觉间，获一斑之智识，破遗传之迷信，改良思想，补助文明，势力之伟，有如此者！”[1] 鲁迅在《随感录四十三》（1919）中则强调了艺术表现中的“思想”内容，他说：“美术

[1]《鲁迅全集》第 10 卷，人民文学出版社 2005 年版，第 164 页。

家固然须有精熟的技工，但尤须有进步的思想与高尚的人格。他的制作，表面上是一张画或一个雕像，其实是他的思想与人格的表现。令我们看了，不但欢喜赏玩，尤能发生感动，造成精神上的影响。”[1]“思想”这一概念在胡适那里包含有“见地、识力、理想”三个方面，实际上是指文学艺术家的三种能力，即分析能力、判断能力和想像能力，他认为文学是这三种能力的表现。胡适认为“思想”对于文学的重要性是首要的，他说：“思想之在文学，犹脑筋之在人身。”[2]胡适还认为：“文学的生命全靠能用一个时代的活的工具来表现时代的情感与思想。”[3]茅盾也认为“思想”是文学发展的基础，他说：“自来一种新思想发生，一定先靠文学家做先锋队，借文学的描写手段和批评手段去‘发聋振聩’。”[4]瞿秋白与茅盾在这方面有着相似的观点：“只有因社会的变动，而后影响思想，因思想的变化，而后影响于文学。没有因文学的变更而后影响于思想，因思想的变化，而后影响于社会的。”[5]这里的“思想”和“思潮”有着相近的含义。

“‘思想！’……‘思想！’……这两个字差不多被人用烂了。”[6]何思源在发表于1919年4月的文章《思想的真意》中的这句话表明了“思想”一词在当时被广泛使用的状况。同时发表的汪敬熙的文章《什么是思想？》，是较早的专论“思想”概念含义的文章。汪敬熙认为思想是一种心理性素质

[1]《鲁迅全集》第1卷，人民文学出版社2005年版，第346页。
[2] 胡适：《文学改良刍议》，1917年1月1日《新青年》第2卷，第5号。
[3] 胡适：《逼上梁山》，《中国新文学大系·建设理论集》，上海良友图书印刷公司1935年版，第6页。
[4] 佩韦：《现在文学家的责任是什么？》，1920年1月10日《东方杂志》第17卷，第1期。这里“思想”一词含有“思潮”的意味。
[5]《瞿秋白文集》第2卷，人民文学出版社1985年版，第544页。
[6] 何思源：《思想的真意》，1919年4月1日《新潮》第1卷，第4号。

（Innate Dispositions），他给思想下的定义是："思想就是在一个困难情形之下，自然引起的心内的动作，利用已往的经验求渡过现在的困难的方法。"[1] 显然，这是依据日常经验与日常逻辑而发的一个理论性较弱的理解或解释。但可以看出，当时的学者们解释重要的流行概念以进行知识建构与知识累积的愿望和努力。

作为我国现代文学理论与批评术语的"思想"概念，其意义演化大致经历了这么几个阶段：首先是作为文学创作的对象的"思想"，即"思想"作为文学作品内容的要素；随后发展到"思想"成为文学作品的一种品质，它不再是文学的对象，而是文学内容本身所体现出来的知识含量或程度；再往后发展为一种作家的主体素质，它开始内在于主体，是主体的一种能力的体现，后来变得外在于主体，成了一种"标准"性或"指标"性因素，是否正确或是否进步成为它们是否具有存在理由或合法性的尺度。

和其他中国现代文学理论与批评术语大多来自于西方或受到西学的影响一样，"思想"概念在不少文学理论与批评家那里也是借鉴了西方文本的。1920 年代末，姜亮夫在其《文学概论讲述》中讲"文学的定义"时就采用了美国波士顿大学教授亨特（T.HeodareW.Hunt）的观点："文学是思想的文字的表现，通过了想像感情及趣味，而在使一般人们对之容易理解，并且惹起兴味的那样非专门的形式中的。"（Literature is the written Expression of Thought, through the Imagination, Feelings and Taste, in such an untechnical arm as to make it intelligible and interesting to the general mind.）[2] 姜亮夫认为"这

[1] 汪敬熙：《什么是思想？》，1919 年 4 月 1 日《新潮》第 1 卷，第 4 号。

[2] 姜亮夫：《文学概论讲述》，云南人民出版社 2000 年版，第 6 页。

算是近代有力的文学定义”。[1] “思想”在这个定义中就是被作为文学的对象来表述的。胡秋原通过对普列汉诺夫文艺思想的评述也论及了文学表现思想的问题。他写道：“普列汉诺夫重视艺术之思想的意义与价值，是对从来将感情思想对立，区别科学艺术的浅薄见解一个重要的反驳。康德也说，‘没有思想的内容是空虚，没有概念的直观是盲目’。不过读者不要误会，以为艺术完全同科学评论一样，完全是表现思想的。普列汉诺夫不过是说，艺术不仅表现感情，同时也表现思想，并不是抹煞艺术上情绪要素之重要。”[2] 这里显然是把“思想”视为了与情感相并列的文学的本质要素，突出了其作为文学对象的地位和意义。

1930 年代我国的许多文学理论著作[3] 都把“思想”（thought）概念列为文学的要素之一，王森然的《文学新论》就是如此，他是这样回答什么是“思想”的：“思想在事实上，便是其人的人生观，所以无论是现于那作品的表面或隐于里面，作者的思想，在那作品上，当然能够到处显现出来的。至于这思想不用说，是从其人的‘个性’及其时的时代思潮等种种方面受到影响的复杂的东西。”[4] 那么，什么样的思想才能够成为文学的对象呢？或者说什么样的思想才能是“文学的思想”所要求的呢？他认为：“文学的需要，要使思想观念，和人生真理相密合，文之所以为文，是想像中人生的表

[1] 姜亮夫：《文学概论讲述》，云南人民出版社 2000 年版，第 6 页。

[2] 胡秋原：《唯物史观艺术论：普列汉诺夫及其艺术理论》，上海神州国光社 1932 年初版，此处引文据《中华心——胡秋原政治文艺哲学文选》，社会科学文献出版社 1995 年版，第 160 页。

[3] 此类著作颇多，有 1930 年陈穆如的《文学理论》、1930 年王森然的《文学新论》、1931 年曹百川的《文学概论》、1932 年赵景深的《文学概论》、1935 年陈君冶的《新文学概论讲话》等等。

[4] 王森然：《文学新论》，上海光华书局 1930 年版，第 135 页。

现，也即作者眼光中的人生。所以文学不可徒泥于外部情状的维妙维肖，而必定顾到内部精神和规律的合格。”[1]王森然也考虑到了思想对于文学创作可能带来的负面影响，他说：“不过创作作品和鉴赏作品，不要为思想所束缚。换一句话，便是不要为了想把某一种思想具体化，或如想宣传某一种思想而创作，或者以某一种思想为标准而鉴赏当面的作品。”“被束缚于某一种思想而创作，决不能获得好的结果”。[2]

王森然等人把“思想”看作“人生观”，到1930年代末以后，在很多文章中人们已开始用“世界观”来代替“人生观”的概念了。祝秀侠认为：“文学的表现真实，是透过作者的‘思想’的。作者的思想，就是所谓‘世界观’。因此，最后一个条件，也就是最先的一个条件，作者必须有正确的世界观。”[3]

“思想”概念在我国现代文学理论与批评文本中一直是被看作文学表现的一个基本因素或内容，到1940年代以后，这个概念被强调得更多了，其对于文学的意义也被大大加强。张长弓指出，“思想”主要是指“作者表现于作品中的观念意识”[4]，主张“文学思想的表现，不重说明，而重含蓄”，应通过“合乎事实的错综或变化”来表现，“如以所要表现的思想告诫读者，那便是下乘的作品”[5]。张著显然关注到了“思想”表现的文学性方面。林焕平在其《文学论教程》中认为：“思想是文艺作品的灵魂。思想贫困的作品，不论它的技巧怎样

[1] 王森然：《文学新论》，上海光华书局1930年版，第135页。
[2] 同上书，第137页。
[3] 祝秀侠：《现实主义的抗战文学论》，1938年6月1日《文艺阵地》第1卷，第4号。
[4] 张长弓：《文学新论》，上海世界书局1946年版，第50页。
[5] 同上书，第59页。

高明，它的形式怎样美丽，也只像是患着第三期肺病的美女而已。”“但这里所指的思想，是合乎历史发展的法则的进步思想。和那些颓废的、虚无的、厌世的、观念的、形而上学的，等等一切落后的或反动的思想，毫无相同之处。”[1]“思想”概念的发展脉络由要求有思想，要求思想深刻，向要求思想进步和要求思想正确演进、发展。这一演进应该是与从文学革命到革命文学的演进的背景相关联的。

重思想、轻艺术的创作倾向在现代中国的文学创作中是不鲜见的，而这一倾向也及时地被当时的文学理论与批评者们关注到了。为了防止那些为了突出表现思想而忽视文学作品艺术性的情形，茅盾早在 1920 年 1 月发表的《小说新潮栏宣言》中就指出：“文学是思想一面的东西，这话是不错的。然而文学的构成，却全靠艺术。同是一个对象，自然派（Natural）去描摹便成自然主义的文学，神秘派去描摹便成神秘主义的文学；由此可知欲创造新文学，思想固然要紧，艺术更不容忽视。”[2]老舍在 20 世纪 30 年代写的《文学概论讲义》（作者署名舒舍予）一书中也谈到了“思想”与“思想”的“艺术的表现”二者对于“文艺作品”的不同意义：“伟大的文艺自然须有伟大的思想与哲理，但是文艺中怎样表现这思想与哲理是比思想与哲理的本身价值还要大得多；设若没有这种限制，文艺便与哲学完全没有分别。怎样的表现是艺术的问题，陈说什么是思想的问题，有高深的思想而不能艺术的表现出来便不能算作文艺作品。”[3]

“思想”在文学理论中的另一意义分支是从作为动词的意

[1] 林焕平：《文学论教程》，成书于 1945 年，中国文化事业公司 1948 年印行，第 15 页。

[2] 沈雁冰：《小说新潮栏宣言》，1920 年 1 月 25 日《小说月报》第 11 卷，第 1 期。

[3] 舒舍予：《文学概论讲义》，北京出版社 1984 年版，第 46 页。

义上延伸出来的，与“思索”“思维”等概念更为接近，“思想”的这一意义往往是指向作家自身的在创作中的“思想”或“思维”活动的。胡秋原曾引用别林斯基的观点，称“诗是借形象的思索”[1]，这里“借形象的思索”就明显具有后来人们所说的形象思维的意味。胡风在 1940 年代就“思想”或者说“思维”在文学创作中的地位及意义作了分析，他说:“在美学或艺术学上，我们可以说‘形象的思维’或‘形象地思维’，但却不能说‘形象化’。在艺术创造过程里面，思想（思维、作家底主观认识）只能是一根引线，始终要附着在生活现实里面，它底被提高只能被统一在血肉的生活现实里面同时进行。要这样，才能谈生活和创作的统一，才能谈思想和艺术的统一；要这样，思想才是活的思想而形象才是活的形象；要这样，但丁底罪人底魂灵，撒旦，以及上帝，莎士比亚底精灵，歌德底魔鬼和群仙才能够也是活的生命。至于‘形象化’，那是先有一种离开生活形象的思想（即使在科学上是正确的思想），然后再把它‘化’成‘形象’，那思想就成了不是被现实生活所怀抱的，死的思想，形象成了思想底绘图或图案的，不是从血肉的现实生活里面诞生的，死的形象了。”[2] 在胡风这段话里，“思维”与“思想”的区别性用法还不是很确切和很清晰，这里的“思想”大概还是指向作品所表现的对象的层面，而至于“形象地思维”似乎应该是在创作层面指向文学创作规律的。“思维”与“思想”的使用显得还是有些混乱了。但他在此谈到的思想与生活实际的关系以及对于“形象化”的理解都是睿智而富有启示的。

[1] 胡秋原:《唯物史观艺术论：普列汉诺夫及其艺术理论》，上海神州国光社 1932 年初版。此处引文据《中华心　胡秋原政治文艺哲学文选》，社会科学文献出版社 1995 年版，第 154 页。

[2] 胡风:《在混乱里面》，上海作家书屋 1946 年版，第 150—151 页。

20世纪五六十年代，发生了关于文学创作过程中形象思维的争论，这一争论突出了文学作为一种思维方式的特质。对形象思维的探讨从根本上看即是对文学“反映”的特殊性质的关注，然而，在当时的语境中，[1]大多文学理论家们更为注重的则是指出形象思维和逻辑思维的共性，从而要求“正确”认识文学的特性。在这次论争中，人们看待文学创作过程中的形象思维一般有这样几方面的观点：1. 认为形象思维与逻辑思维二者之间是相同的，原因是：（1）形象思维和逻辑思维所反映的对象同为客观的现实世界；[2]（2）形象思维和逻辑思维都能够真实地揭示生活的本质及其规律性，[3]因而也都是认识过程的高级阶段，即理性认识的阶段；[4]（3）形象思维与逻辑思维一样都遵从“从具体到抽象”“从感性认识到理性认

---

[1] 20世纪五六十年代对“形象思维”的讨论主要起因于对胡风文艺思想的批判。胡风早就认为，文学创作主体对对象的反映“必得是从逻辑的思维前进一步，在对象的具体的活的感性表现里面把捉它的社会意义”，作家所创造的艺术世界应真正是“历史真实在活的感性表现里的反映”，而非“抽象概念的冷冰冰的绘图演义”（见胡风：《置身在为民主的斗争里面》，载1945年1月《希望》第1期）。周扬指出：“胡风夸大艺术认识的‘特殊性’，把创作过程描写得十分神秘化。他这样做当然不是为了帮助作家理解艺术的反映现实不同的特点，帮助作家更好地掌握艺术创作的规律，而只是为了把艺术认识和科学认识、形象思维和逻辑思维完全割裂开来，借以证明作家的创作同他们的世界观毫无关系……这样，他一方面可以在艺术认识的‘神秘’的外衣之下放肆地散播唯心主义的思想毒素，另一方面他可以排斥先进的世界观和时代的任何进步思想在创作过程中的作用。”[见周扬：《建设社会主义文学的任务——在中国作家协会第二次理事会会议（扩大）上的报告》，1956年3月25日《人民日报》]。

[2] 李拓之：《论形象思维与创作实践——批判胡风的反动文艺理论》，1956年3月25日《人民日报》。

[3] 霍松林：《试论形象思维》，1956年《新建设》5月号。

[4] 山东大学中文系文艺理论教研室：《文艺学新论》（修订本），山东人民出版社1962年版（第2版），第221—222页。

识”的认识过程。[1] 2. 认为形象思维与逻辑思维二者之间是不同的，原因在于:（1）逻辑思维通过概念的形式反映现实，形象思维则是通过形象的形式反映现实;[2]（2）逻辑思维是经由具体而走向抽象，它舍弃个性以建立普遍性的公式、规律、定理或社会理论，形象思维则并不离开具体，而是通过具体来显示抽象，它并不舍弃个性，而正是通过个性鲜明的典型形象，揭示一定社会力量的本质及其规律性;[3]（3）逻辑思维要求大量地占有材料，在科学著作中原样不变地使用材料，形象思维则要求深入地体验生活，在艺术作品中大大地改变原来的材料，从而创造出新的艺术形象。[4] 3. 认为“所谓形象思维是根本不存在的”，形象思维其实是一种直觉主义;“要思维，要发现事物的本质，就必须运用抽象的方法。没有抽象就根本不可能有思维。形象思维论把‘不经过抽象’作为形象思维的特点，这正是这个‘理论’的最根本的错误”。[5]

可以看出，关于“形象思维”的论争的关键问题所在就是论争者是站在不同的思想层面来看待文学创作中的“思维”的:站在理论（或哲学）的层面看，思维都是对现实的反映，都具有抽象性，形象思维和逻辑思维实质上没有什么区别;而站在实证（比如思维的成果等）的层面看，文学艺术创造中的思维又确实与纯粹的逻辑思维不同，“它不是‘以思辨的方

---

[1] 温德富:《关于形象思维过程问题的商榷——读霍松林〈试论形象思维〉后》，1956 年《新建设》8 月号。以群:《文学的基本原理》（上册），上海文艺出版社 1963 年版，第 186—187 页。

[2] 李拓之:《论形象思维与创作实践——批判胡风的反动文艺理论》，1956 年 3 月 25 日《人民日报》。

[3] 霍松林:《试论形象思维》，1956 年《新建设》5 月号。

[4] 蒋孔阳:《论文学艺术的特征》，新文艺出版社 1957 年版，引文据书中第 4 章。

[5] 郑季翘:《文艺领域里必须坚持马克思主义的认识论——对形象思维论的批判》，1966 年《红旗》第 5 期。

式’‘把直观和表象’加工成‘概念’，而是在精神领域中实现的对所反映的现实的实际改造，这种改造的结果是创造出（当然是以纯精神的方式创造出！）新的‘现实’，虽说它是由人——即艺术家——的想像、幻想创造出来的”[1]。不区分出这样的语义层次就会导致理解或解释上的混乱。

[1] [苏] M.C. 卡冈主编:《马克思主义美学史》（中文版），汤侠生译，北京大学出版社 1987 年版，第 30—31 页。

五 思想（二）

“思想”概念，作为一个文学理论术语，其使用的成熟阶段应该是20世纪的四五十年代，因为20世纪二三十年代的文学理论中使用的“思想”概念的含义在20世纪四五十年代已基本定型，并且进一步得到丰富和补充；而20世纪80年代后，“思想”概念在文学理论中已很少使用，它或者被“思维”概念所取代，或者被局限在很小的理论范围——比如，不少文学理论著作仅限于在文学的批评标准方面有所涉及。因此，本论文也就集中在20世纪四五十年代的时段内来研究当时学者们对该概念的理解和阐释。

“思想”是什么呢？中国现代文学理论著作（含译著）中关于“思想”概念的较为明确的定义大多出现在20世纪50年代出版的文学理论著作里。以群翻译的维诺格拉多夫的《新文学教程》(初译于1937年)[1]中给文学中的“思想”的定

[1] 据该著1957年印本的“后记”的介绍，该著译于1937年春，1940年曾经一度修改，1954年重排时，又做了较大的修改。

义在我国大约是最早的了，该著在“总论”中探讨文学的定义时对“思想的内容”作了明确的规定：“被描写的诸现象底阶级的评价，及对于被表现在作品中的诸现象的一般的解释，构成作品底思想的内容。”[1] 在20世纪50年代，文学理论家定义“思想”概念的就比较多了，蒋孔阳认为：“作家所要说的话，所要表明的态度，就构成了作品内容中的思想部分。”[2] 冉欲达、李承烈等编著的《文艺学概论》认为：“作家在一定的阶级立场上，在一定的世界观的指引下，对于为他所选择和描绘的现实生活现象的认识、阐明和评价以及读者可能得出的结论，叫做作品的思想。”[3] 维·波·柯尔尊认为：“解决被提出来的问题（即主题），以及从该作品所描写的一切东西中表露出来的主导观点，就是艺术作品的思想。思想——就是决定着作品的社会意义的主要精神。”[4]

有些学者分析了文学作品的“多思想”和“基本思想”，比如李树谦、李景隆就作过这样的分析，他们认为“多思想”就是指“在文学作品中，无论是对一个人物的刻划、对一段生活环境的描写；无论是对一片自然景物的素描和一个比喻、一个修饰语的运用，都是含有一定的思想的”。“这种思想正是作家积极地对待生活、理解生活的结果。”[5] 他们指出，“文学作品除了各方面都饱和思想以外，它还具有贯穿这一切思想的基本思想。……基本思想是作家对其描写的、提出的基

[1] ［苏］维诺格拉多夫：《新文学教程》，以群译，新文艺出版社1952年版，第16页。

[2] 蒋孔阳：《文学的基本知识》，中国青年出版社1957年版，第103页。

[3] 冉欲达、李承烈等：《文艺学概论》，辽宁人民出版社1957年版，第179页。

[4] ［苏］维·波·柯尔尊：《文艺学概论》，北京师范大学中文系外国文学教研组译，高等教育出版社1959年版，第101—102页。

[5] 李树谦、李景隆：《文学概论》，吉林人民出版社1957年版，第160页。

本主题的态度和评价”。[1]

不少文学理论研究者把文学作品的“思想”分为客观现实本身蕴含的思想（作品的客观思想）和作家的思想两类，他们认为文学作品的思想是“作家的思想和作品的客观思想”的统一，[2]“作品的思想，乃是客观现实所存在的思想和作家思想的总和”[3]。学者们区分了作家的思想和作品的客观思想，指出作家的思想“就是作家在文学作品中正面提出来的积极主张，是作家对于所描写的生活事件的直接评价。在作品中，作家思想和作家的世界观是永远一致的”。作品的客观思想“就是通过作品中所描绘的真实、生动的生活画面，通过活动在这一画面中的人物之间的相互关系，所自然流露出来的作品的客观意义”。[4]

[1] 李树谦、李景隆:《文学概论》，吉林人民出版社 1957 年版，第 161 页。
[2] 冉欲达、李承烈等:《文艺学概论》，辽宁人民出版社 1957 年版，第 181 页。
[3] 刘衍文:《文学概论》，新文艺出版社 1957 年版，第 114 页。
[4] 李树谦、李景隆:《文学概论》，吉林人民出版社 1957 年版，第 164 页。

对文学“主题”[1]和“主题思想”的区分也是当时不少学者感兴趣的话题，他们中很多人接受了当时苏联学者的一些观点，强调“主题”的客观性，认为“主题”是“艺术家从现实中选择出来要使读者予以注意的一组生活现象”，是“被描

[1] “主题”概念，在20世纪四五十年代文学理论著作中的运用是很不一致的，李树谦、李景隆在他们编著的《文学概论》中，对当时人们对“主题”概念的多维度的使用状况作了一个总结，他们在著作中写道：“……我们目前对于‘主题’的概念以及有关主题的术语的运用还是很不一致的。有的把一篇作品告诉给读者的最基本的问题，包括所反映的最主要的客体事件和对它的思想评价，笼统地称为主题或主题思想、中心思想，对于为表达出这个基本问题（主题）所选取到作品中的生活事件叫做题材。而提供作家选取题材的整个人类的社会生活则被称为素材。这样使用有关主题的术语的，目前还是比较广泛的。如文艺杂志上对于一些文艺作品的主题评论和文学教学上论及主题时还都大多是采取这种看法。另一种理解，则是把作品中所反映的最基本的事件叫做基本主题，对基本主题的思想评价称为基本思想。两者之合，就正是作者所要告诉给读者的最基本的问题。它是一篇作品的主干。作品的基本主题思想，是由许多个小的主题思想有机地组合而成的。这些小的主题思想就是作品中所反映的一组一组的生活事件和作者对它的评价。而对题材的理解，则认为它是供作家选取主题的整个的人类社会生活。这样使用主题概念的，有维诺格拉多夫：《新文学教程》（以群译），第二篇第一章‘主题’；季莫菲耶夫：《文学原理》（查良铮译），‘怎样分析文学作品’第二章‘思想，主题（思想主题基础），个性’；阿伯拉莫维奇：《文艺学引论》（见《文艺学习》1954年第三期《论文学作品的主题和思想》，刘宾雁节译自上书）；谢皮洛娃：《文艺学引论》，第三章‘主题、问题、思想’（莫斯科1956年版）；契尔柯芙斯卡雅：《苏联文学理论简说》（王仲明译），第二部分‘文学作品’。此外，从苏联及我国的一部分文艺论文中也可以见到这样来理解主题的，这里就不一一列举了。上述两种对于主题概念的理解虽有差异，并各有所长，但基本上是一致的。”见李树谦、李景隆：《文学概论》，吉林人民出版社1957年版，第149页注①。另可参看冉欲达、李承烈等：《文艺学概论》，辽宁人民出版社1957年版，第166—167页。以群在1940年代对题材和主题的理解可能受维诺格拉多夫的影响，把题材看作素材，他说：“作家所要写的是什么呢？就是这一切人间现实底存在。这一切底存在都是文学底素材。文学理论上的专门的名称就叫做‘题材’。题材是客观现实底独立的存在，没有和作家底主观发生关涉。／题材一经作家底选取和采择，则那客观的现实的存在就变了质，它不复是脱离作家底主观的独立的存在，而是经过了作家底主观的取舍选择和分析整理的、创作上的问题，这叫做文学底‘主题’（Theme）。”见以群：《文学底基础知识》，生活书店1945年版，第39—40页。

写在艺术作品中的现实生活现象的领域”；[1] 而“主题思想”方面，他们则强调主观性、主体性，是作家对“主题”的评价、解释和态度。刘衍文的观点在当时颇具代表性，他说：“主题与主题思想这两个概念是有区别的，如果说主题的涵义是由于什么而变成这样或那样，那么，主题思想便是为了什么和应该这样或那样的问题了。这也就是说，主题乃是指把作品内容的各个方面组织成的一个整体问题，而主题思想，则还要涉及通过具体的形象对这个整体问题的看法、想法、态度和评价。”[2]

主题和思想的这种区分到1980年代基本上被取消，几乎没有哪位学者再单独把“思想”概念列出来讨论，而是用“主题”概念彻底代替了“思想”的概念（基本观点是认为“主题”又称“主题思想”，“是指通过作品中描绘的社会生活所表现出来的中心思想”[3]），而用“题材”概念来代替20世纪四五十年代的“主题”概念。

在我国现代文学理论话语体系中，与“思想”概念一样值得关注的另一个概念是“思想性”。“思想性”跟“思想”概念一样，大多的情况是被置于作品论的层面进行论述的。1954年春至1955年夏来北京大学中文系为文艺理论研究生讲授《文艺学引论》的苏联学者依·萨·毕达可夫就指出：“我们把受作家世界观的深度和正确性所决定的作品的思想倾

[1] 这是苏联文艺理论家季莫菲耶夫和万斯洛夫给“主题”下的定义。转引自冉欲达、李承烈等：《文艺学概论》，辽宁人民出版社1957年版，第168页。

[2] 刘衍文：《文学概论》，新文艺出版社1957年版，第112页。

[3] 以群主编：《文学的基本原理》，上海文艺出版社1983年版（第1版是1980年版，这里据第3版），第309页。另见十四院校编：《文学理论基础》，上海文艺出版社1981年版，第121页；刘叔成：《文学概论四十讲》，中央广播电视大学出版社1983年版，第275页。

向叫做作品的思想性。”[1]巴人在《文学论稿》中写道：“所谓文学艺术的思想性，也就是通过文学艺术作品的形象所显示的政治倾向、阶级观点与阶级同情以及它对于社会所起的客观作用的评价等等。”[2]蒋孔阳也认为：“所谓思想性，也就是作家所创造的艺术形象在思想倾向、党性和人民性等方面，所达到的思想高度。”[3]刘衍文则区分了广义和狭义两种“思想性”，他说：“文学的广义的思想性，便是作品的形象所显示出来的全部意义，其中既包括作品中所反映出来的生活意义，也包括作家对它已经意识到的和未必意识到的解释和评价。”而狭义的思想性则是“专指作品的形象所反映出来的思想的‘进步的倾向性’”。[4]

与其他学者不同，北京师范大学中文系苏联专家维·波·柯尔尊在1956—1957年给该系俄罗斯苏维埃文学研究生和进修教师讲《文艺学概论》课时则是把“思想性”概念置于文学本质论的层面来谈的，他把“文学的思想性”作为“社会意识形态的文学”一章中的内容，认为“文学是一种社会意识形态，是思想体系的一种形式”，作家“总是极力要表示自己对社会生活及周围现实的态度”，“在他们的作品中，我们常可察觉到一定的思想意义”。[5]

强调文学的“思想”或“思想性”为通过文学实现意识形态建构提供了便利，意识形态通过要求“思想”正确或“思想性”的高度来实现对文学艺术的引导和节制，进而使文

[1] [苏]依·萨·毕达可夫：《文艺学引论》，北京大学中文系文艺理论教研室译，高等教育出版社1958年版，第217页。

[2] 巴人：《文学论稿》(上册)，新文艺出版社1956年版，第152页。

[3] 蒋孔阳：《文学的基本知识》，中国青年出版社1957年版，第67页。

[4] 刘衍文：《文学概论》，新文艺出版社1957年版，第71页。

[5] [苏]维·波·柯尔尊：《文艺学概论》，北京师范大学中文系外国文学教研组译，高等教育出版社1959年版，第36页。

艺适应上层建筑的要求，因此，对“思想”或“思想性”的强调也是意识形态构建的需要。

朱光潜在写于1979年的《谈美书简》一书中谈到了过于强调“思想”或“思想性”[1]的局限，他写道：“近年来苏联美学界和文艺批评界有片面强调理性而蔑视情感的倾向，我们也跟着他们走，有时甚至超过他们，这是应该纠正的偏差。提‘倾向性’似比提‘思想性’较妥，因为在决定倾向之中，情感有时还比思想起更大的作用。”[2]这就是说，对“思想”或“思想性”的片面强调也就是对理性的片面强调，这往往会导致对文学活动中情感因素的忽视，而情感因素在不少文学理论家看来是文学更为本质性的因素。当然，朱光潜在这里并非要否定文学的“思想性”，他本人也认为“谁也不能否认文艺要有思想性”，只是他更关注的是“如何理解文艺的思想性”而已。[3]

[1] 朱光潜认为，“文艺的思想性主要表现于马克思主义创始人经常提到的倾向性（Tendanz）”。见朱光潜：《谈美书简》，人民文学出版社2001年版，第61页。该著1980年8月曾由上海文艺出版社出版。

[2] 朱光潜：《谈美书简》，人民文学出版社2001年版，第63页。

[3] 同上书，第61页。

第四章

表现

BIAOXIAN

“表现”一词在我国现代文学理论中有着特殊的意义，“艺术是……的表现”“文学是……的表现”在中国现代文学理论与批评话语现场几乎是两句司空见惯的套语了。文学既是“表现”，那么，对“表现”理解的程度，就一定意义上体现为对文学本质理解的程度。“表现”概念在中国现代文学理论与批评文本中的出现和使用，当然与西方“表现派”或“表现主义”文学观念在中国的传播有着重要的关系。郭沫若在表达对于德国“表现派”的“共感”时，就充满激情地表示：

> 德意志的新兴艺术表现派哟！我对于你们的将来寄以无穷的希望。你们德意志的伟大诗人将要复活转来，在舞台上高唱了……[1]

德国表现主义盛行于第一次世界大战之后，是对自然主义和印象主义的反拨。表现主义认为“世界存在着，仅仅复制世界是毫无意义的”，他们反对自然主义的忠实摹写客观外物，要求艺术表现人的“本质的东西”和“深藏在内部的灵魂”；他们也不满意印象主义的“由外向内”，主张“由内向外”，摆脱外界印象，完全从自我出发，从主观出发，直接表现作者的“主观现实”。他们的口号是：

---

[1]《沫若文集》(10)，人民文学出版社1959年版，第95页。

艺术“不是现实，而是精神”，“是表现，不是再现”。[1]郭沫若在《自然与艺术》中声称：“艺术家不应该做自然的孙子，也不应该做自然的儿子，是应该做自然的老子！”[2]这正体现了表现主义的主旨，他以此批判了要求艺术模仿自然的文艺观念，并呼吁艺术家的自由意志和心灵创造，他说：“十九世纪的文艺是受动的文艺。自然派、象征派、印象派，乃至新近产生的一种未来派，都是摹仿的文艺。他们都还没有达到创造的阶级。他们的目的只在做个自然的肖子。”[3]那么，在现代中国文学理论与批评话语现场，“表现”范畴的语义构建与生成走过了怎样的历程呢？

[1] 参看陈慧：《西方现代派文学简论》，花山文艺出版社 1985 年版，第 63 页。

[2]《沫若文集》（10），人民文学出版社 1959 年版，第 95 页。

[3] 同上书，第 94 页。

一

何为表现

郭沫若在其文章《文学的本质》中认为："文艺的本质是主观的，表现的，而不是没我的摹仿的。"[1]那么，什么是"表现"呢？郭沫若在《文艺的生产过程》一文中说："'艺术是现，不是再现'（Kunst ist Gabe，nicht Wiedergabe）[2]——朗慈白曷教授（Prof. Landsberger）这句简明的论断，把艺术的精神概括无遗了。""甚么是现？这是从内部发生，这是由种子化而为树木，由鸡卵化而为鸡雏。""艺术是从内部发生。它的受精是内部与外部的结合，是灵魂与自然的结合。它的营养也是仰诸外界，但是它不是外界原样的素材。蚕子啮桑柘而成丝，丝虽是植物的纤维所成，但它不是桑柘的原叶。"[3]

---

[1]《沫若文集》（10），人民文学出版社 1959 年版，第 221 页。

[2] 这句德语中"Gabe"一词的意思是"天赋或才能"，郭沫若译为"现"；"Wiedergabe"一词的原意是"再生产"，郭沫若译为"再现"。译文有一点问题，但在此处我们主要看郭沫若的理解和解释。关于这句引文的说明可参看［斯洛伐克］玛利安·高利克：《中国现代文学批评发生史（1917—1930）》，陈圣生、华利荣、张林杰、丁信善译，社会科学文献出版社 1997 年版，第 38 页。

[3]《沫若文集》（10），人民文学出版社 1959 年版，第 97 页。

郭沫若在这里的主要意思其实就是说“表现”是“内部发生的”，是“内部与外部的结合”，也即是人的内在的心灵性质素的外化。

郭沫若在上海美专自由讲座演讲时谈到了“印象”与“表现”的关系，借此我们可以进一步看到郭沫若对于“表现”概念的理解。他说：“印象在西文是impression，表现是expression。impression是由外而内接触，expression，是由内而外的扩张。宇宙间的事事物物接触我们的感官，在我们的意识上发生出一种影响，这便是印象。艺术家把种种的印象，经过一道灵魂的酝酿，自律的综合，再呈示出一个新的整个的世界出来，这便是表现。我今晚上想说的表现，正是这个意思。本来这个字用得太普遍了，譬如极端尊重印象的艺术家，他们要灭除我见，要把外来的原有的印象依样呈示出去，这种工作他们有时也说‘表现’。这一派客观的艺术家的再现艺术，便只是纯粹的印象了。我今晚上所说的印象，便是与表现相反对的这种再现的工作。”[1]“自然主义，写实主义，他们的理想，可以说是要平静自己的精神，好象一张白纸，好象一张明镜，要把自然的物象，如实地复写出来，惟妙惟肖地反射出来；他们便走的是印象的一条路。但是如象十八世纪的罗曼派和最近出现的表现派（Expressionism），他们是尊重个性，尊重自我，把自我的精神运用到客观的事物，而自由创造；表现派的作家最反对印象派，他们说他们的艺术是消极的、受动的，他们要主张积极的、主动的艺术。他们便奔的是表现的一条路。”[2]可见，郭沫若在此所倡导的“表现”是由创作主体所主导的艺术的“呈示”方式，是主体对于“印象”

[1] 郭沫若：《印象与表现》，1923年12月30日《时事新报》副刊《艺术》第33期。
[2] 同上。

的征服，客观事物在人脑中映为“印象”，“印象”经过创作主体的改造或创造而“表现”出来，“印象”于此成了客观事物与“表现”的中介。

宗白华从客观和主观两个方面给艺术下了定义，他认为：“艺术就是‘人类底一种创造的技能，创造出一种具体的客观的感觉中的对象，这个对象能引起我们精神界的快乐，并且有悠久的价值’。这是就客观方面而言，若就主观方面……艺术家底方面……说，艺术就是艺术家底理想情感底具体化，客观化，所谓自己表现（selfexpression）。”[1] 显然，宗白华称艺术是“自己表现”（即“自我表现”）只是从一个方面，即主观的方面，对艺术进行了说明。[2] 从宗白华对“自己表现”的表述来看，艺术“表现”包括两个方面：其一，是艺术家主体元素的“具体化”；其二，是艺术家主体元素的“客观化”。

郁达夫在其著作《文学概说》（1927）里指出：“艺术就是人生生活的表现，文学既是艺术的一分支，当然也是生活的表现。”[3] 他认为，作为一种驱动力，并内在地构成“生活”内容的“生”非常“具象的表现在我们身上，而表现就是创造。讲到艺术哩，却又除表现（即创造）外，另外是什么也没有的”。“生活就是‘生’的表现。”[4]“艺术毕竟不外乎表现，而我们的生活，就是表现的过程，所以就是艺术。”“我们要想表现自己，必须用一种媒介物或材料才行。对于这一种媒介物或材料，加以选择，认为适当的时候，我们就拿它来作

[1] 宗白华：《美学与艺术略谈》，1920 年 3 月 10 日《时事新报 · 学灯》。

[2] 这样来讲“表现”在当时是较普遍的，康白情也认为：“诗起源于自己表现底艺术冲动。”见康白情：《新诗底我见》，1920 年 3 月《少年中国》第 1 卷，第 9 期。

[3] 郁达夫：《文学概说》，上海商务印书馆 1927 年初版，引文据郁达夫：《艺文私见》，复旦大学出版社 2004 年版，第 13 页。

[4] 同上书，第 2 页。

表现的手段。这一种媒介物，在平常的文学论里，一般都称他为象征（symbol）的。”“自己表现，最简单的时候，就是叫一声，吃一口饭，也可以达到目的。扩而张之，做一件事业，深而进之，奏一曲音乐，写一首诗，也是自己表现的一种方法。所以这些叫声、吃饭、事业、音乐、诗，都是自己表现的材料，换一句话说，就是象征。”[1]“表现的材料”是用以表现的，把“象征”称作“表现的材料”或“媒介物”也是体现了“表现”的内在性或含蓄蕴藉特质，主体要表现出来的不是“媒介物”或“材料”，而是它们所蕴含的意义。这对于理解文学的作为艺术的本性无疑有着重要价值。另外，郭沫若、宗白华和郁达夫都认为“表现”是“创造”，也突出了他们对于创作过程中主体元素的强调或强化。

1930年代，朱光潜对当时人们对于“表现”概念的流行看法提出了质疑，并通过对于西方一些美学家观点的批判阐述了自己对于“表现”的认识。他先概述了时下流行的“表现”观，他说:“诗人和其他艺术家的本领都在见得到，说得出。一般人把见得到的叫做‘实质’或‘内容’，把说出来的叫做‘形式’。换句话说，实质是语言所表现的情感和思想，形式是情感和思想借以流露的语言组织。艺术的功能据说是赋予形式于内容。依这样看，实质在先，形式在后；情感思想在内，语言在外。我们心里先有一种已经成就的情感和思想（实质），本没有语言而后再用语言把它翻译出来，使它具有形式。这种翻译的活动通常叫做‘表现’（expression）。所谓表现就是把在内的‘现’出‘表’面来，成为形状可以使人看见。被表现者是情感思想，是实质，表现者是语言，是形

[1] 郁达夫:《文学概说》，上海商务印书馆1927年初版，引文据郁达夫:《艺文私见》，复旦大学出版社2004年版，第3页。

式，这是流行语言习惯对于‘表现’的定义。它对于情感思想和语言指出三种关系：一、被动与主动的关系，二、内外的关系，三、先后的关系。”[1] 接着朱光潜介绍了一些西方美学家的相关观点，他写道：“美学家克罗齐把流行语言所指的‘表现’叫做‘外达’（l’estrinsecayione），近于托尔斯泰、阿贝克朗比（Abercrombie）和理查兹（Richards）诸人所说的‘传达’（communication）。依他看，就艺术本身的完成说，传达并非绝对必要，必要的是在心里直觉到一个情感饱和的意象。情感与意象卒然相遇而诉合无间，这种遇合就是直觉，就是表现，也就是艺术。创造如此，欣赏也是如此。所以‘表现’变成情感与意象中间的关系。在心中直觉到一个完整的意象恰能涵蕴一种情感时，情感便已‘表现’于意象。被表现者是情感，表现者是意象。……表现即直觉，是在一瞬间在心中形成的，内容形式不可分的；内外的分别自不能成立，即先与后，主动与被动的分别也不甚重要了。至于把心里所直觉成的艺术用符号记载下来，目的是在传达给旁人看，或是留为自己后来看。这种目的是实用的，而不是艺术的，所以传达与艺术无关，传达出来的也只是‘物理的事实’，不能算是艺术。”[2]

朱光潜指出：“在‘表现’的许多意义之中，流行语言习惯所用的最占势力。这就是：情感思想（包涵意象在内）合为实质，语言组织为形式，表现是用在外在后的语言去翻译在内在先的情感和思想。这是多数论诗者共同采纳的意见。”[3] 他从情感思想和语言的关系入手，认为情感、思想和语言三种

[1]《朱光潜全集》第 3 卷，安徽教育出版社 1987 年版，第 87—88 页。

[2] 同上书，第 88—89 页。

[3] 同上书，第 90 页。

活动是“互相联贯的”，“不能彼此独立的”。[1]“思想语言是一贯的活动，其中有一方面是实质，这实质并非离开语言的思想而是它们所共有的意义，也有一方面是形式，这形式也并非离开思想的语言而是逻辑与文法（包含诗的音律在内）。如果说‘语言表现思想’，就不能指把在先在内的实质翻译为在后在外的形式，它的意思只能象说‘缩写字表现整个字’，是以部分代表全体。说‘思想表现于语言’，意思只能像说‘肺病表现于咳嗽吐血’，是病根见于征候。分析到究竟，‘表现’一词当作它动词看，意义只能为‘代表’（represent），当作自动词看，意义只能为‘出现’（appear），当作名词看，意义很近于‘征候’（symptom）。”[2]“我们的表现说与流行说及克罗齐说的分别，如果用方程式表示，分别便一目了然。流行的表现说如下式：

艺术创作
- 第一阶段：情感 + 意象 = 想象 = 艺术的酝酿。
- 第二阶段：想象 + 语言文字 = 表现 = 传达 = 翻译 = 艺术的完成。

克罗齐的表现说可列为下式：

艺术创作
- 第一阶段：情感 + 意象 = 直觉 = 表现 = 创造 = 艺术活动。
- 第二阶段：直觉 + 语言文字 = 外达 = 物理的事实 ≠ 艺术活动。

我们的表现说则为下式：

艺术创作
- 第一阶段：情感 + 意象 + 语言 = 表现（传达 = 艺术活动）。
- 第二阶段：艺术 + 文字符号 = 记载 ≠ 艺术活动。

式中‘=’为等号，‘+’为加号，‘≠’为不等号，至于‘( )’则借用符号名学中的内涵号。我们的学说的特点在把传达媒介看成表现所必用的工具，语言和情趣意象是同时生展

[1]《朱光潜全集》第 3 卷，安徽教育出版社 1987 年版，第 90 页。
[2] 同上书，第 91—92 页。

的。”[1]显然，朱光潜的这一认识是由分析走向了新的综合，在名词的意义上把“表现”理解为“征候”是更为贴切的。这一见解对于人们理解文学艺术内容和形式的关系也具有重要的理论启示。

尽管有些理论家对“表现”概念作出了甚至是比较清晰的规定，但我们还是不应忽视其用法的含混或杂乱，因为含混或杂乱才是当时人们使用该概念时的常态。李安宅对此作了说明，他说：“普通所说的‘表现’，意义非常含糊。据瑞德（L. A. Reid）的分析：第一，结果是原因的表现；第二，发烧是血流状态的表现；第三，Expression 字面的意义是‘挤到外面’；第四，引用‘外边’的譬喻，表现必是表现到外边，那就是藉着甚么东西表现了另种东西；这个另种东西，自然在前项当作手段的甚么东西以外，粗与‘挤’出来的那个相当。藉着甚么东西表现到‘外边’的另种东西的一种，自然是心理状态。第五，表现是用外表的行为发抒内部的紧张；内部的紧张则或是属于心理，或是属于身体，或是属于身心两面。第六，表现是满足了某种自觉的欲望。第七，表现是‘自表’，那就是一个人的行动不但满足了甚么内部的欲望，而且将自我客体化了，或将自我投射到外界（Empathy），一般讲表现的人，或者采取一义，或者采取数义，都不能清清楚楚地界范一下。”[2]据此，李安宅指出：“表现有时指的是一项工夫（表现过程），有时指的是表现出来的成绩，有时又指的是表现的技术。”[3]

[1]《朱光潜全集》第 3 卷，安徽教育出版社 1987 年版，第 96—97 页。
[2] 李安宅：《美学》，上海世界书局 1934 年版，第 81—82 页。
[3] 同上书，第 82 页。

二 表现·再现·写实

郭沫若在《文艺的生产过程》一文中借一个典故来譬喻说明什么是"再现"，以及其与"表现"的区分，他说："甚么是再现？这是微生高的醋：人向微生高讨醋，自己没有跑向邻人转借。向邻人转借来的醋不是制作，向自然转借来的醋也不是制作，一切从外面借来的反射不是艺术的表现。"[1]这一典故出自《论语·公冶长》，原文是："子曰：'孰谓微生高直？或乞醯焉，乞诸其邻而与之。'"[2]郭沫若引用这个典故重在说明"醋"（即"醯"）不是自己的，不是自我主体参与的创造，是纯然外在于主体的存在；他认为这就是"再现"的特点，也是其与"表现"概念含义的不同之处。

郁达夫在《文学概说》中也提到"再现"概念，但意义与郭沫若的大不相同。他在著作中这样写道："我们因为想满足我们的艺术的要求而生活，所以我们的生活，依理应该是

---

[1]《沫若文集（10）》，人民文学出版社1959年版，第97页。

[2]《诸子集成（一）》，中华书局2006年版，《论语正义》第108页。

艺术的。然而我们的实际生活，往往因周围包在那里的恶浊的空气的原因，不能有可以使艺术冲动满足的那种表现。像这样的一种不完全的艺术表现，想使它变成完全的艺术表现的时候，我们不得不将不纯粹的恶浊分子除掉，而再来作一个第二次的表现，于是将生活用了纯粹精确的手段（文字、音乐、色彩、线体）来再现的要求发生了。艺术本来就是表现，而艺术品的表现，实际上不是事实本体的现象，却是经过艺术家的气禀的再现。在这再现的时候，艺术冲动与表现的中间，就生了虚隙，艺术家得有自由出入之余地……"[1] 显然，郁达夫的"再现"指的是第二次"表现"，"再现"不仅不是与主体无关，而是恰恰由于主体的参与。

在今天人们的常识中，"再现"仿佛理所当然地是写实文学的专利了，而创造社成员成仿吾却在阐述他的写实文学理论时以"表现"概念取代了"再现"概念，他认为："写实的文学""是赤裸裸的人事与感觉世界的表现"。[2]"我们于观察时，要用我们的全部机能来观察，要捉住内部的生命，而不为外部的色彩所迷；我们于表现时，要显出全部的生命，要使一部分的描写暗示全体，或关连于全体而存在。"[3] 这样才能做到"真的写实主义"，而"观察不出乎外面的色彩，表现不出乎部分的形骸"，"只是一些原色写真与一些留声机片"的文学则是"庸俗主义"。"所谓庸俗主义虽亦以写实自夸，然而他的'实'，一眼看完，便毫无可观的了。"[4] 成仿吾把"真的写实主义"也称作"真实主义"，他说："真实主义

[1] 郁达夫：《文学概说》，上海商务印书馆 1927 年初版，引文据郁达夫：《艺文私见》，复旦大学出版社 2004 年版，第 5—6 页。
[2] 成仿吾：《写实主义与庸俗主义》，1923 年 6 月 10 日《创造周报》第 5 号。
[3] 同上。
[4] 同上。

与庸俗主义的不同，只是一是表现 expression，而一是再现 representation。再现没有创造的地步，惟表现乃如海阔天空，一任天才驰骋。”[1]

前期创造社的郭沫若本不承认艺术上的功利主义的动机的，似乎属于艺术派了，但他又自称“不承认艺术中可以划分出甚么人生派与艺术派”，认为“艺术与人生，只是一个晶球的两面。只如我们的肉体与精神的关系一样，他们是两两平行，绝不是互为君主臣仆的”。[2]诗人康白情也说：“诗是‘为人生底艺术’和‘为艺术底艺术’调和而成的。但有偏主前一说的说，诗不问工拙，唯其志。又有偏主后一说的说，诗不问善恶，唯其美。实际，没有志不能作诗，既成诗，就终归是言中有物的；而没有美便不成其为诗了。”[3]不管他们的本意怎样，这样的理论论述都是较为辩证的，对于人们全面看待“人生派”与“艺术派”或“为人生”与“为艺术”的关系有着积极的理论意义。他们的这种思维方式在当时是有着一定的代表性的。

与成仿吾的主张类似，有些不赞同“客观描写”的文学评论者，尤其是在前期创造社一些成员的理论中，也常常出现“写实”字眼，甚者还把它当作一个相当重要的文学理论术语。这在我国现代文学理论史上似乎是个耐人寻味的现象，即大多强调主体性功能的创造社成员不仅不反对甚而是赞成文学研究会所倡导的写实主义，只是他们作了别样的理解。“写实”概念在他们的理论表述中其实是与“表现”相当接近的，所以，这里我们谈及的“写实”是与“表现”概念

[1] 成仿吾:《写实主义与庸俗主义》，1923 年 6 月 10 日《创造周报》第 5 号。

[2] 郭沫若:《论国内的评坛及我对于创作上的态度》，1922 年 8 月 4 日《时事新报 · 学灯》。

[3] 康白情:《新诗底我见》，1920 年 3 月《少年中国》第 1 卷，第 9 期。

相近义的一个概念，或者说是从“表现”的立场上去理解的“写实”。

在这方面穆木天的《写实文学论》(作者署名“木天”)是一篇值得关注的文章。与一些论者的“客观写实”相反，穆木天尽情展开了“写实”的主体的方面。他说:“写实是一种深刻的哲学，是一种真挚的态度。必在自我意识最强的时候，必在哲学思索最深的时候，才会有写实文学的发生。写实文学是静者的产物，是理性的艺术。写实是人间性的一种内的要求。”“写实并不是要写得象，写实是要写得实。象未必准是实，实不必准要象，但写实并不是事实对不对的问题，这是事实实在不实在的问题。不管他真不真，只要是一种实在的世界，令我们感出写实味来，那就是好的写实文学。”“如艺术的画像与照相馆的照像不同，写实的作品与写真的东西也是不一样。写实是心理的要求，而写真则完全是物理的结果。写实是艺术的，而写真是科学的。写实是主观的，而写真是客观的。写实是具体的，而写真则是概念的。写实是人的，而写真是物的。因为写实是要求即是‘人间性’。写实味的深感即是人间性的满足。写实是一种人的要求。人不住的要认识自己。从要认识自己的内意识里发生出的东西就是写实的要求。写实文学就是这种内意识的结晶。”[1] 穆木天的这种“写实”理论，是以主体(即“人”)为核心的，它的发生始自主体的态度和心理，它的结果是主体“内在要求”的满足——实，是主体层面的实，是主体意识的蔓延、外化和特性的呈现。

穆木天不仅认为“写实”“是一种态度”，而且还进一步指出了“这种态度的发生是出于庶民阶级”，这正是其思想的

[1] 木天:《写实文学论》，1926年6月16日《创造月刊》第1卷，第4期。

时代价值倾向性的体现。他说："……庶民阶级，最喜欢看自己，最喜欢看人，最喜欢嬉笑怒骂，饭后，事余，最好看出人生的不调和，最好鉴赏人生的滑稽味：从这种庶民精神，写实文学得到他的发生。在镜子前，看自己的面孔，嘲骂自己；在镜子前看社会的面影，冷讽社会；写实文学的发生即根据这种精神。中国上流文学，看不到什么多少写实的东西。在中国的下流的读物上，写实的作品反倒很多。因为上流的作家日安居于大雅之堂，生活非常安乐。自无心去寻什么人生滋味；下来的民众，日接近人生，并且一步也出不了人生，他们的暗怛的人生，所以对于人生味非常痛感。"[1]

穆木天还认为，"写实文学是一种主观的有妥当性的人性的创造"。"从写实文学的本质看，从写实文学的变迁上看，我们都可以知他是人性的表现，也就是自我表现的一种形式。虽然，Madame de Staël 与 Stendhal 等人说文学为社会的表现；但社会究竟是自我的 image 而我们看社会即是看自我。"[2] 正是在这个意义上，穆木天质疑了认为"写实文学"无我、非情的观念。他在文章中写道："有人说：写实文学不要自我，写实文学又不要感情。impersonnalite 与 impassibilite 为写实文学两大要件。从表面看固然如此。但再细细观查，作者不要自己，是不是要求比自己还大的自己，作者不要感情，是不是要求更大的感情。写实作者出了自我为得是找到自我，那即是大我；写实作者压下自己的浅浮的感情，为得找着大的感情，那即是人间性的感情。勿论什么写实作品，都是作者的人格的化身；从里头都可以看出作者的生命。无论是 Flaubert，是 Maupassant，是 F. Fabre 是 J. Renard 是 Daudet，是什么人，

[1] 木天：《写实文学论》，1926 年 6 月 16 日《创造月刊》第 1 卷，第 4 期。
[2] 同上。

只要是真的写实作家作品中都会有自己的人格。近代写实主义文学的发生，宁可说是个人主义的发展，不能说是自我的灭亡。”[1] 这样看来，与其说穆木天是在探讨写实主义，毋宁说他在通过这一探讨，来倡导“自我表现”的观念，这体现了一种对于写实主义的“表现”化的理解或解释。

[1] 木天:《写实文学论》，1926 年 6 月 16 日《创造月刊》第 1 卷，第 4 期。

三 表现与『自我』

“自我”是与“表现”关系非常紧密的一个概念，“自我表现”或“表现自我”是两个在现代中国文学理论与批评语境中出现频率很高的命题。“自我表现”即 selfexpression，在1920、1930年代也常常被翻译成“自己表现”。当时人们对于“表现”的理解在很大程度上取决于对“自我”的理解，而对“自我”的理解也是人们正确而深入地理解“表现”的一把钥匙。

“表现”论者之所以主张“表现”首先取决于他们对待“自我”的态度，郭沫若在1920年代初期作为一个认同“表现主义”的文学家，他就认为：“印象派所标榜的追求客观的真实，他们是完全办不到，‘求真’在艺术家本是必要的事情，但是艺术家的求真不能在忠于自然上讲，只能在忠于自我上讲。艺术的精神决不是在模仿自然，艺术的要求也决不是在仅仅求得一片自然的形似，艺术是自我的表现，是艺术家的一种内在冲动的不得不尔的表现。自然与艺术家的关系，只如木材店与木匠的关系。自然不过供给艺术家以种种的素材，使这种种的素材融合成一种新的生命，融合成一个完整的新的世界，这还是艺术家的高贵的自我！”[1]“忠于自我”的态度可以说是“表现”论者的一个最基本的特征。

因为要“表现自我”，所以“自我”也就顺理成章地成为“表现”论者所关注的一个概念。郑伯奇在《新文学之警钟》一文中就指出：“艺术是艺术家自我的表现，再无别的。文学家的自我建筑，是现在文坛最迫切的第一要求！”[2]那么，文学艺术向文学艺术家要求怎样的“自我”呢？显然，并非任意的“自我”都能够是文学艺术表现的“自我”的。郭沫若认为，这样的“自我”是一个“纯粹的自我”，是有着表现价值的“自我”，是一个“美的灵魂”，他说：“艺术家总要先打破一切客观的束缚，在自己的内心中找寻出一个纯粹的自我来，再由这一点出发出去，如象一株大木从种子的胎芽发现出来以至于摩天，如象一场大火由一点星火燃烧起来以至于燎原，要这样才能成个伟大的艺术家，要这样才能有真正的艺术出现。”[3]“艺术是我们自我的表现，但是我们也要求我们的自我有可以表现的价值和能力。美术教育的必要就在这儿。美术教育不是专教人以技巧，它是教人以做人的方针。我们在教育的熏陶之中要努力把我们自己修养成‘美的灵魂’sehoeneseele，最高的艺术便是这‘美的灵魂’的纯真的表现。”[4]康白情在《新诗底我见》一文中也要求文学里的“自我”是一种“高尚的人格”的体现：“诗底风格，系乎作家底人格。”“我们说诗，处处都要他于世道有补，固未免‘头巾

[1] 郭沫若：《印象与表现》，1923年12月30日《时事新报》副刊《艺术》第33期。
[2] 郑伯奇：《新文学之警钟》，1923年12月9日《创造周报》第31号。
[3] 郭沫若：《印象与表现》，1923年12月30日《时事新报》副刊《艺术》第33期。
[4] 同上。

气'太重，然而在自己表现之内而不能以最高尚的人格表现于最高雅的风格里，也是诗人底羞了！"[1]

朱光潜在1396年出版的《文艺心理学》一书中从心理学角度给自我表现说寻找到了理论依据。他说："从前人论文艺的功能，不是说它在教训，就是说它在娱乐，都是为接受艺术者着想，没有顾到作者自己。其实文艺有既不在给人教训又不在供人娱乐的，作者自己的'表现'的需要有时比任何其他目的更重要。情感抑郁在心里不得发泄，近代心理学家告诉过我们，最容易酿成性格的乖僻和精神的失常。文艺是解放情感的工具，就是维持心理健康的一种良剂。古代人说：'为道德而艺术'，近代人说：'为艺术而艺术'，英国小说家劳伦斯说：'为我自己而艺术'（Art for my own sake）。真正的大艺术家大概都是赞同劳伦斯的。"[2]"为我自己而艺术"显然是为自我表现观念张目的。

郭沫若发表于1920年2月的文章《生命底文学》中论及的"生命"概念就蕴含了他后来所阐明的文学"表现"的"自我"的性质。这亦可看作其自我表现说的一个理论来源。他认为："生命与文学不是判然两物。生命是文学底本质。文学是生命底反映。离了生命，没有文学。""感情、冲动、思想、意识底纯真的表现便是狭义的生命底文学。""创造生命底文学，第一当创造人：当先储集多量的energy以增长个体底精神作用。""创造生命文学的人当破除一切的虚伪，顾忌，希图，因袭，当绝对地纯真，鲠直，淡白，自主。一个伟大的婴儿。""创造生命文学的人只有乐观：一切逆己的境遇乃是储集energy的好机会。Energy愈充足，精神愈健全，文学

[1] 康白情：《新诗底我见》，1920年3月《少年中国》第1卷，第9期。

[2]《朱光潜全集》第1卷，安徽教育出版社1987年版，第323页。

愈有生命，愈真，愈善，愈美。”[1]郭沫若在其后反复提到的“自我”范畴其实正是这一作为“文学底本质”的“生命”的体现。

同样主张“艺术是自我的表现”，并且与郭沫若同为创造社同人的郑伯奇却从另一个角度——现实性、社会性的角度对“自我”概念进行了解读。郑伯奇认为：“‘为人生的艺术’一派所主张的，就社会或文化上着眼，固然不无是处，若立在艺术的宫殿上说话，那当然是错的。艺术只是自我的最完全，最统一，最纯真的表现，再无别的。”“艺术只是自我的表现，我们说了，但是这‘自我’并不是哲学家的那抽象的‘自我’，也不是心理学家的那综合的‘自我’，这乃是有血肉，有悲欢，有生灭的现实的‘自我’。这‘自我’既然是现实的，当然不能超越时间空间而存在，并且也不能单独的孤立的存在。这自我乃是现实社会的一个成员，一个社会性的动物。而艺术家乃是表现这么一个‘自我’的。所以艺术虽不如‘为人生’派所主张，是‘为人生’的，然而艺术却也不能脱离人生，并且不能脱离现实的人生。我们不赞成为人生派的说话，因为他们想把艺术引到一个空虚的概念的人生上去。然而我们决不信艺术可以超越人生的。现实的人生正是艺术的绝好资料。不，这话还有隔膜，艺术只是自我的表现，我们说了，我们现在也可以说‘艺术是表现人生的’。这话并不矛盾，不冲突，实在也很一致的。”[2]郑伯奇对“自我”概念的这种解读，发现了“自我”与“人生”的一致，在很大程度上摆脱了“表现自我”中的“唯我”观念，对于全面理解“自我”和“人生”都有着重要的启迪。

---

[1] 郭沫若：《生命底文学》，1920 年 2 月 23 日《时事新报 · 学灯》。

[2] 郑伯奇：《国民文学论（上）》，1923 年 12 月 23 日《创造周报》第 33 号。

四 语义转向

从知识性角度看，概念的语义往往在于规定，规定可以明确地下定义，也可以通过概念的实际使用做潜在的规定，当然潜在的规定走向自觉需要进行揭示与阐明。“表现”概念到了1930年代后期至1950年代，其语义发生了重大转化，并且这种转化不是通过定义，而是通过文学理论与批评文本对于“表现”概念的使用来完成的。“表现”语义的转向主要体现在两个方面。

黑格尔在《小逻辑》一书的导言中区别“哲学全书”和“实证的科学”时指出：“也有别的称为实证的科学，但有理性的根据和开端。这类科学的理性部分属于哲学，它的实证方面，则属于该学科特有范围。”[1] 文学理论作为一门具体科学也是如此，其“理性的根据和开端”也是属于哲学的，在这一部分中的那些重要文学理论范畴也就多是属于哲学层面的。

[1] [德]黑格尔：《小逻辑》，贺麟译，商务印书馆1980年版，第57页。

我们可将其称为“一阶概念”或“一阶范畴”。“表现”在1920年代大体就正是这样的范畴之一，它属于哲学层面。而到了1930年代末以后，“表现”概念就脱离了哲学层面，转向了“实证方面”，即转向了文学理论“学科特有范围”。这里可将其称作“二阶概念”或“二阶范畴”。这是“表现”语义转向的第一个方面，这一转向大致完成于关于文学的内容和形式的关系问题的探讨上。

这一方面的重要现象就是“表现”概念由“艺术是表现”或“文学是表现”的总体判断性使用转变到“形式表现内容”或“形式是内容的表现”这样的分体判断性使用。1941年4月，楚天阔发表了《谈现在文学的内容和形式》一文，文中提到了“文学表现”[1]的措辞。由“自我表现”向“文学表现”的位移就标志着“表现”概念已经走出了其文学理性根据（即哲学）的论阈，从文学理论的一阶概念走向二阶概念。楚天阔在文中指出：文学应该有个健康的灵魂，“这灵魂即是作品的内容，作品中所该表现的意义”。他还认为：民族性是需要靠文学作品来“表扬”的，“明白了这一点，而正确地借着一个题材表现出来，就是一个健康的灵魂，充实着生命的内容了”。[2]这里的基本判断是“作品表现内容、意义”，“题材表现民族性”，其实质就是“文学形式表现文学内容”，“表现”概念于此就成了说明内容和形式关系的一个措辞，它用来说明内容凭借形式得以显示与人，也表示文学的内容成了形式的实质，就如“文学表现自我”表示“自我”是文学的实质一样。

---

[1] 楚天阔：《谈现在文学的内容和形式》，1941年4月1日《中国公论》第5卷，第1期。

[2] 同上。

其实，到了1940年代，文学形式和内容二分，重内容轻形式，内容决定形式等观念几乎成了常识。“文学形式表现文学内容”只是这些观念的一个体现或表征而已。1942年北京的《国民杂志》组织一组关于“小说的内容形式问题”的笔谈，《东亚联盟月刊》编辑上官筝在“答问”中说：“固然形式能够限制内容的发展，可是当内容健康起来的时候，自然便会创造出合理的形式来了。因为形式是被内容所决定的。”[1]天津作家鲍司认为：“每一篇作品自有它的灵魂，‘形式’是表现这个‘灵魂’的，它有着它独有的性格和面貌，这个是不能牵强得来的。这里，我的意思以为形式妨碍文艺小说和民众接近的力量很小，要紧的还是‘灵魂’的美丑；而在写作上，牵强了性格和面貌，对于‘灵魂’的表现——那整个故事精神的表现，要有很大的妨碍。”[2]鲍司所说的“灵魂”在这里当然也是指文学作品的内容方面。冯三昧在《新文艺的内容与形式》（1943）一文中指出，文艺是“感情的流露和思想的表现”，“思想感情是所表者，文字形式是能表者，它们是一而二，二而一的表里为用，贴然无间，难以加以划分的”。[3]虽然冯三昧认为“所表者”（即内容）与“能表者”（即形式）是难以划分的，但他还是认为内容对于形式具有决定意义，他说，“文艺形式的繁简，常随着内容而变动”[4]。

“表现”概念语义转向的第二个方面是总体上由表现主观转向表现客观，由表现作家主体转向表现客体现实。祝秀侠在1938年发表于《文艺阵地》上的论文《现实主义的抗战文

[1] 上官筝：《答国民杂志社问》，1942年10月1日《国民杂志》第2卷，第10期。
[2] 鲍司：《应问》，1942年10月1日《国民杂志》第2卷，第10期。
[3] 冯三昧：《新文艺的内容与形式》，1943年5月10日《杂志》第11卷，第2期。
[4] 同上。

学论》中提到“表现现实”“文学的表现现实”[1]等说法，显示出文学表现由表现主观向表现客观位移的语义转变趋势。

蔡仪在《主观的艺术性与客观性》一文中对于“表现”概念的使用更进一步地显现了这一语义的转变。他说：“所谓艺术的主观性，是作者意识的特殊条件，对于认识及表现客观现实的特殊规定。各个人的生活状态、体力、修养等是有差别，因此各个人的性格是不完全相同的；各个人的性格既不完全相同，那么他对于客观现实的认识及表现也自然有他独自的特殊之处，所以个性的有影响于艺术，这是不用说的。”“可是艺术是个人的同时也是社会的。站在社会的观点来说，艺术是作者个人对于客观现实的认识的表现，借以传达于其他人群的。因此艺术之所以为艺术，不单是在于作者对于客观现实的认识及表现而已，还在于其他人群能否通过作品的这种表现而接受作者的这种认识。因此作者个性在作品上的影响是有限的，就是说，作者的意识的特殊条件，对于认识及表现客观现实的规定，在艺术上是有限度的，假如由于作者的意识的特殊条件，所认识及表现的客观现实完全不能为别人所接受，这自然是有充分的主观性了，可是不能称之为艺术。”[2]在这两段谈论“艺术的主观性”的文字里，“表现”概念中主观性的空间却是被大大压缩了，被“表现”的“客观现实”虽不可避免有主观的参与或“规定”，但主观的“限度”也规定了其“规定”不是决定性的，而“客观现实”的规定才可能是决定性的。

“表现”概念语义的这一方面的转向，其实拉近了“表

[1] 祝秀侠：《现实主义的抗战文学论》，1938年6月1日《文艺阵地》第1卷，第4号。

[2] 蔡仪：《主观的艺术性与客观性》，1943年《中原》创刊号。

现”概念与“反映”概念的距离。“表现”概念的语义与“反映”概念在用法上显示出高度的一致性。蔡仪就在这篇文章中，同样指出:“艺术的主观性是由于作者的主观的意识或者认识的特殊条件所反映的客观现实的特殊侧面、属性。这所反映的是客观现实所固有的，而且是本质的。倘若所反映的不是客观现实所固有的，那便是主观意识对于客观现实的歪曲，原不能称为正确的认识;而所反映的仅是琐末的非本质的现象，也不能算是真正的认识，也就不能成为真正的艺术了。因此所谓艺术的主观性还是以客观性为基础，客观性是决定主观性的。”[1]拿这段引文与上面的引文两相对照，可见“表现”概念和“反映”概念的语义一致性是相当明显的。当“表现”进入现代中国文论话语系统，就有了自己发展的独特境遇和路径，其语义或功能的演变也确证着其作为中国文论话语系统基本元素的地位。

[1] 蔡仪:《主观的艺术性与客观性》，1943年《中原》创刊号。

第五章

反映

FANYING

今天，我们说“文学是……的反映”这样的命题，可能已经激不起人们的任何的好奇心了。这已经是文学理论的一种常识性话语了。然而往前推100年左右，这个词却是一个新鲜词，其思想的和理论的生产力都极其旺盛。从历史的发展看，我们关于文学的成体系的话语或观念，很多都是以这个词为基础的。关于文学创作的真实论、源泉论、本质论、审美论，实际都离不开反映论。“反映”概念及其所承载的文学观念在中国现代文学理论话语体系中带有“基底”的意义，其基本语义生成和定型也鲜明地体现着中国文论话语的构建过程。

一 初始语境

“反映”是我国现代学界引进较早的哲学范畴之一，它作为外来语大约出现于20世纪五四运动前后，但受西方科学思想的影响而具有朴素的“反映”观念却可以追溯到更早的时候。谭嗣同（1865—1898）在其哲学著作《仁学》（写作时间大致是1896—1897年间）中指出：“吾大脑之所在，藏识之所在也，其前有圆洼焉，吾意以为镜，天地万物毕现影于中焉。”[1]“反映”观念的部分意义表象于此已经颇为清晰了。在我国文学理论与批评方面，较早明确地具有“反映”观念的应是苏曼殊（1884—1918，名戬，字子谷，后更名元瑛，曼殊为出家后的法号），他在1905年为《新小说》杂志写的《小说丛话》中说：“小说者，‘今社会’之见本也。无论何种小说，其思想总不能出当时社会之范围，此殆如形之于模，影之于物矣。……今之痛祖国社会之腐败者，每归罪于吾国

[1] 谭嗣同：《仁学》，中州古籍出版社1998年版，第155页。

无佳小说，其果今之恶社会为劣小说之果乎，抑劣社会为恶小说之因乎？”[1]这里的“见本”（見本）是日语词，意为“样品”，讲小说是社会的“样品”，其实就带有朴素的“反映”的意味。把社会归为思想之因，认为“思想总不能出当时社会之范围”无疑应是文学“反映”的最基本义。可见，中国近代晚期，无论是在哲学上还是在文学理论上，“反映”概念都是呼之欲出的。

据我国语言学家高名凯、刘正埮的考订，汉语的“反映”一词最早译自日文，是一个哲学范畴。[2]实际上，从“反映”早期在我国的运用来看，应该有文论和哲学两个维度，并且文论的维度或许早于哲学的维度。吕思勉早在发表于1914年3月的《小说丛话》（作者署名“成之”）中，就指出“小说者，社会现象之反映也”“人间生活状态之描写也”是当时人们对于“小说之性质”的一种认识。[3]可见，“反映”一词的出现至少可以推算到1914年3月之前。这种对于“小说之性质”的认识，吕思勉是有所不认同的，他说：“此其说固未尝不含一面之真理；然一考诸文学之性质，而有以知其说之不完也。何则？凡号称美术者，决无专以摹拟为能事者也。专以摹拟为能事者，极其技，不过能与实物等耳。”[4]可见，“反映”

---

[1] 曼殊等：《小说丛话》，1905年《新小说》第13号。

[2] 据高名凯、刘正埮的考订，汉语的“反映”一词最早译自日文，是一个哲学范畴。跟日文的对应关系是“反映——han-ei（日语音）——to reflect（英语）”，“反射——hansha（日语音）——reflection（英语）”（见高名凯、刘正埮：《现代汉语外来词研究》，文字改革出版社1958年版，第91页）。另据莫里森（马礼逊 Morrisson）的《汉语词典》（Dictionary of the Chinese Language，1815）“reflection”被注释为“反照”（参见刘禾：《跨语际实践》，生活·读书·新知三联书店2002年版，第397页，“页下注”）。

[3] 成之：《小说丛话》，1914年3月《中华小说界》第3期。本处引自《吕思勉全集》第11卷，上海古籍出版社2015年版，第26页。

[4] 同上。

一词，当时的意义大概就与“摹拟”相近似，实际上并没有成为文学理论或批评话语中的核心范畴。虽如此，“反映”一词的基本意义已有所体现，当是毋庸置疑的。

“反映”较早出现在我国学者的哲学著作中的时间，大概是 1919 年的下半年。李大钊在发表于《新青年》第 6 卷第 5 号和第 6 号[1]上的文章《我的马克思主义观》中说：“Thierry、Mignet 及 Guizot 辈继起，袭桑西门氏的见解，谓一时代的理想、教义、宪法等，毕竟不外当时经济情形的反映。”[2] 1920 年以后，“反映”范畴的运用就逐渐多了起来。李大钊 1920 年在北京大学撰写的讲义之一《原人社会于文字书契上之唯物的反映》，在题目中直接出现了这一概念。在文学理论与批评方面，茅盾在 1920 年 2 月《小说月报》上的“编辑杂谭”栏目发表的《俄国近代文学杂谭下》一文中，第一次在文学评论方面使用了“反影”的字眼，他写道：“美国文学家做短篇小说大都注重结构（plot）；俄国文学家却注重在用意（cause）。这也是俄国民族精神的反影，没有他国及得来。”[3]还有学者使用了“反射”一词，梁启超在 1920 年 3 月 14 日的《晨报》（北京）上发表《欧游心影录》的第九节，题目就是《文学的反射》。[4]宗白华发表于 1920 年 3 月 30 日的文章《戏曲在文艺上的地位》中认为：“后来精神生活进化，反射作

---

[1]《新青年》第 6 卷第 5 号和第 6 号应该是 1919 年 5 月、11 月先后出版，但从当时有关报刊刊登的《新青年》出版的广告看，第 6 卷第 5 号的实际出版时间是 1919 年 9 月。

[2] 李大钊：《我的马克思主义观》，1919 年《新青年》第 6 卷，第 5 号。参见《李大钊全集》第 3 卷，河北教育出版社 2000 年版，第 234—235 页。

[3] 雁冰：《俄国近代文学杂谭下》，1920 年《小说月报》第 11 卷，第 2 号。

[4] 后节录收入《饮冰室合集》，《文学的反射》为第八节，梁启超：《欧游心影录节录 · 文学的反射》（第 12 页），《饮冰室合集》第 5 册（专集之二十三），中华书局 2015 年版，第 5698 页。

用发达，注意到内心情绪思想的活动，于是乃有抒情文学。”[1]这些用语都是与“反映”概念较为接近的。

瞿秋白是较早在文学评论中使用“反映”概念的，他在1920年3月15日写作的《论普希金的〈弁尔金小说集〉》和其后1天写作的《〈俄罗斯名家短篇小说集〉序》中都出现了“反映”一词，前篇的“反映”出自对果戈里评论普希金的话，属于翻译语；后一篇的“反映”则完全出自瞿秋白的个人思想阐发。他写道：“文学只是社会的反映，文学家只是社会的喉舌。只有因社会的变动，而后影响于思想，因思想的变化，而后影响于文学。没有因文学的变更而后影响于思想，因思想的变化，而后影响于社会的。”[2]这里一方面揭示了文学的本质，即“是社会的反映”；另一方面，还通过对文学“社会的反映”本质的揭示，指出了文学是属于“第三性”（社会属于第一性，思想属于第二性，思想受社会支配，文学虽反映社会，但却受思想支配）的现象。由此可见，“反映”于此不只中介了文学与社会的关系，还是唯物主义思想在文艺理论和批评中的重要体现。瞿秋白在1921—1922年旅俄期间所写的《俄国文学史》中有十几处用到“反映”概念，其意也大多指向“反映社会”。[3]

然而，在20世纪20年代的文论语境中，人们使用更多的却是“文学是时代的反映”这一命题。1921年2月茅盾在发表的《新文学研究者的责任与努力》（作者署名“郎损”）一文中说：“大文豪的著作差不多篇篇都带着他的个性；一篇一篇反映着他生活史中各时期的境遇的。”[4]同年7月，在《社

[1] 宗白华：《戏曲在文艺上的地位》，1920年3月30日《时事新报·学灯》。
[2] 瞿秋白：《俄国文学史及其他》，复旦大学出版社2004年版，第74页。
[3] 同上书，第3—69页。
[4] 郎损：《新文学研究者的责任与努力》，1921年《小说月报》第12卷，第2号。

会背景与创作》一文中评价匈牙利诗人的“怀念祖国的古代文化和爱国主义的思想”时，茅盾指出：“这也是从社会背景自然产生的结果，正可作‘文学是时代反映’的强硬证据了。”他还说：“真的文学也只是反映时代的文学。”[1]“文学是时代的反映，社会背景的图画。”[2]初版于1925年10月的马宗霍著《文学概论》中也有“文学常为时代之反映”[3]之语。

“文学是时代的反映”命题，作为文学研究会的“共同的见解”[4]，在1920年代已经被广泛使用于文学理论与批评文本中了。这一命题是“反映”概念初译入我国，并在文学理论与批评中加以运用时的最重要的命题，也是出现频率最高的命题。当时，“文学是时代的反映”中“反映”的含义与“体现”极为接近，说文学是时代的反映其实就是说文学是时代精神的体现，或者说文学体现着时代精神。

“反映”概念之所以能够在20世纪之初被我国文艺界迅速接受，“文学是时代的反映”之所以能够成为那一时期的文学理论中的关键性命题，可以说是有着深刻的社会原因的。“反映”概念在当时被人们较多地使用并非由于这个概念本身，而是由于在哲学上它与唯物史观的联系，在文学理论上它跟时代精神的联系。

自19世纪的鸦片战争到20世纪的五四运动，中国知识分子对西方文明的学习和借鉴大致经历了三个阶段[5]，即鸦片战争后，以兴办军工企业、“师夷长技”的洋务运动为代表的

[1] 郎损：《社会背景与创作》，1921年7月《小说月报》第12卷，第7号。
[2] 沈雁冰：《创作的前途》，1921年7月《小说月报》第12卷，第7号。
[3] 马宗霍：《文学概论》，商务印书馆1925年版，第73页。
[4] 郑振铎：《中国新文学大系 · 文学论争集》“导言”，上海良友图书印刷公司1935年版，第10页。
[5] 这三个阶段的具体划分和说明可参看王守常主编：《20世纪的中国学术与社会 · 哲学卷》，山东人民出版社2001年版，第7—13页。

对西方文明器物层面上的借鉴；甲午战争后，以力图改良政治的戊戌变法为代表的对西方政治制度层面的借鉴；戊戌变法后，知识分子开始转向对西方文明精神层面的借鉴，他们认识到“求文明从形质入，如行死港，处处遇窒碍，而更无他路可以别通”，反之，“求文明而从精神入，如导大川，一清其源，则千里直泻，沛然莫之能御也”。[1]这种由精神层面的借鉴，在我国20世纪初逐渐发展为以民主精神（“德先生”）和科学精神（“赛先生”）为主导的启蒙运动。可以说，在我国20世纪初，启蒙作为价值目标主导了当时知识分子接受西学的宏观语境。由于当时知识分子的改造中国的思想取向已经由“形质”转向“精神”，所以也即相应地由以物为本，转向以人为本。如此，即便是在知识分子对科学理性的倡导中，也浸透着巨大的人文关怀。这在20世纪20年代初的科学与人生观问题的讨论中显现得尤其鲜明。

为“反映”在中国的广泛传播和被接受准备了适宜的“前理解”的，是先进知识分子对西方科学精神的追求与信仰。这方面的思想准备大致包括了两个方面：一是来自日本和西方的唯物主义、实证主义、实验主义、马克思的唯物史观等哲学思想在中国知识界的传播，当时在《新青年》杂志1916—1919年诸卷上的代表性文章有：马君武的《赫克尔之一元哲学》（1916年10月第2卷第2号、11月第2卷第3号）、恽代英的《物质实在论》（1917年3月第3卷第1号）、胡适的《实验主义》（1919年4月第6卷第4号）等等。一是日本和西方的文学理论与思潮的译介和影响，主要有写实主义、自然主义思潮和丹纳的艺术理论（他的“种族”“环境”“时代”三大文艺批评原则理论的影响尤其重要），梁启超在发表

[1]《梁启超哲学论文选》，北京大学出版社1984年版，第37页。

于1902年的文章《论小说与群治之关系》中就有了“写实派小说”的说法；“五四”前后，新知识分子对“写实主义”“自然主义”[1]的介绍更为充分，1921年12月，茅盾在《小说月报》上编发《文艺上的自然主义》一文，1922年7月他又写了论文《自然主义与中国现代小说》，力倡自然主义。“文学乃是人类生活状态的一种记载，人类生活随时代变迁，故文学也随时代变迁，故一代有一代的文学”[2]的观念，在当时的中国先进知识分子思想中几成不刊之论。这些思想为人们对“反映”的接受与理解准备了环境。然而，必须给予充分注意的是，当时人们并未对“反映”的哲学层面的内涵有一个全面的理解和阐释；在文学理论与批评上，开始使用“反映”时就没有把它作为一个严格的理论术语来界定和对待。

与这样的语境相适应，并对“反映”概念含义的最终形成有着重要影响的文学理论范畴或命题除了前面提及的“文学是时代的反映”之外，还有“真实”和“为人生而艺术”等范畴或命题。

1. 在我国现代文学理论中，20世纪20年代以前，知识分子由于受“进化论”思潮的影响，首先大力倡导的是“写实主义”，虽然他们知道欧洲的文学艺术已经“由理想主义再变为写实主义（Realism）更进而为自然主义（Naturalism）”（陈独秀：《现代欧洲文艺史谭》，1915年《青年杂志》第1卷，第3号）。这是因为他们认为中国文学那时发展的阶段还是在理想主义时代，不可以越过写实主义直接达到自然主义，因而主张先倡导写实主义。到20世纪20年代初“人生派”开始提倡自然主义（1922年5月出版的《小说月报》第13卷第5号上，专门辟出“自然主义的论战”一栏来讨论自然主义问题），但这并非是像西方那样由“写实主义”发展到了“自然主义”，而是由于当时他们还分不清楚写实主义与自然主义两种文学思潮的界限而把两者理解为一回事了，茅盾就曾经说过，“文学上的自然主义与写实主义实为一物”（雁冰：《自然主义的怀疑与解答》，1922年6月《小说月报》第13卷，第6号）。一直到20世纪30年代，在Realism译名上，人们才开始用现实主义来代替写实主义，人们对现实主义的认识也达到了一个新的高度。
2. 胡适：《文学进化观念与戏剧改良》，1918年10月15日《新青年》第5卷，第4号。

“真实”显然一方面和当时以“求真”为使命的科学精神相适合，一方面也是当时知识分子倡导的“写实主义”的基本要求，“写实主义”在当时也常常被称为“真实主义”。文学“真实”或“真实性”的讨论，贯穿着我国现代文学理论与批评史，可以说，对文学“真实”或“真实性”的理解直接影响着人们对“反映”概念的理解。这一方面是因为人们最初是为了“求真”的文学才接纳了“反映”概念，另一方面，就其后的人们对“反映”概念理解的发展来看，“真实”或“真实性”是人们解释文学“反映”，并进而要求于文学“反映”的最基本的维度。

潘梓年在初版于1925年的《文学概论》中较充分地探讨了文学的真实性问题。他认为科学和艺术都是求真的，科学求得的是客观方面的真，而艺术则求得主观方面的真，这二者相结合人们才能获取整个现实的真。值得注意的是潘梓年在书中阐发了“真实非实在（reality not actuality）”的思想，指出真实并不像普通人所认为的那样：合乎实在的就是真，不合乎实在的就不是真。实在不可能都是真实的，真实也不一定都是实在的。他在书中写道：“实在不都是真实，‘实在’是混杂的，散乱的；‘真’是纯粹的，清晰的。实在界里自然有真的分子，可是也混杂着一些糟粕——非真的分子。这个乱杂里的真，通常人不易（甚或不能）分别得出，须得有求真者在这混杂里，把相混糟的粕去掉，单选出‘真’的来，把这‘散乱的真’整理成‘清晰的真’提来供给他们看时，他们才能认识。……科学不是别的，只是把枝叶删去，独捡出可以组织成真正的知识的材料；艺术也不是别的，也只是删去一切枝叶，独把真能表得出深刻的情绪的材料捡出就是了。”“真实不必定要有实在，‘实在’是表面上的，破碎的，

‘真实’是深入的，完整的。我现在只是把实在里假的分子丢开，单挑出‘纯粹的真’来，还不能得‘完全的真’，必得要用理想在实在界不完全的地方，添补上什么，才能有完全的真。这在艺术如此，在科学上也未尝不是如此。”[1]

这就是当时的文学理论家对于文学真实性的深刻认识，即便是文学研究会中倡导自然主义的理论家，他们所理解的自然主义的描写方法——纯粹客观的描写也绝不是机械的，茅盾就曾撰文指出：“物质的机械的命运论仅仅是自然派作品里所含的一种思想，决不能代表全体，尤不能谓为即是自然主义。自然主义是一事，自然派作品内所含的思想又是一事，不能相混，采用自然主义的描写方法并非即是采用物质的机械的命运论。况且定命论的思想也不是自然主义者所能创造的，必社会中先有了发生这定命论的可能，然后文学中乃有这思想。”[2]

这体现了那时的理论家们在这方面的清醒而全面的认识，为以后探讨或形成“反映”过程中“真”的品质有着很重要的影响。可以说，当时“反映”概念中“真”的品质也正是基于当时人们对于“真”的这种理解之上的。

另一个对形成“反映”概念意义有重要影响的是“为人生而艺术”的命题。可以说，“为人生而艺术”是从目的性或价值取向上为“反映”概念的意义作出了规定。茅盾讲：“西洋研究文学者有一句最普通的标语：是‘文学是人生的反映(reflection)’，人们怎样生活，社会怎样情形，文学就把那种种反映出来。譬如人生是个杯子，文学就是杯子在镜子里的

[1] 潘梓年：《文学概论》(第3版)，上海北新书局1930年版，第21—24页。

[2] 沈雁冰：《自然主义与中国现代小说》，《小说月报》第13卷，第7号。又见郑振铎：《中国新文学大系·文学论争集》，良友图书公司1935年版，引文见该书第389页。

影子。”[1]在茅盾看来，人生是文学所表现的内容，人生就是人的生活、社会的情形，包括人种、环境、时代、作家的人格等方面。[2]这里把人生视为文学反映的对象，虽然对“反映”的理解是镜子式的，但由于这人生内涵的宽泛，也就使得这面镜子不再是日常的镜子了。

茅盾在写于1920年代末、出版于1930年的《西洋文学通论》中指出：“文艺之必须表现人间的现实是无可疑义的；但自然主义者只抓住眼前的现实，以文艺为照相机而忽略了文艺创造生活的使命，又是无疑的大缺点。文艺不是镜子，而是斧头；不应该只限于反映，而应该创造的！”[3]在另一篇文章《关于高尔基》中也说：“文艺作品不但须尽了镜子的反映作用，并且还须尽了斧子的砍削的功能；砍削人生使合于正轨。”[4]这些论述里，以“创造”作为对“反映”的补充，一方面体现了对文学作用于人生的功能的全面的认识，另一方面，也体现了当时人们对于“反映”概念理解和认识的限度，他们认为“反映”中是不含“创造”的。这种观念对后来人们对“反映”概念的理解也有着不可忽视的影响。

可以说，当时人们确立文学的真实性也好，探讨文学的对象是人生也好，都是有其价值目标的，强调真实性是为了说明文学是用来求真的，文学的对象是人生，则是为了强调文学是“为人生”的或改良人生的；两者所涉及的都是“反映”的内容方面，也都潜在地影响着当时人们对“反映”概

---

[1] 沈雁冰：《文学与人生》，见郑振铎：《中国新文学大系 · 文学论争集》，良友图书公司1935年版，第150页。

[2] 同上书，第150—152页。

[3] 茅盾：《西洋文学通论》，上海世界书局1930年版，第197页。

[4] 茅盾：《亡命生活——回忆录十一》，《茅盾专集》第1卷，福建人民出版社1983年版，第653—654页。

念意义的理解与接受。

把握现代中国文论语境中的“反映”概念，还有一个革命文学的维度。李初梨在《怎样地建设革命文学》一文中认为:“文学，与其说它是自我的表现，毋宁说它是生活意志的要求。”“文学，与其说它是社会生活的表现，毋宁说它是反映阶级的实践的意欲。”[1]这里无论是“生活意志的要求”，还是“反映阶级的实践的意欲”，都显示着反映对象的位移，即由反映生活、反映社会本质转向反映内在于社会生活中的革命意志，[2]文学反映对象的这种变化正显示着革命对于文学的影响。正如要求文学能够“真实”反映，是追求科学的语境所规定的;要求文学“正确”反映，则是以革命为主旋律的语境所规定的。

[1] 李初梨:《怎样地建设革命文学》，1928 年 2 月 15 日《文化批判》第 2 期。

[2] 表达类似意思的比较典型的还有“革命文学是使读者于认识生活中——或许，再加说一句，‘唤起革命的意识’——去决定或理解生活的创造”。见赵冷:《革命文学的我见》，原载 1928 年 5 月生路社《革命文学论文集》(初版本)。这里据《中国新文学大系 1927—1937 · 文学理论集二》，上海文艺出版社 1987 年版，第 156 页。

二 语义的基本确立

中国现代文学理论与批评语境中“反映”概念语义的基本确立与定型大致是在20世纪30年代。在这一时期，对于“反映”概念的语义确立有着重要意义的文学理论观念或思路的变化有三个方面。其一，由“文学是时代的反映”，转向了“文学是生活（或现实）的反映”；由体现时代精神，转向了表现社会生活；由文学总体风貌或潮流所体现出来的精神与倾向，转向了文学作品所应表现的具体内容。这是“五四”激情冷凝下来，由激昂的扬厉理想开始转向面对现实深刻思考的一个必然结果。其二，文学理论中的“反映”概念，一方面在该学科的特有层面继续深入扩展使用——以之对文学创作做具体实际的说明，另一方面也逐渐由特有层面转向了哲学层面（即“理性的根据或开端层面”）。周扬（周起应）早在发表于1933年5月的《文学的真实性》一文中就开始把文学对客观现实的“反映”提高到了哲学认识论的高度。[1]其三，

[1] 周起应:《文学的真实性》，1933年5月1日《现代》第3卷，第1期。

由主要探讨文学“反映”什么向主要探讨文学应该怎样“反映”转变，茅盾在发表于1935年10月的《“究竟应该怎样地反映或表现”》（作者署名“渔”）一文中说道：“我们以为‘究竟应该反映或表现些怎样的东西’这一问题，在既经过四年前热闹的论战以后，应当是不成问题了；眼前的问题却是‘究竟应该怎样地反映或表现’。”[1]可见，当时文学理论家所关注的已经是文学创作这一具体环节中的“反映”问题了，“反映”概念更深入地进入到作为特殊学科的文学理论领域。

周扬与苏汶关于文学真实性的论争，呈现或代表了当时人们对于“反映”概念的两种理解。苏汶的理解代表这样的一类人，他们看待“反映”带有很大的直观性，常常以日常经验为理解的基础与前提。苏汶认为：“所谓反映，即如镜子反映人形，不过把这种生活照出来，如此而已。美的照出来是美，丑的照出来是丑，不掩饰丑，同时也不抹杀美，此之谓反映。这是与赞助某一阶级的斗争毫无关系的。”[2]苏汶从日常经验出发来理解，把“反映”当作“镜子反映人形”，从而以强调文学表现生活的客观性、真实性来对抗文学的阶级性、政治性的观念。苏汶的理解失误在于他对“反映”主体的简单化认识，用呆板的日常意义中的镜子来比拟能思的主体本身就陷入了误区（走向了后来为人们所批判的机械反映论）。

周扬则正是抓住了这一点对苏汶的观念进行了批评，他对“反映”概念的理解显然代表了另外一类人，即认为“反映”是主体的“反映”，是主体的一种能力或活动，理解“反映”（或“反映”的真实性）应该从作为主体的人（即反映

[1] 渔：《“究竟应该怎样地反映或表现”》，1935年10月1日《文学》第5卷，第4号。

[2] 苏汶：《批评之理论与实践》，1933年3月1日《现代》第2卷，第5期。

者）出发。周扬说：“苏汶先生的这种镜子反映论，完全否定了认识的主体（作家）是社会的，阶级的人这个自明的事实，因而把认识的内容（作品）看成一种‘与赞助某一阶级的斗争毫无关系’的东西，一种超阶级的镜子的反映。实际上作为认识的主体的人，不但不是像镜子一样地不变的，固定的东西，而且也不单是生物学的存在，而是社会的，阶级的存在。”[1]他指出，文学的“反映”是为作家的历史和阶级条件所限制的“反映”，文学的真实既带有“主观的（阶级的）性质”，同时也有“客观的性质”，这一客观的性质来自作家对于“全体的社会现实的若干程度的正确的认识”。而能够“最大限度地反映和认识客观的真理”或者说能够“最大限度地发挥文学的真实性”的就只有“站在历史发展的最前线的阶级”，在现在就只有无产阶级。[2]

周扬对于“反映”的理解带有很强烈的价值介入的因素，强调“反映”是作为主体的人的“反映”，这对于正确理解“反映”的能动性有着积极的意义。在这次论争中，周扬还明确指出了文学的独特的“反映”方式，他说：“文学，和科学、哲学一样，是客观现实的反映和认识，所不同的，只是文学是通过具体的形象去达到客观的真实的。”“文学的真理和政治的真理是一个，其差别，只是前者是通过形象去反映真理的。”[3]在周扬等一些理论家看来，“通过形象”就是文学“反映”的独特性之所在，这也是文学“反映”的特殊方式。[4]

在发表于1937年6月的文章《艺术与人生——车尔芮

[1] 周起应：《文学的真实性》，1933年5月1日《现代》第3卷，第1期。

[2] 同上。

[3] 同上。

[4] “通过形象”来反映的观念在当时大多是受到了普列汉诺夫文艺思想的影响。这在后面我们述及胡秋原对“反映”的理解时还会有所说明。

雪夫斯基（今译车尔尼雪夫斯基——引者）的〈艺术与现实之美学的关系〉》中，周扬借对车尔尼雪夫斯基《艺术与现实之美学关系》的评论进一步阐明了自己的文学观念。他写道：“单是‘艺术是现实的再现’这个命题，车尔芮雪夫斯基并没有在美学史上添加新的什么，他的功绩是在对于这个正确的命题给予了辉煌的解释，而且使它大大地发展了。车尔芮雪夫斯基的所谓‘再现现实’并不同于十七八世纪的伪古典派的‘自然摹仿论’。盲目地摹仿自然，抚摩人生的外表，那是无谓的空虚的游戏，是车尔芮雪夫斯基所反对的。他要求艺术家抓住现实的本质，描写有用的主题。”他还引用了车尔尼雪夫斯基这样的论述：“作为思想与形象之统一的美，在美的意义上并不是艺术的特有的特性。‘思想与形象之统一’只规定了艺术的形式的一面，和它的主题无关。它说的是怎样表现，而不是表现甚么。但是我们已经注意到这句话中的重要之处是‘形象’这个字眼——它告诉我们艺术不是在抽象的而是在活生生的个别的事实中去表现思想的。当我们说艺术是‘人生和自然’的再现的时候，我们说的正是同一件事情——因为在人生和自然中没有抽象的东西。在那里，一切都是具体的。再现就应当尽可能近似地传达那被再现事物的本质。所以，艺术的创作应当最不抽象，尽量在活跃的光景和独特的形象中具体表现。”然后他评论说：“在这里，车尔芮雪夫斯基指明了艺术的形象是现实的反映，同时也有它的思想性，这是关于艺术的本质的最正确的见解。”[1] 在这里，显然，根据周扬的表述，“再现”这一概念是跟“反映”在同一意义上使用的。但是他认为即便是“再现”这一概念也不是像纯粹客观的镜子那样盲目地“再现”，而是通过它能够“尽

[1] 周扬：《艺术与人生》，1937 年 6 月 10 日《希望》创刊号。

可能近似地传达”出事物之本质的“再现”。形象既是现实的“反映”，也是主体的思想——其实思想本身也就是“反映”，“反映”本身也是思想。

在鲁迅的文章或文字记载的关于文学的言论里似乎“反映”只出现过一次，[1]那是在针对苏汶的“镜子反映说”而作批评时所说的一段话中谈及的。鲁迅说：

“第三种人，其实，根本就不会有这样一种人的存在，只有暂时在当中徘徊不定的。现在苏汶来替他们要自由，这自由到底向谁要去？他认为作家的搁笔，就因为受了政治的干涉，他以为文学就好像一面镜子，应该照样地反映社会，不该因了政治作用而加渲染。他就不知道，每一个人的这一面镜子早就涂上了自己的颜色，而社会上的事情又每在表面看起来是白而里面却是黑的，并且还在不断地变化中，好像万花筒一样；假如我们只靠肉眼去观察，结果总错误。我们的眼睛望着太阳早晨从东方起来，到西方落下，就说太阳包着地球转，我们看着太阳和月亮一般大，就说他们真是一般大，就说这才是真实，这当然是可笑的错误。像这些肉眼看起来会弄得莫名其妙的情形，必须要有一个更敏锐的眼去观察，这就是‘认识’，但认识清楚了，又有了‘作用’，又不免要受政治的干涉，这在苏汶又感到不自由了！”[2]

这里也明确强调了作为“反映”主体的人是具有主体性（即有着“自己的颜色”）的，同时也是具有能动性的（即

[1] 翻译作品除外。在鲁迅的翻译作品中是出现过“反映”概念的，比如在他译的卢那卡尔斯基的《艺术论》中就有这样的话：“那么，从科学底社会主义的见地说起来，观念形态云者，是什么呢？这是在人类的意识上，给了体系的实在的反映，是充满着人类的意识底生活的东西。”（见《鲁迅译文集》第6卷，人民文学出版社1958年版，第11页）

[2] 武德运：《鲁迅谈话辑录》，北京图书馆出版社1998年版，第65页。

“有一个更敏锐的眼”)，可见，鲁迅对于“反映”主体的认识是相当深刻而全面的，这也明确地显示了镜子般“照样地反映社会”的不足与不可能。胡风在写于1936年的著作《文艺与生活》中关于“文艺是反映生活的”论述，基本上代表了那时人们在这个问题上的较为成熟的看法。他认为:“文艺是生活底反映，能够真实地反映生活的作品，能够真实地反映生活底脉搏的作品，才是好的，伟大的。”“说文艺是生活底反映，并不是说文艺像一面镜子，平面地没有差别地反映生活底一切细节。……文艺并不是生活底复写，文艺作品所表现的东西须得是作家从生活里提炼出来，和作家底主观活动起了化学作用以后的结果。”“那么，作品底内容所反映的是什么呢？它所反映的不是实际上的一件一件的事，一个一个的人，而是生活底真实，客观的真理，就是典型环境里的典型的性格。”[1] 由此，在胡风看来，“反映”是什么呢？“反映”就是作家“提炼出来”的生活和作家的主观活动起了“化学作用”之后的结果。这相对于镜子“反映”的“物理作用”来说，显然是对“反映”的理解与解释的一个实质性推进。

在20世纪30年代初，“反映”还被用来说明“艺术和阶级生活”的关系。顾凤城在《新兴文学概论》一书中援引郭列夫的话说:“不但艺术的内容，并且艺术的形式，也是某一时代社会关系的反映，某一阶级的地位，观点及概念之反映。”[2] 这一知识视野，无疑增加了这样的可能性，即开始认识到形式也是“反映”，“反映”不仅“反映”形象性对象，而且也“反映”抽象性对象，比如“某一阶级的地位，观点及

[1] 胡风:《文学与生活·密云期风习小记》，人民文学出版社2001年版，第34—38页。

[2] 参见顾凤城:《新兴文学概论》，光华书局（上海）1930年版，第32页。

概念”等。但当时人们出于“革命”的需要更为关注的是艺术和阶级生活的关系，至于能够表示这一关系的词的其他方面的意义则被有意或无意地忽视了。

胡秋原在其著作《唯物史观艺术论：朴列汗诺夫（今译普列汉诺夫——引者）及其艺术理论》[1]中借普列汉诺夫的言论对一些文学理论命题进行了“科学”的观照与审思。他的论述对于全面理解20世纪30年代人们对“反映”概念的认识有着巨大的意义。胡秋原的文学理论观念是建基于其“科学”的态度之上的，他援引普列汉诺夫所称赏的柏林斯基的话说：“真实美学之任务，不是解决‘艺术必须怎么样’，而是解决‘艺术是什么’的。换句话说，美学并不是要以某种仅仅在理论中得以实现的理想来判断艺术。不，美学是要以艺术系比美学远在以前就存在，而其存在系美学自身的存在所根据的对象来观察的。”[2]对于普列汉诺夫所致力于建立的“科学底美学”[3]，胡秋原认为是“值得我们永远首肯的”，他正是以这种“科学”的态度来评论普列汉诺夫的几个文学理论的命题的。这些命题中与“反映”概念直接相关的是：“艺术者，

[1]《唯物史观艺术论》是胡秋原1929—1930年秋在日本写成的，上海神州国光社1932年出版。下面引自该著中的引文都依据胡秋原：《文学艺术论集（上）》（《唯物史观艺术论》收入其中），学术出版社（台北）1979年版。

[2] 胡秋原：《文学艺术论集（上）》，学术出版社（台北）1979年版，第27页。

[3] 胡秋原在《唯物史观艺术论》中引的普列汉诺夫的相关论述还有：“我所努力研究的新方法……是将人类制作品，尤其是艺术作品，当作事实及现象来看，而藉其事实及现象，指示其特征，探出其原因——除此以外也没有什么。这么样所研究的科学，并非褒贬，仅仅只是指示，说明而已。”“美学，并不将什么命令给与艺术。美学没有对艺术说，你应该保持如此这般的态度。美学的职务只限定于此——即观察各种历史时期，有支配势力的种种法则和态度是怎么样发生的这个问题而已。美学不是宣言艺术永久的法则，而是努力于研究决定艺术之历史底发达所根据的永久法则。……总而言之，美学与物理学一样，是客观的，因此，与一切形而上学是缘远的东西。”见胡秋原：《文学艺术论集（上）》，学术出版社（台北）1979年版，第27页。

是人生之反映与再现。”[1] 胡秋原引亚克赛利洛德（Orthodox）的话说：“朴列汗诺夫站在现实主义确固地盘之上。艺术以反映现实为自己的使命。然而这不单是反映现实是怎么样，而且，反映现实应该怎么样，换句话说，即是反映其前进底运动与发展之中的现实。所以，在艺术创作之中那反映所应该看出的理想（当然性）同样是含于现实之中，是明白的道理。”[2] 他赞同普列汉诺夫这样的看法，即感到“文学者，社会之表现也”“艺术是生活之反映，又是社会趣味及要求之反映”这样的命题太空虚、太笼统。他认为普列汉诺夫的重要贡献之一就是“将‘社会’这名词的概念确定”了，“将与艺术文学现象之发生进化有关的‘社会’一字，从茫漠的意味置于科学基础之上了”。这主要表现在普氏对社会结构及具体因素的分析，从而使社会具体化了，[3] 并因而也使“艺术是社会、生活的反映”这一命题具体化了。胡秋原可以说是我国现代文学史上站在理论的层面反观“艺术是生活之反映”命题的第一人，他写道：

---

[1] 胡秋原：《文学艺术论集（上）》，学术出版社（台北）1979 年版，第 43 页。

[2] 同上书，第 43 页。

[3] 这方面所引普列汉诺夫的具体的相关论述是：“社会由种种阶级而成立，而这些阶级的要求趣味，必与社会关系之中所发生的变迁关联而变化下去。”“艺术发达之过程，是依社会生活之过程而决定的……然而社会生活之发展是由什么而决定……这问题要不能说明，则在美学上，还有再陷于唯心主义的危险。……社会之发达结局是依这社会经济之发达而决定的。然而这事实，决不是我们对于那曾经是可尊敬的学者的米海洛夫斯基所谓‘经济的弦’应该发生兴味啊……”“某时代在那社会有支配力的阶级，依然在文学上，艺术上有支配力；而这阶级将自己的见解与观念导入于这些文艺之中。在文明社会，在各个时代有某一阶级占支配势力。不特此也，各阶级有其阶级之历史。总之，那阶级由发达而成熟。于是到了支配政权，遂又倾于衰微。这样，这阶级的文学观念以及美学观念也发生变化了。于是我们在历史上，就遇见人类各种不同的美学观念了。这也就是某时代的支配阶级观念，政治观念在他时代成为陈腐的缘故。”见胡秋原：《文学艺术论集（上）》，学术出版社（台北）1979 年版，第 44—45 页。

"'艺术是生活之反映'这理论，——是法国自 Bonald 以来，俄国自柏林斯基及车尔尼绥夫斯基时代以来——为一般所公认，大家不起什么疑惑的。再将这种思想高唱，未免有赘言之讥。他方面，就所谓'以艺术反映人生'这句话，有两重意义：第一，这句话明确暗示艺术之根本在人生之再现；第二，可以看出是关于文学之发达与社会生活之关系的一种模糊的浮动的思想。这也都是不错的罢，不过在第一种场合，我们是得着大有价值足以为科学底美学之基础命题之一的具体见解；而在第二种场合，关于生活与艺术之关系的一般考察，为得具体的意义与价值起见，还需要将来之洗练（refine）与完成（elaborate）。"[1]

我们即便不看胡秋原对"艺术是生活之反映"或"以艺术反映人生"命题含义笼统之缺陷的批评，在这段话中，也可以读出他对此一命题的清晰理解。该命题明确地指示了艺术与人生两个方面的关系：一方面，即从微观上说是艺术再现人生、表现人生；另一方面，即由宏观来看，艺术的历时发展体现着社会生活的发展状况，社会生活的发展也影响甚或决定着文学艺术的发展状况。这与单纯由微观来理解这一命题显然视野更为宏阔。

根据上面所述及的材料，可以看出，在 20 世纪 30 年代我国文学理论与批评领域中，人们对"反映"特性的理解基本上趋于成熟，反映概念的含义大体上已经确立了。根据当时人们的看法，文学理论与批评语境中"反映"概念的意义维度有这样几个方面：1. 文学反映的对象是社会生活（这生活不是日常的琐碎生活，而是经过了作家选择和加工的能够体现社会本质的生活，是有理想的生活、发展中的生活）；2. 文

[1] 胡秋原：《文学艺术论集（上）》，学术出版社（台北）1979 年版，第 46 页。

学反映具有能动性和主体性；3. 文学反映的特殊方式是通过“形象”，即文学以“形象”的方式来“反映”。这些方面后来在“反映”概念意义的发展中有延续性地被研究者们反复提及，它们奠定了“反映”概念意义的基础，“反映”的基本意义这时已经是大致定型了。

值得注意的是，那时人们的这些观念很少明确地涉及“反映”概念本身。确定了“反映”的对象、性质和方式，那么“反映”是什么呢？这个问题似乎还潜在于上面这些论述之中。苏汶等说“反映”是“照镜子”，周扬等说“反映”不是“照镜子”，争论的结果是后者成了文论界的主流。“反映”那时常常跟“再现”“表现”换用，因而那时的“再现”便也不是纯客观的“再现”；而“表现”有时也与我们今天的理解——表现“主观”相反，是表现“客观”。

三 深化与综合

在20世纪40年代的文学理论与批评界，“反映”已经是一个被广泛使用的耳熟能详的概念了，“文艺是人间生活的反映的话，已经听得双耳起茧，毋待引申了”。[1]并且，人们在“反映”概念的理解上与1930年代相比较也走向了深化与综合，因而也显得更为全面和成熟。在这方面王秋萤出版于1943年1月的《文学概论》一书可谓代表性著作，该著从多个方面对“反映”作了辩证而综合的说明和论述：

首先，说明了“文学是现实的反映”这一命题在文学理论中的地位和意义。王秋萤写道：“文学、艺术所表现的思想与感情只是离我们的意识而独立存在的客观现实的反映。这反映与现实的近似度虽然各有不同，但文学、艺术，总是以某种方法反映现实的。这是正确的理解文学艺术的一个基本关键。我们若没有这样理解，那么对于文学艺术的见解，必然会陷入观念论的泥沼中。”“文学是现实的反映，这是一个

[1] 冯三昧：《新文艺的内容与形式》，1943年5月10日《杂志》第11卷，第2期。

最基本的规定，一切的理论都必须从这里出发。”[1] 这表明“文学是现实的反映”已经成为文学理论中的“元问题”，它是强调唯物地看取文学的一个必然结论。从这里我们还可以看出，“表现”与“反映”也已经在使用上有了大致的区分：文学艺术“表现”思想感情，而这思想感情则是现实的“反映”，“反映”显然是更为根本的方面，是文学理论中哲学层面的概念，而“表现”在此则成了文学理论特有层面的概念。

其次，王秋萤著《文学概论》从谈论文学的认识和哲学、科学的认识的区别着眼，指出：“决定文学特质的关键还不在现实的反映这一点，而是在用怎样的方法来反映现实。哲学科学的认识是用抽象的概念来说明的，而文学艺术的认识则用具体的形象来表现。因此，用活的具体的形象来表现那现实的反映，这是文学艺术的最重要的特质。”[2] 他进一步认为，科学和文学的差别不在于真理的内容不同，而是在于表现形式的不同；科学的真理仅仅是“适合于现实的本质”，艺术的真理则必须“把本质存在现实中直接的姿态再现出来”。“文学艺术是由直接存在的形象指示和表现，来阐明事物的规律性和必然性。由各别的现象来说明普遍的现象，由部分的东西，来解释整个的东西，这就是文学艺术的任务和特质。”[3] 在王秋萤看来，文学艺术的反映与哲学科学的反映的区别在于两点：其一，文学艺术的反映附着于“活的具体的形象”，哲学科学的反映附着于“抽象的概念”；其二，文学艺术的反映方式是重在间接的“表现”（“表现”更强调主体内在的东西）和“再现”，科学哲学的反映方式是重在直接的“说明”（“说

[1] 王秋萤：《文学概论》，实业印书馆 1943 年版，第 7—8 页。
[2] 同上书，第 8 页。
[3] 同上书，第 11 页。

明”多是强调外在于主体的方面）。

然而，王秋萤并没有停留在对文学艺术和哲学科学之不同点的分析上，他还进一步探讨了文学艺术与哲学科学的相同点。他认为，人们正确地把握和认识事物的规律性，“必须由现象进到本质，由浅的本质进到深的本质，从现象的诸方面区别出必然和偶然，内的和外的，这样阐明一切的矛盾，一切的联络和一切的关系。这样的感性的经验的论理的处置，就叫做抽象”。先由具体到抽象，然后“再由抽象的规律还之到原来的具体物，不过这次的具体物已经不是现实世界的混沌现象，乃是由许多规律与关系而成的一个丰富的全体性”。如此“由抽象的诸规律出发，而达到思维的过程上的具体物之再生产”，这时所得到的具体才是“真实的具体”。文学艺术要反映的客观现实就是这样的具体的现实，所以，文学创作虽然是从“直接的活现象”出发，但却必须去究明事物的本质，不能只限定在现实的直接的现象上，不能是眼前有怎样的事物就照相一般地记录下来，“文学作品绝不是单纯的照片”，“若是以科学是纯粹的抽象，文学是简单的具体，那完全是不得当的”。“我们从直接的现象推到现象的本质的规律性（决定对象的特殊性与发展的）之论理的认识，抽象的方法是必不可少的。这一点，科学和文学完全一样”。[1]

指出文学“反映”中有抽象，文学“反映”也是一种抽象，这是对“文学通过形象来反映”命题的辩证发展，也是对“反映”概念认识深化的一个结果。

对机械“反映”的否定和批判，也是20世纪40年代文学理论中谈及“反映”概念时理论家们常常涉及的一个方面。王秋萤在其著作《文学概论》中就这样写道：“……文学的反

[1] 王秋萤：《文学概论》，实业印书馆1943年版，第8—10页。

映现实，当然不是镜子映出物象一般的机械作用。而是一种人类的心的作用。心的作用无论如何，也不能如机械一般不带一点主观的反映事物，它必定选择一定的事物，抓住一定的瞬间，把握一定的角度。这才是文学上的反映。”[1]大乃也认为：“艺术是反映现实的，所谓反映现实是能动的，不是被动的。是对现实作一种认识。”[2]

当时人们为了强调文学反映不是机械的，有时会在提及反映时，再加上一个更能够体现创作者主体性的词来进行补充。比如，毛泽东在《在延安文艺座谈会上的讲话》（以下本章简称《讲话》，这里依据的是1943年的版本）中就把“加工”作为了“反映”的补充，他指出：“无论是哪一等级的作为观念形态的文艺作品，都是人民生活在人类头脑中的反映和加工的结果，革命的文艺，则是人民生活在革命作家头脑中的反映和加工的结果。”[3]

孙玉铮在发表于1946年的《谈“镜子”》一文中形象地将歪曲的写实称为“哈哈镜”，将机械的写实称为“平面镜”，将批判的写实称作“照妖镜”。他指出：“歪曲的‘写实主义’固然根本不是‘写实’，而机械的‘写实主义’也只能写部分的，暂时的‘实’，一定要批判的写实主义才能完成真正写实的任务。”[4]他因之而推崇郭沫若在《向人民大众学习》一文中所提出的“文艺是生活的反映和批判”的主张。这里显然是将“批判”作为“反映”的补充了。

1. 王秋萤：《文学概论》，实业印书馆1943年版，第12页。
2. 大乃：《艺术的认识问题》，1944年4月8—9日《新蜀报》。
3. 毛泽东：《在延安文艺座谈会上的讲话》（1943年版本），原载1943年10月19日的《解放日报》，这是《讲话》首次公开发表。这里引文据孙国林、曹桂芳编著：《毛泽东文艺思想指引下的延安文艺》，花山文艺出版社1992年版，第70页。
4. 孙玉铮：《谈“镜子”》，1946年《文艺大众》第6期。

无论是以“加工”来补充“反映”，还是以“批判”来丰富“反映”，都一方面体现了当时理论家们对“反映”理解上的局限，即认为“加工”与“批判”等内涵不是“反映”本身所具有的；另一方面，也体现了人们对文学创作中主体的能动性的重视和强调。1953年4月《毛泽东选集》第3卷出版，其中收入了经过重新校订、修改过的《讲话》，在这一版本中，删去了先前作为“反映”的补充的“加工”一词，显示了人们对“反映”内涵丰富性的体认。

在20世纪40年代，关注或强调“正确反映”依然是理论家们格外注重的方面，它体现了他们在使用这一术语时的价值取向。“文学的表现真实，是透过作者的‘思想’的。作者的思想，就是所谓‘世界观’。因此，最后一个条件，也就是最先的一个条件，作者必须有正确的世界观。”[1]“正确的世界观固然是帮助作家认识现实，掘发真实的方法，因为单凭感觉的认识来反映客观世界，并不能正确的创造艺术形象，描写现实。”[2]正确反映依靠的是正确的思想或正确的人生观，这就在某种程度上把人们的注意力由客体现实的真实与否转向了主体人生观的正确与否问题上。更有甚者，认为主观认识重于客观事实，主观的立场和思想甚至成为决定事实的因素。郭沫若在这方面的观点有着一定的代表性，他说：“现实主义所谓‘现实’不是题材上的问题，而是思想认识和创作手法上的问题。尽管是眼前的题材，如以‘与抗战无关’论者来写，便成为非现实；尽管是历史上的题材，如以正确的意

[1] 祝秀侠：《现实主义的抗战文学论》，1939年6月1日《文艺阵地》第1卷，第4号。

[2] 罗荪：《再谈关于现实主义——答史笃先生》，1940年《文学月报》第2卷，第4期。

识形态来写，便成为新现实。”[1]他还进一步指出：“现实，并不是现在的事实，尽管穿着现代的衣服，说现代的语言，意识不正确，仍然不是现实的。现实，应该是表现的真实。站在人民的立场，处理历史底题材，寻求人类发展的真实，依然是现实的。”“现实与否，不是题材的问题，最重要的，是作品的主题，作者的存心。”[2]可以说，“现实”是文学反映的对象，也是文学反映的前提，对“现实”以及“现实”与“人生观”的关系作如是认识和理解，[3]一方面加深了当时人们对于实现正确反映的主体条件的认识；另一方面，如果不注意把握分寸的话，也容易导致文学创作活动中主体因素被过分地放大。

强调“反映”的主体性质，即强调“反映”的倾向性，可以说，已经成了 20 世纪 40 年代中国文学理论的一股潮流。邵荃麟在《文艺的真实性与阶级性》一文中认为，凡是“能代表更多数人的利益的艺术，它一定是能更正确地更真实地反映出社会关系与阶级斗争的真实状势，因此它的真实性也

[1] 郭沫若：《抗战以来的文艺思潮——纪念“文协”成立五周年》，1943 年 3 月 27 日《抗战文艺》“文协成立 5 周年纪念特刊”。

[2]《郭沫若讲八年来之历史剧》，1946 年 5 月 22 日《新华日报》。

[3] 其实，在 20 世纪 40 年代（甚至是在 20 世纪 30 年代），人们对于现实和世界观在文学创作中的地位及关系的认识和理解是多元的：既有偏重于世界观的，也有偏重于现实的。比如，以群和茅盾等在 1941 年谈论作家的主观和艺术的客观性的一些观点和看法就是偏重于现实的。以群指出：“在一九三二年以前，苏联曾经盛行过‘唯物辩证法的创作方法’的口号。这口号偏重作家的世界观，而忽视了作品底现实性，结果形成了文学作品的概念化、公式化的倾向。一九三四年，苏联提出了社会主义的现实主义的创作方法，着重文学作品的现实性，而清算了‘唯物辩证法的创作方法’这口号底概念化的倾向。”“书本的知识，观念的修养，对于一个人底世界观形成固然有很大的关系，但是占决定的地位的，却还是生活底实践。”茅盾也认为：“正确的世界观固能作为指针，但光依赖这指针，而不去充实自己的生活，还是不行。年青的作家认为有了正确的世界观便可以解决一切了，不再下苦功向生活之海中掏摸，结果，写出来的东西就不免于空洞。”见《作家的主观与艺术的客观性》（座谈笔录），1941 年 6 月《文学月报》第 3 卷，第 1 期。

愈大”。“只有能适应于历史发展的、代表了最大多数人民利益的无产阶级底文艺，才能做到最充分地去反映出历史与社会的真实，指示出历史的前途，和引起最大范围的共鸣。只有加强文艺的无产阶级性，才能发挥出文艺的最大的人民性。所谓文艺的真实性，只有从这样的基础上去取得。文艺离开了人民群众，离开了阶级斗争，文艺的真实性是不存在的。”“艺术的真理事实上也就是政治的（阶级与群众的）真理，文艺不是服从于政治，又从哪里去追求独立的文艺真实性呢？”[1] 文学反映的特定的功能性、倾向性在一定程度上超越了文学的真实性，甚至成了文学真实性的基础与前提，这是当时不少理论家在对“反映”的主客体关系的认识上所共有的取向。这样，对文学反映的功能性和倾向性的认识是否科学，是否具有真理性，也就决定了其真实性实现的程度与成色。

1945 年 12 月，《文艺大众》杂志发表了吕敬平《论反映》一文，这是一篇很简短的专门论反映的文章。文中论述了“反映平凡”与“典型地反映”、“反映现实”和“发展地反映”的关系，主张：“反映平凡”与“典型地反映”分不开[2]，“反映现实”与“发展地反映”分不开。[3]“典型地反映”和“发

[1] 邵荃麟：《文艺的真实性与阶级性》，1948 年 7 月 7 日《文艺生活》海外版，第 5 期。

[2] 文章中写道：“典型是艺术的生命。但是唯其如此，才要提出反映‘平凡’。因为反映‘平凡’不同于一般化，只有集中地处理‘平凡’的题材，才能产生典型。所以，两个口号：反映‘平凡’与典型地反映是不能分开的。”见吕敬平：《论反映》，1945 年 12 月 15 日《文艺大众》第 4 期。

[3] “……要有发展的观点，才会产生有生命的文艺作品。但是唯其如此，亦更提出反映‘现实’。因为‘反映’这概念的正确的认识，就是发展的反映，同时对现实的正确的认识，也必须是发展的认识。只有发展地认识现实，然后再发展地去反映它，才能产生新的现实主义作品。所以，两个口号：反映现实与发展地反映是不能分离的。”见吕敬平：《论反映》，1945 年 12 月 15 日《文艺大众》第 4 期。

展地反映”是“怎样反映”的问题，“反映平凡”和“反映现实”则是“反映什么”的问题。吕敬平认为，“反映”取决于主体对反映对象的正确的认识，正确地认识对象是正确“反映”的前提和条件。无论是“典型地反映”还是“发展地反映”，其目的都是正确“反映”，“典型地反映”侧重于对现实生活的加工，“发展地反映”则侧重于对现实生活趋势的把握，因而，《论反映》其实也是对“反映”含义中主体维度功能和作用的肯定。

在20世纪40年代，胡风对“反映”的主客体关系的认识是值得注意的另一种理论取向。他认为，文艺创造，是从对于血肉的现实人生的搏斗开始的，“一方面要求主观力量的坚强，坚强到能够和血肉的对象搏斗，能够对血肉的对象进行批判”；“另一方面要求作家向感性的对象深入，深入到和对象的感性表现结为一体”。而要想使对象“能够在血肉的感性表现里涌进作家的艺术世界”，使“作家的思想要求……和对象的感性表现结为一体”，并从而使“所创造的艺术世界真正是历史真实在活的感性里的反映”，就要求作家的主观对象“一定要主动地表现出或迎合或选择或抵抗的作用，而对象也要主动地用它底真实性来促成、修改、甚至推翻作家底或迎合或选择或抵抗的作用”。[1] 可见，在胡风看来，反映是“历史真实在活的感性里的反映”，就是主体的思想和客体对象的感性表现相互征服。既注意到了反映的主体性制约的方面，又注意到了反映客体性制约的方面；强调了反映主体能动的、

[1] 胡风：《置身在为民主的斗争里面》，1945年1月《希望》第1期（创刊号）。该文发表后受到一些人的责难，引发了关于现实主义和“主观战斗精神”的论争。1948年，邵荃麟、林默涵、胡绳等在香港出版的《大众文艺丛刊》上发表批评文章，胡风也写了《论现实主义的路》答辩。这场论争持续到新中国成立后。

"思"的一面，也没有忽视反映主体被动的、"映"的一面。这种认识显然是较为全面的。

到20世纪50年代，文学理论范畴中"反映"概念语义发展"深化与综合"的特征更为明显。从文学基础理论上来看，人们对"反映"概念的认识有如下两个鲜明特征：

其一，对"反映"的认识多是由辩证唯物主义的认识论出发，使用"反映"概念也多是在哲学认识论的意义上。蔡仪在《论现实主义问题》一文中写道："人们的意识或认识都是客观世界的反映，而正确的意识或认识则是客观世界的正确的反映；社会意识形态都是社会基础或实际生活的反映，而正确的社会意识形态则是社会基础或实际生活的正确的反映。文学艺术，无论作为作者的意识活动的成果来说，或作为社会意识形态来说，它是客观现实的反映，是社会生活的反映，这反映，正如一般的认识或一般的社会意识形态一样，可能是歪曲的，因此文学艺术有不能真实地反映现实的作品；但是反映现实的文学艺术，也如一般的认识或一般的社会意识形态一样，要求是真实地反映现实的作品。"[1]虽然没有对"反映"本身作出具体的解释，但其由哲学认识论角度来谈论"反映"的特征还是很明显的。

周文在其讲话《〈实践论〉与文艺上的反映问题》中，从认识论的层面较为详细地论述了关于文学"反映"的几个基本问题。首先，分析了"何谓反映"的问题，他根据毛泽东在《讲话》中的相关论述，认为"反映"内涵包括两个根本的方面，一是指社会生活是文学艺术的矿藏和唯一源泉，二是指生活反映到文艺作品中是经过了"一定的认识运动过程"的，是"在头脑里加了工的"，也就是"真正从感性认识提高

[1] 蔡仪：《论现实主义问题》，《文学研究》1957年第1期。

到理性认识了的”。其次，谈“怎样反映”的问题，他引用列宁的话：“物质的抽象，自然规律的抽象，价值的抽象及其他等等，一句话，那一切科学的（正确的、郑重的、非瞎说的）抽象，都更深刻、更正确、更完全地反映着自然。”之后指出“创造典型的方法”（即“怎样反映”）实际上就是“科学的抽象”，也就是“由感性认识进到理性认识”；他进一步写道，“这里所说的‘抽象’，并不是我们文艺工作上普通所说的与形象描写相反的那个抽象，而是指事物的本质而言，它在文艺上并不妨碍形象的描写，相反，是更能达到塑造更真实的形象的”，是对事物理解了之后的更深刻的感觉。因此在“如何正确反映客观事物”的问题上，必须坚持“实践论”的“实践、认识、再实践、再认识”，“一次又一次地向前”，“一次又一次地深化”这个观点。再次，周文还谈到了“反映甚么”的问题，他认为，作为辩证和历史唯物主义者，反映的对象应是“我们这时代”，是“我们这时代正在发生发展着的东西”。[1]周文的这篇讲话是我国现当代文学理论史上少有的能够深刻地揭示“反映”概念内涵的论文，尤其是对“反映”的“抽象”性质的揭示是非常值得注意的。

其二，20世纪五六十年代的多数文学理论家对“反映”的理解还是对20世纪20年代以来人们关于“反映”概念的论述的继承，并带有明显的综合性特征。这一方面，总体来看，并没有真正超越前人的认识。这种继承表现在许多方面：1. 就反映对象来说：文学是社会生活的反映，是对社会生活的本质与规律的反映；2. 就如何反映来说，一般都会指出反映不

[1] 周文：《〈实践论〉与文艺上的反映问题——十二月六日在北京文艺界学习委员会主办的文艺干部第二次学习报告会上的讲话》，1951年12月25日《文艺报》第5卷，第5期。

是“镜子”式的机械反映，其中有加工、有提炼；3. 就反映方式来说：文学反映是形象的反映，“科学对现实的反映是抽象的概念的，而文学艺术对现实的反映则……必须是感性的、个别的、具体形象的”[1]。我国20世纪五六十年代的多数文学理论教材对反映概念的说明基本上都包含着上述诸方面的内容。[2]

当时文学理论家对“反映”的理解的综合性特征，还导因于来自苏联的几本文学原理著作里的关于“反映”的综合性论述。其中尤其重要的是季摩菲耶夫的《文学原理》，他在“文学的知识意义”一节中说，“说文学反映生活，并不是说文学像镜子一般准确地反映生活现象，无情感地复制生活里所有的东西。人的意识反映现实的时候，永远企图去改造它，并且从一定的观点去理解它”，反映事物的过程中必然包含着某种程度的选择和评价。[3]也正是在这样的意义上，季摩菲耶夫认为文学具有思维性，并断言“文学是思维”的。[4]虽然他对当时人们关于“形象”的定义[5]不满，但他还是以“普通对于文学特性的界说”，即文学“是以形象来反映生活的”作为区别文学和“别种意识形态，特别是科学”的基本点的。[6]另一方面，他还指出文学反映现实要求“生活的真实与综合底

[1] 蔡仪:《论现实主义问题》,《文学研究》1957年第1期。

[2] 比如，以群主编的《文学的基本原理》、冉欲达等著的《文艺学概论》、山东大学中文系文艺理论教研室编的《文艺学新论》等等。

[3] 季摩菲耶夫:《文学原理》，查良铮译，平明出版社1955年版，第13页。

[4] 同上书，第15—16页。

[5] 这样的定义就是“把艺术家用以反映生活的类型称为形象”，或者说“形象是艺术底反映生活的特殊形式”，季摩菲耶夫认为这样的定义是“稍嫌空泛”的，他重新给形象下的定义是:“形象是具体的，同时也是综合的人生图画，藉助虚构而创造出来，并且具有美学的意义。”见季摩菲耶夫:《文学原理》，查良铮译，平明出版社1955年版，第17—19、68页。

[6] 季摩菲耶夫:《文学原理》，查良铮译，平明出版社1955年版，第17—18页。

真实”[1]，“综合底真实”其实指的就是文学反映的“抽象”的性质。他写道：“文学的生活反映之特点在于它从直接的活的事实中，从生活现象中给出综合。只有在这直接的个体的形式中，综合才有价值：我们看见了在具体实践中的生活规律和在直接运动中的生活过程。”（从这个意义上可以说，文学反映给出的是“生动的真理”）[2]像季摩菲耶夫的《文学原理》这样可以比较综合地观照出“反映”的内涵的著作，对形成我国文学理论家综合地解释反映概念有着确切的影响，当时不少文学理论家直接引用其论述，并称该著在我国文学理论界“是多年来流传最广的书”[3]。

[1] 季摩菲耶夫：《文学原理》，查良铮译，平明出版社 1955 年版，第 133 页。
[2] 同上书，第 139 页。
[3] 蔡仪：《再论现实主义问题》，《文学研究》1957 年第 2 期。

第六章

意识形态

YISHIXINGTAI

“文学是一种……意识形态”作为文学的一种定义在现今中国的文学理论文章与著作中是司空见惯了，人们对什么是意识形态，为什么说文学是一种意识形态也大多是清楚的。文学意识形态论是一种基本的文学本质理论，几乎是关于文学阐释的常识了。那么，“意识形态”作为一个外来词，它在我国现代文学理论与批评话语现场中最初是如何被使用的，最初提出文学是一种意识形态时，意识形态负载了什么样的功能和意义，对于理解文学的意识形态的本质规定无疑是重要的环节。“意识形态”作为一种功能性、价值性判断或命名如何能在革命文学及其以后的长时期内成为关于文学本质或本体性的规定，沈端先的一句话，即“无产阶级文学没有象牙之塔，所以它的目的不在文学的本身”[1]，可能是打开其语义构建之谜的钥匙。

[1] 沈端先:《文学运动的几个重要问题》,1930 年 3 月 10 日《拓荒者》第 1 卷，第 3 期。

一 社会结构中的定位

“意识形态”是 Ideologie（此为德语词，英文词为 ideology）的汉译，曾被翻译为各种译名，比较多见的是“观念的形态”“意德沃罗基”等。“意识形态”范畴在我国开始使用的主因是马克思主义唯物史观在中国的传播和发展。“意识形态”也大多是在唯物史观原理的介绍和阐发语境中使用的，但也只是单纯的使用，对“意识形态”范畴本身的解释在“意识形态”传入中国近 10 年的时间内并没有发生。那时“意识形态”只是唯物史观理论视阈中社会结构的基本层次之一。

在中国学者的文章或著作中较早使用“意识形态”概念的是李大钊发表于 1919 年的重要文章《我的马克思主义观》（同一时期还有陈溥贤的译文《马克思的唯物史观》，原文作者为日本学者河上肇，译者署名渊泉）。该文也是较早介绍马克思主义唯物史观的文章之一。“意识形态”概念的译名及其在该文中的使用，跟今天我们通常的译名及运用有着明显的差别，需要加以辨析。

第一个概念是“意识形态”。但与后来通常的翻译不同，李大钊不是把 Ideologie 译为“意识形态”，而是按照日语译文把 Bewußtseinsformen 译为“意识形态”（ishiki keitai 意識形態）。他依据日本学者河上肇的“译语”节译了马克思的《〈政治经济学批判〉序言》中包含历史观的主要部分，其中有：“生产关系的总和，构成社会的经济的构造——法制上及政治上所依以成立的、一定的社会的意识形态所适应的真实基础——物质的生活的生产方法，一般给社会的、政治的及精神的生活过程，加上条件。”[1] 现在这段话的汉语译文是：“生产关系的总和构成社会的经济结构，即有法律的和政治的上层建筑竖立其上并有一定的社会意识形式与之相适应的现实基础。物质生活的生产方式制约着整个社会生活、政治生活和精神生活的过程。”[2] Bewußtseinsformen 如今一般译为“意识形式”，其所指比 Ideologie 更宽泛。看来，李大钊在这里虽然使用了“意识形态”一词，但其对应的并非是 Ideologie。在这段译文中，“意识形态”还不是一个整体概念，“意识”和“形态”是分离的，“形态”等同于“形式”。

第二个相关概念是“精神上的构造”。其语境为：“马克思的唯物史观有二要点：其一是关于人类文化的经验的说明；其二即社会组织进化论。其一是说人类社会生产关系的总和，构成社会经济的构造。这是社会的基础构造。一切社会上政治的、法制的、伦理的、哲学的，简单说，凡是精神上的构造，都是随着经济的构造变化而变化。我们可以称这些精神的构造为表面构造。表面构造常视基础构造为转移，而

[1] 李大钊：《我的马克思主义观》，原文分上下两篇，先后发表于 1919 年《新青年》第 6 卷第 5 号和第 6 号。引文据《李大钊全集》第 3 卷，河北教育出版社 1999 年版，第 240 页。

[2]《马克思恩格斯选集》第 2 卷，人民出版社 1995 年版，第 32 页。

基础构造的变动，乃以其内部促他自己进化的最高动因，就是生产力，为主动；属于人类意识的东西，丝毫不能加他以影响；他却可以决定人类的精神、意识、主义、思想，使他们必须适应他的行程。其二是说生产力与社会组织有密切的关系。生产力一有变动，社会组织必须随着他变动。社会组织即社会关系，也是与布帛菽粟一样，是人类依生产力产出的产物。”[1]这段话中的“表面构造”后来一般翻译为“上层建筑”，“精神上的构造”属于“上层建筑”（进一步分析的话，“精神上的构造”也只是精神的上层建筑，除此之外还有作为机构的上层建筑，即李大钊文中所说的“社会组织”），是指被“社会经济的构造”或者说“社会的基础构造”所决定的“人类的精神、意识、主义、思想”的全体。所以这里的“精神上的构造”并非指“意识形态”，而是指“意识形式”。

第三个概念是“综合意思”。其具体语境为：“唯物史观的要领，在认经济的构造对于其他社会学上的现象，是最重要的；更认经济现象的进路，是有不可抗性的。经济现象虽用他自己的模型，制定形成全社会的表面构造（如法律、政治、伦理，及种种理想上、精神上的现象都是），但这些构造中的那一个也不能影响他一点。受人类意思的影响，在他是永远不能的。就是人类的综合意思，也没有这么大的力量。就是法律他是人类的综合意思中最直接的表示，也只能受经济现象的影响，不能与丝毫的影响于经济现象。换言之，就是经济现象只能由他一面与其他社会现象以影响，而不能与其他社会现象发生相互的影响，或单受别的社会现象的影响。”[2]这里的“人类意思”（“意思”有“意识”的意味）是“表面

[1]《李大钊全集》第3卷，河北教育出版社1999年版，第242页。
[2] 同上书，第235页。

构造”，即“上层建筑”。“综合意思”句子用了“就是……也……”的句型，显示出“综合意思”是比“人类意思”次一级的概念，并且，“综合”也有观念系统化、理论体系化的意思。可以看出，这里的“综合意思”其实指的就是“意识形态”。文中称“综合意思”“只能受经济现象的影响，不能与丝毫的影响于经济现象”，显然作者是还没有意识到意识形态的能动作用，意识形态的对于社会的、对于“经济现象”的能动性还处于缺席状态。

第四个概念是“观念上的形态”。在该文中，李大钊还使用了“观念上的形态”的译名：“巨大的表面构造的全部，随着经济基础的变动，或徐，或激，都变革了。/当那样变革的观察，吾人非常把那在得以自然科学的论证的经济的生产条件之上所起的物质的变革，与那人类意识此冲突且至决战的，法制上、政治上、宗教上、艺术上、哲学上的形态，简单说就是观念上的形态，区别不可。”[1]这段话在汉译《马克思恩格斯全集》第13卷中的译文是：“随着经济基础的变更，全部庞大的上层建筑也或慢或快地发生变革。在考察这些变革时，必须时刻把下面两者区别开来：一种是生产的经济条件方面所发生的物质的、可以用自然科学的精确性指明的变革，一种是人们借以意识到这个冲突并力求把它克服的那些法律的、政治的、宗教的、艺术的或哲学的，简言之，意识形态的形式。”[2]显然，此处的“观念上的形态”就是指“意识形态的形式”无疑了。这段译文中的措辞“人们借以意识到这个冲突并力求把它克服的”，作为“意识形态的形式”的定语，表明了，这里的意识形态其实是从其功能的意义上来说的。

[1]《李大钊全集》第3卷，河北教育出版社1999年版，第241页。
[2]《马克思恩格斯全集》第13卷，人民出版社1962年版，第9页。

由此，我们可以说，马克思在这里称艺术也是意识形态之一种，实际上是就艺术所具有的意识形态功能而言的。其着眼点在功能，而非在艺术的本体。

李大钊在《史学要论》(1924)中阐述唯物史观时，又谈及马克思《〈政治经济学批判〉序言》的内容："譬之建筑，社会亦有基址(basis)与上层(ueberbau)：社会的基址，便是经济的构造(即是经济关系)，马克思称之为物质的，或人类的社会的存在；社会的上层，便是法制，政治，宗教，伦理，哲学，艺术等，马克思称之为观念的形态，或人类的意识。基址有了变动，上层亦跟着变动，去适应他们的基址。"[1]这里的"观念的形态"又与《我的马克思主义观》中的"观念上的形态"不同，它是指"人类的意识"，是观念的上层建筑。意识形态包蕴其中，但它并非只是意识形态。

1923年8月2日，在为郑振铎所翻译的俄国作家萨文夸夫·路卜洵(Savinkoff-Ropshin)著小说《灰色马》所作的序言(《郑译〈灰色马〉序》)中瞿秋白把"意识形态"(ideology)译为"社会思想"，并第一次指出了其与文学的关联。序言中写道：

> 文学家的心灵，若是真能融洽于社会生活或其所处环境，若是真能陶铸锻炼此生活里的"美"而真实的诚意的无所偏袒的尽量描画出来，——他必能代表"时代精神"，客观的就已经尽他警省促进社会的责任，因为他既能如此忠实，必定已经沉浸于当代的"社会情绪"，至

[1] 李大钊：《史学要论》，商务印书馆1924年初版，引文据《李大钊全集》第4卷，河北教育出版社1999年版，第357页。又见李大钊：《马克思的历史哲学与理恺尔的历史哲学》(写于1923年12月—1924年7月2日)，据《李大钊全集》第4卷，河北教育出版社1999年版，第465页。

> 少亦有一部分。社会情绪随那社会动象的变迁而流转，自然各成流派，自为阶段。每一派自成系统的“社会思想”（ideology），必有一种普通的民众情绪为之先导，从此渐渐集中而成系统的理论，然此种情绪之发扬激厉，本发于社会生活及经济动象的变化，所以能做社会思想的基础而推进实际运动；因此，社会生活顺此永永不息的瀑流而转变，则向日所谓有系统的“社会思想”，到一定时期，必且渐因不能适应而就澌灭，所剩的又不过是那普通的情绪而已。社会情绪的表现是文学，其流派的分化，亦就隐约与当代文学的派别相应；社会思想的形式是所谓“学说”，——狭义的社会理想；因此种理想往往渗入主观，故“致其末流”虽或仍不失其为一派社会情绪的动因，然而只能代表那“过去”的悲哀了。俄国文学史向来不能与革命思想史分开，正因为他不论是颓废是进取，无不与实际社会生活相的某部分响应。俄国文学的伟大，俄国文学的“艺术的真实”，亦正在此。[1]

这段文字中，“社会思想”即“意识形态”，由“民众情绪”或“社会情绪”流转集中而成“流派”，各“流派”自成“系统的理论”——“社会思想”（即意识形态）。“社会情绪的表现是文学，其流派的分化，亦就隐约与当代文学的派别相应”，这句话表明，文学是作为“意识形态”的生成基础的“社会情绪”的表现，它与“意识形态”相“响应”。这里显然是没有把文学包括进“意识形态”之内。文学艺术与“意识形态”相“响应”的观点，表明了文学与意识形态之间的密切适应的关系，也显示了文学实现其“意识形态”功能的

[1]《瞿秋白文集》文学编第1卷，人民文学出版社1985年版，第255—256页。

可能性与必然性。因为文学是"社会情绪"的表现，所以文学是与"社会情绪"处于同一层面的，相比较而言，"意识形态"无疑应是相对于经济基础的更高的悬浮物。

肖楚女在《艺术与生活》(1924)一文中认为："艺术，不过是和那些政治、法律、宗教、道德、风俗……一样，同是一种人类社会底文化，同是建筑在社会经济组织上的表层建筑物，同是随着人类底生活方式之变迁而变迁的东西。"[1] 也在唯物史观的社会分层的意义上指出了文艺属于上层建筑的层次，但并没有更确切地指出艺术所属的上层建筑的基本结构，因而也没有指出艺术与意识形态的关系。阳翰笙(华汉)在其论文《文艺思潮的社会背景》(1928)中较为详细地解析了唯物史观的分层结构，尤其是对上层建筑的结构进行了初步的说明，从而使文学艺术在社会分层结构中的位置得以确定。文章指出：

> 一切社会现象的构成，根据历史的唯物论的眼光，可以把它分成部份(分)：
>
> 一部份(分)是社会的(即经济的)基础——生产力的状态和经济关系——即下层基础。
>
> 一部份(分)是社会的建筑——社会一切制度和社会的一切意识形态——即上层建筑。
>
> 上层建筑是随着下层基础的变动而变动的。假如社会的基础不发生动摇，社会建筑也不得兴起崩溃。
>
> 社会是阶级构成的社会，社会的一切意识形态都是基于社会的基础而产生，同时也反映着构成社会的各阶级，并且还负有阶级的实践的任务。

[1] 肖楚女：《艺术与生活》，1924年7月5日《中国青年》第38期。

> 文艺是社会的一切意识形态中的一种，它不是凭空而生的，它有产生它的社会背景，它有它所反映的阶级，同时也有它的阶级的实践任务。
>
> 文艺思潮的流变，也不是全靠某几个天才出来作中心，才能打翻乾坤改换世界，而是因下层基础之动摇而文艺失了它社会的根据，不得不被历史的狂潮把它淹没，所以天才不过是应时而生的工具罢了。虽然天才在它可能范围内确有尽量发挥其天才以影响社会的机会。[1]

这段文字非常明晰地规定了意识形态在社会分层中的位置和地位，它是矗立于经济基础（即“下层基础”）之上的上层建筑构成中的人类意识的所有形态，文艺是意识形态中的一种。文艺和其他意识形态一样，由经济基础所决定，并“在可能范围内”影响社会、反作用于社会。与李大钊和瞿秋白对“意识形态”的理解不同，阳翰笙（华汉）是以意识形态囊括了所有的人类意识形式，因此文学艺术也被列入“意识形态”形式之一。而在李大钊和瞿秋白那里，“意识形态”概念只是被理解为理论化、系统化、综合化的观念形态，所以文学艺术则没有被列入“意识形态”诸形式之中。据此，当看到人们称文学是“意识形态”或不是“意识形态”时，我们首先要做的是看他们是如何来理解“意识形态”概念的，这是一个前提。

把文学放进整个社会结构中来看视，在革命文学时期成了一个科学的或正确的认识文学的角度，这在那时可以说是蔚然成风。成仿吾在《从文学革命到革命文学》（1928）一文中认为：“文学在社会全部的组织上为上部建筑之一；离开全

[1] 华汉：《文艺思潮的社会背景》，1928 年 4 月 1 日《流沙》（半月刊）第 2 期。

体我们不能理解一个个的部分，我们必须就社会的全构造考究文学这一部分，才能得到真确的理解。”[1]这个看法在当时有着相当的代表性，文学的“意识形态”特性正是随着这个观念的盛行而被凸显出来的。

[1] 成仿吾:《从文学革命到革命文学》，1928 年 2 月 1 日《创造月刊》第 1 卷，第 9 期。

二 文学的意识形态功能

对“意识形态”概念本身的具体解释始于1928年开始倡导的无产阶级革命文学语境中。1928年1月创造社的重要学术杂志《文化批判》月刊创刊，在《文化批判》的第一号中的“新辞源”栏目中解释了“意德沃罗基”（即“意识形态”）概念的含义：“意德沃罗基的译音，普遍译作意识形态或观念体。大意是离了现实的事物而独自存续的观念的总体。我们生活于一定的社会之中，关于社会上的种种现象，当然有一定的共通的精神表象，譬如说政治生活、经济生活、道德生活以及艺术生活等等都有一定的意识，而且这种意识，有一定的支配人们的思维的力量。以前的人，对此意识形态，不曾有过明了的解释，他们以为这是人的精神的内在底发展；到了现在，这意识形态的发生及变化，都有明白的说明，它是随着生产关系——社会的经济结构——的变革而变化的，所以在革命的时代，对于以前一代的意识形态，都不得不把它奥伏赫变，而且事实上各时代的革命，都是把它奥伏赫变过的。所以意识形态的批判，实为一种革命的助产生者。”[1]“意识形态”是“观念的总体”，“观念”一般是指对于客观事物的看法或认识，“离了现实的事物而独自存续”的观念，显然指的是不再局限、附着于所指对象的概念而言的，“独自存续”是指概念自身的发展，这就意味着系统的理论化观念的形成。所以这里的“意识形态”也不是指人类意识的全体，而是那些已经体系化的理论性知识或认识。根据这个解释的规定，不是“艺术生活”，而是关于“艺术生活”的意识才是“意识形态”。“意识形态”是对于“政治生活、经济生活、道德生活以及艺术生活等等”于价值观念上的自觉。

沈起予在《艺术运动底根本概念》（1928）一文中谈到了他对于文学和“意识形态”的关系及对“意识形态”概念本身的理解，他说：

> 那么，艺术是一种什么东西呢？
>
> “它不单是一种产业底特殊种类，而且是一种意识形态（idéologie）”意识形态又是一种什么东西呢？
>
> “它是成了体系的实在反映到人类底意识的东西，它是由现实社会发达出来，而带有一种现实社会底特征的”。
>
> 所以，“意识形态者（idéologiste）不能离去一定的社会的兴味，因之意识形态者，常是一种倾向的。即是他用一定的目的，来努力着，组织他底材料”。
>
> 普罗列塔利亚艺术，自然是普罗列塔利亚意识之表现，我们只要获得普罗列塔利亚意识，而成为一个普罗阶级底意识形态者，即可制作普罗艺术了。

[1] 同人：《意德沃罗基》，1928年1月15日《文化批判》第1号。

> 读者在此地不难见着无产阶级底艺术，是一种代表无产阶级所倾向之艺术，以该阶级底倾向为倾向之艺术，以该阶级所有之一定底目的，来组织一切材料底艺术了。[1]

艺术是一种“意识形态”，所以它也是“成了体系”的东西（注意：“它是成了体系的实在反映到人类底意识的东西”，“成了体系的”和“实在反映到人类底意识的”都是“东西”的定语），即系统的观念，这里的作为“意识形态”的艺术，其“倾向”，尤其是阶级的“倾向”就成了其本质性核心要素。在“意识形态”语境中，“无产阶级的艺术”强调的已不是“艺术”本身，而是“无产阶级的”。虽然沈起予在文章的“结语”里也指出“这里底作品必须具有真正底艺术性”，但其最终目的，还是要艺术为倾向服务的，强调艺术性不是因为艺术首先要是艺术，而是因为这样可以更好地传达倾向。因为主要的是将文学艺术视为一种传达观念的工具，观念必然就是关注的核心所在了，所以说艺术也是成了体系的观念也就不足为怪了。由此也可以看出“意识形态”基本上是一个功能性概念，它所揭示出来的不是事物的本体，而是功能或作用。我们也应该从这个视角来观照和评价“文学艺术是一种意识形态”的观念。

意识形态是具有强烈的功能性的话语，而这可能正是这个概念在“革命文学”时代盛行一时的根本原因所在。法国政治学家莫理斯·迪韦尔热在《政治社会学》一书中认为，在社会科学研究中，意识形态是指“解释一个社会的系统方

[1] 沈起予：《艺术运动底根本概念》，1928 年 10 月 10 日《创造月刊》第 2 卷，第 3 期。

法，它或者为这个社会辩护，或者批判这个社会，成为维持、改造或摧毁这个社会而采取行动的依据。自由主义、马克思主义以及一切重要的政治和社会学说都构成意识形态”。[1]现代中国的时代需要，在根本上决定了对于文学的社会功能的强化，以至于意识形态特性对于文学近乎成了本体性特质。从现代中国的实际来看，作为意识形态的文学至少具有三个方面的社会功能，即批判功能、宣传功能和改造功能。

在中国现代文学史上，作为“文学是意识形态之一”这一观念的前奏的是“文学是……的武器”这一命题的被广泛接受。“批判”现实和“宣传”革命是一个问题的两个方面，郭沫若从这两个方面都认为文学是一种武器。

1923 年 6 月，他在《暗无天日的世界——答复王从周》一文中说道：“我郭沫若反对过那些空吹血与泪以外无文学的人，我郭沫若却不曾反对过血和泪的文学。我郭沫若所信奉的文学的定义是：‘文学是批判社会的武器。’”他之所以要批判社会，是因为“社会太坏了”。[2]——这是他从否定社会的方面来认定文学是“武器”的。从“宣传”革命的立场出发，郭沫若又认为文学是“宣传的利器”。他在《孤鸿——致成仿吾的一封信》(1924 年 8 月 9 日夜）中写道：“我们是革命途上的人，我们的文艺只能是革命的文艺。我对于今日的文艺，只在它能够促进社会革命之实现上承认它有存在的可能。而今日的文艺也只能在社会革命之促进上才配受得文艺的称号，不然都是酒肉余腥，麻醉剂的香味，算得甚么！算得甚么呢？真实的生活只有这一条路，文艺是生活的反映，应该是只有

[1] [法] 莫理斯·迪韦尔热：《政治社会学——政治学要素》(中译本)，杨祖功、王大东译，华夏出版社 1987 年版，第 9 页。

[2] 郭沫若：《暗无天日的世界——答复王从周》，1923 年 6 月 23 日《创造周报》第 7 号。

这一种是真实的。……这是我最坚确的见解，我得到这个见解之后把文艺看得很透明，也恢复了对于它的信仰了。现在是宣传的时期，文艺是宣传的利器，我徨不定的趋向，于今固定了。”[1] 由文中措辞可见，郭沫若是在一个特定的语境中来说明文艺作为宣传的利器的，“文艺是宣传的利器”是特定时期（即“宣传的时期”）所赋予文艺的一项功能，是“革命途上的”文艺的特征。

“文学是宣传”的命题在李初梨写于1928年的文章《怎样地建设革命文学》中被充分地展开了。他说：“我们知道，一切的观念形态（ideologie），都由社会的下层建筑所产生。然而此地有一种辩证法的交互作用，我们不能把它看过。就是，该社会的结构，复为此等观念形态所组织，所巩固。”“文学为意德沃罗基的一种，所以文学的社会任务，在它的组织能力。所以支配阶级的文学，总是为它自己的阶级宣传，组织。对于被支配的阶级，总是欺瞒，麻醉。”[2]

出于倡导革命文学的需要，李初梨提出要重新定义文学，他既不满意“文学是自我的表现”，也不满意“文学的任务在描写社会生活”，他根据UptonSinclair在《拜金艺术》（MammonArt）里面的话“All art is propaganda. It is universally and inescapably propaganda; sometimes unconsciously, but often deliberately propaganda.（一切的艺术，都是宣传。普遍地，而且不可逃避地是宣传；有时无意识地，然而常时故意地是宣传）”给文学的重新定义是：“一切的文学，都是宣传。普遍地，而且不可逃避地是宣传；有时无意识地，然而常时故意地是宣传。”他指出：“文学，与其说它是自我的表现，毋宁

[1] 郭沫若：《孤鸿》，1926年4月16日《创造月刊》第1卷，第2期。

[2] 李初梨：《怎样地建设革命文学》，1928年2月15日《文化批判》第2期。

说它是生活意志的要求。/文学，与其说它是社会生活的表现，毋宁说它是反映阶级的实践的意欲。/因为无论什么文学，都有它的主张。一个作品越是伟大，它的主张的魄力愈强。/然此主张，实出于作家的生活意志；而决定此生活者，则为作家所居之阶级。/所以，我们可以说：一切的作品，有它的意志要求；一切的文学，有它的阶级背景。”[1]

作为意识形态的文学的改造功能，或者说社会实践功能，其在那个时代最显著的表现莫过于参与革命了，革命文学之所以直接被视为或自视为“意识形态”，其参与革命的特性是重要原因所在。“文学是人生的表现”，核心在“人生”；“文学是现实的反映”，核心在“现实”；“文学是革命的函数”，其核心当然就应该是“革命”了。文学以革命为中心，是其实现其意识形态改造功能的直接的现实背景。

沈泽民在《文学与革命的文学》（1924）一文的论述中明确显示出了意识形态实践功能或意志对于文学的主导意义。他说：“文学者不过是民众的舌人，民众的意识的综合者：他用敏锐的同情，了澈被压迫者的欲求，苦痛，与愿望，用有力的文学替他们渲染出来；这在一方面，是民众的痛苦的慰藉，一方面却能使他们潜在的意识得到了具体的表现，把他们散漫的意志，统一凝聚起来。一个革命的文学者，实是民众生活情绪的组织者。”[2]

李初梨给无产阶级文学的定义是：“无产阶级文学是：为完成他主体阶级的历史的使命，不是以观照的——表现的态度，而以无产阶级的阶级意识，产生出来的一种的斗争的文学。”

[1] 李初梨：《怎样地建设革命文学》，1928 年 2 月 15 日《文化批判》第 2 期。

[2] 沈泽民：《文学与革命的文学》，1924 年 11 月 6 日上海《民国日报》副刊《觉悟》。

他规定了无产阶级文学的大约的样式:“第一，讽刺的 / 第二，暴露的 / 第三，鼓动的（agitation）/ 第四，教导的。”[1]“我们的文学家，应该同时是一个革命家。他不是仅在观照地‘表现社会生活’，而且实践地在变革‘社会生活’。他的‘艺术的武器’同时就是无产阶级的‘武器的艺术’。所以我们的作品，不是象甘人君所说的，是什么血，什么泪，而是机关枪，迫击炮。”[2]“文学是宣传”，无产阶级文学则更进一步，成为“为革命”的文学，“斗争的文学”；它不仅要表现生活，而且更重要的是要改造生活。这样的文学功能正是其意识形态本质的基本体现和诉求。

当然，在中国现代文论史上有关文学价值取向的重要判断中，任何声音都不是没有讨论，没有交互辩驳的。甘人（鲍文蔚）在《中国新文艺的将来与其自己的认识》(1927）一文中就对文学的革命使命提出了质疑，他不满文学在创作前就定下文艺应走的方向和应负的使命，指出:“无奈文艺须完全是真情的流露，一有使命，便是假的，……”[3]鲁迅则在杂文《文艺与革命》(1928）中对“一切文艺是宣传”的观点于肯定之后又进行了补充:“一切文艺，是宣传，只要你一给人看。即使个人主义的作品，一写出，即有宣传的可能，除非你不作文，不开口。那么，用于革命，作为工具的一种，自然也可以的。”“一切文艺固是宣传，而一切宣传却并非全是文艺，这正如一切花皆有色（我将白也算作色），而凡颜色未必都是花一样。革命之所以于口号，标语，布告，电报，教科书……之外，要用文艺者，就因为它是文艺。”因此主张，

[1] 李初梨:《怎样地建设革命文学》，1928 年 2 月 15 日《文化批判》第 2 期。

[2] 同上。

[3] 甘人:《中国新文艺的将来与其自己的认识》,1927 年 11 月 1 日《北新》第 2 卷，第 1 期。

文艺“当先求内容的充实和技巧的上达，不必忙于挂招牌”[1]。这表明，鲁迅虽然相信“一切文艺是宣传”，但他认为文艺还要首先是文艺，从而强调了文艺自身的特质。茅盾也指出：“我们的‘新作品’即使不是有意的走入了‘标语口号文学’的绝路，至少也是无意的撞了上去的。有革命热情而忽略于文艺的本质，或把文艺也视为宣传工具——狭义的，——或虽无此忽略与成见而缺乏了文艺素养的人们，是会不知不觉走上了这条路的。”[2]

赵冷（王任叔）在《革命文学的我见》（1928）一文中，评价李初梨的“一切的文学，都是宣传”时，认为要注意“宣传”二字，他说：“我们应该认清文学的宣传，不是一般的宣传。它是一种‘思想的传染’，而且深刻地，比任何文字的力量来的大。所以，我总以为革命文学不是‘狂暴的煽动’，而是‘深刻的传染’，前者，是激动读者的感情的，后者，是锻炼读者的感情的。同时，我们就可以这样的说：‘革命文学是使读者于认识生活中去决定或理解生活之创造。’”[3]这样来解释“宣传”一词，无疑就突出了文学宣传的特殊点及其所产生的特殊效果，从而也突出了这种宣传的独特方式——“文学的”方式。

---

[1] 鲁迅：《文艺与革命》，1928 年 4 月 16 日《语丝》第 4 卷，第 16 期。

[2] 茅盾：《从牯岭到东京》，1928 年 10 月 10 日《小说月报》第 19 卷，第 10 期。

[3] 赵冷：《革命文学的我见》，生路社《革命文学论文集》1928 年 5 月初版，引文据《中国新文学大系 · 文学理论集二（1927—1937）》，上海文艺出版社 1987 年版，第 155—156 页。

三 作为文学对象与作家立场

在革命文学运动前后，不少学者把文学看作“意识形态”之一，但也有不少其他学者，甚至是主张文学是“意识形态”之一的那些学者，在更多的时候是将“意识形态”视为文学写作或表现的对象的。这样的观念或看法，实际上就将意识形态与文学的关系更加具体化了。文学于此成了意识形态的载体。

虽然革命文学主将之一的成仿吾也称文学是“意识形态”，称“历史的发展必然地取辩证法的方法（Dialektische methode）。因经济的基础的变动，人类生活样式及一切的意识形态皆随而变革；结果是旧的生活样式及意识形态等皆被扬弃（Aufheben 奥伏赫变），而新的出现。/近代的资本主义激潮的来侵，早把我们旧日的经济的基础破坏，欧战中我们更有了近代的资产阶级及一部分小资产阶级的‘印贴利更追亚’（Intelligentsia= 智识阶级），文学这意识形态的革命渐不能免，……”[1]但是，在成仿吾的文章中，使用“意识形态”概念更多的是在文学的内容的意义上来谈论的。他在评价文学革命运动时认为那时的文学的内容是“小资产阶级的意识形态（Ideologie 意德沃罗基）”，指出：“我们远落在时代的后面。我们在以一个将被‘奥伏赫变’的阶级为主体，以它的‘意德沃罗基’为内容，创制一种非驴非马的‘中间的’语体，发挥小资产阶级的恶劣的根性。”[2]

成仿吾在《全部的批判之必要——如何才能转换方向的考察》（1928）一文中还有这样一段表述：“文学的变革过程应由意识形态与表现方法两方面联合说明。/‘随经济的基础之变动，巨大的上层建筑之全部或稍徐徐，或较激烈地变革。’/一种表现的方法，在它已经发展到了尽头的时候，必被高级的表现方法所扬弃（aufheben）。/我们的经济的基础之变动已经决定文学这意识形态的必然的变革。只有变革的迟速可以由表现方法的发展去决定。”[3]任何表现都体现着一定的表现方法，文学的变革过程应由意识形态与表现方法两方面来说明，就意味着论者已把文学分成意识形态与表现方法两个方面或部分，意识形态与表现方法是文学的一体两面。所以既可以说“文学这意识形态”，又可以说“文学这表现方法”，在这里，意识形态和表现方法是同等层次的概念。而意识形态所指显然更侧重文学内容的方面。实际上，当把意识形态表述为文学的内容时，也就在另一个维度上意味着文学成为一种表现意识形态的形式了。

把“意识形态”视为一种观念，视为文学的对象，是

[1] 成仿吾：《从文学革命到革命文学》，1928年2月1日《创造月刊》第1卷，第9期。

[2] 同上。

[3] 成仿吾：《全部的批判之必要》，1928年3月1日《创造月刊》第1卷，第10期。

茅盾在文章中使用“意识形态”概念时的最大特点。在《读〈倪焕之〉》(1929)一文中他就把文学形象称为对“意识形态”的“表示”:“……我觉得《倪焕之》中间没有一个叫人鼓舞的革命者,是不足病的。再显明地说,主人公的倪焕之虽然‘不中用’,然而正可以表示转换期中的革命的知识分子的‘意识形态’。这样有目的,有计划的小说在现今这混沌的文坛上出现,无论如何,不能不说是有意义的事。”[1]在为其短篇小说集《野蔷薇》写的序言中,茅盾称文学作品人物的行动“透露”出“意识形态”:“作者是想在各人的恋爱行动中透露出各人的阶级的‘意识形态’,这是个难以奏功的企图。但公允的读者或者总能够觉得恋爱描写的背后是有一些重大的问题吧。”[2]在《关于“创作”》一文中,茅盾又把“个人主义”当作新兴资产阶级“意识形态”在文学上的“显现”,把“新青年派”的文学主张也当作资产阶级“意识形态”的“反映”,他说:“依西欧历史的前例而论,个人主义思潮下也可以产生‘伟大’的文学,但是正象我国的买办阶级银行资本家与工业资本家合组的新兴资产阶级之不能发育健全一样,由这新兴资产阶级的意识形态所显现于文学上的个人主义也并没产生‘伟大’的文学。”“当时新青年派对于新文学的主张恰就是那样错综复杂的中国资产阶级意识形态的极妙的反映。”[3]这里的文学“表示”“透露”“显现”“反映”意识形态的表述都明确传达出了这样的信息,即意识形态既是文学表现的对象,同时又是文学表现所欲实现的价值目标。

在1930年代关于“自由人”“第三种人”的论争中,各

---

[1] 茅盾:《读〈倪焕之〉》,1929年5月12日《文学周报》第8卷,第20期。

[2] 茅盾:《写在〈野蔷薇〉的前面》,《茅盾专集》第1卷,福建人民出版社1983年版,第814页。

[3] 茅盾:《关于“创作”》,1931年9月20日《北斗》创刊号。

派论者对于文学阶级性的分析有不少内容涉及对“文学是意识形态的反映或表现”的说明或补充说明，显示了人们对于文学意识形态属性认识的深化。冯雪峰（丹仁）在文章《关于“第三种文学”的倾向与理论》（1933）中分析文学的阶级性时，指出：“文学的阶级性，以及对于阶级的利益，首先是因为文学是阶级的意识形态的反映。这是大家都明白的了。然而第二，又正因为这表现在对于客观的生活或真理的认识或反映上的缘故。就是，文艺作品不仅单是反映着某一阶级的意识形态，它还要反映着客观的现实，客观的世界。然而这种的反映是根据着作者的意识形态，阶级的世界观的，到底要受着阶级的限制的。（到现在为止，只有无产阶级的世界观——辩证法的唯物论，才能够最接近客观的真理。）”[1] 这里客观世界和意识形态是同等层次的概念，都是文学的对象；而文学对于客观世界反映却是要受作者意识形态的限制。意识形态在这里其实成了作者观念的一种性质，一种价值观的取向。当然，冯雪峰那时还是只看到了意识形态限制反映客观现实这一个方面，而实际上，反映客观现实对于作者的观念的意识形态取向也有着相当的影响，甚至会引起意识形态取向发生转折或变化。

瞿秋白（易嘉）在《文艺的自由和文学家的不自由》（1932）一文中批评胡秋原否认艺术的积极作用，否认艺术能够影响生活的观点时，强调了艺术对于现实生活的能动作用，实质上是对于文学的意识形态功能的叙述——文学艺术是意识形态的表现，同时也具有意识形态的功能，他说：“一切阶级的文艺却不但反映着生活，并且还在影响着生活；文艺现象

[1] 丹仁：《关于“第三种文学”的倾向与理论》，1933 年 1 月 1 日《现代》第 2 卷，第 3 期。

是和一切社会现象联系着的，它虽然是所谓意识形态的表现，是上层建筑之中最高的一层，它虽然不能够决定社会制度的变更，它虽然结算起来始终也是被生产力的状态和阶级关系所规定的，——可是，艺术能够回转去影响社会生活，在相当的程度之内促进或者阻碍阶级斗争的发展，稍微变动这种斗争的形式，加强或者削弱某一阶级的力量。”[1]

苏汶则通过对意识形态形式的多样性和对阶级性的限定的阐述，来说明不是所有的文学都具有阶级性。他在《“第三种人”的出路——论作家的不自由并答易嘉先生》（1932）一文里认为：“在天罗地网的阶级社会里，谁也摆脱不了阶级的牢笼，这是当然的，因此作家也便有意无意地露出了某一阶级的意识形态。文学之有阶级性者，盖在于此。然而我们不能进一步说，泄露某一阶级的意识形态就包含一种有目的意识的斗争作用。意识形态是多方面的，有些方面是离阶级利益很远的，顾了这面会顾不了那面；因此即使是一部攻击资产阶级的作品，都很可能在自身上就泄露了资产阶级或小资产阶级的特征与偏见（在十九世纪以后的文学上可以找到很多的例子），但是我们却不能因此就说这一定是一部为资产阶级服务的作品。假定说，阶级性必然是那种有目的意识的斗争作用，那我便敢大胆地说，不是一切文学都是有阶级性的。”[2]“意识形态是多方面的”揭示了意识形态形式的多样性，这对意识形态单一化的认识无疑是个有益的补充。苏汶是从两个层面来谈这一多样性的，其一是意识形态的内容方面的多样性，其二是意识形态功能的多样性，不是所有的意识形

[1] 易嘉:《文艺的自由和文学家的不自由》，1932 年 10 月 1 日《现代》第 1 卷，第 6 期。

[2] 苏汶:《“第三种人”的出路——论作家的不自由并答易嘉先生》，1932 年 10 月 1 日《现代》第 1 卷，第 6 期。

态都能够发挥“有目的意识的斗争作用”。这对于革命文学时期的意识形态直接“参与革命”功能的单向度理解是一个补充和丰富。

郭沫若早在1926年就在《文艺家的觉悟》一文中指出：“我们现在所需要的文艺是站在第四阶级说话的文艺，这种文艺在形式上是写实主义的，在内容上是社会主义的。”[1] 内容上的社会主义与作家站在“第四阶级”的立场是互为因果的，从某种意义上，可以说作家的阶级立场决定了文学对象的意识形态性质。也正如王任叔（赵冷）所言：“革命文学，即是被压迫阶级的文学。换一句话，即是反抗文学。”[2] 革命文学是站在被压迫阶级立场上的文学，革命文学时期强调革命文学要以无产阶级的“意识形态”为内容，就是要求革命作家要站在无产阶级的立场上来进行文学实践活动。

沈端先（夏衍）在《文学运动的几个重要问题》（1930）一文中指出：“……普罗文学，第一就是意特渥洛奇的艺术。所以，在制作大众化文学之前，我们先该把握明确的普洛列塔利亚观念形态。[3] 这种观念形态，就是一切宣传鼓动和暴露文学的动力。在这种普洛列塔利亚意识形态统一之下，应用简明的手法，不单从理论方面把握现存秩序的生产和剥削的机构，而且要抓住流动的现实世界，适应各种特殊状况，将资本主义的魔鬼，如何在背后活跃的事实，具体而如实地描写出来；于是，将这种作品送进群众里面，从布尔乔亚的精神

[1] 郭沫若：《文艺家的觉悟》，1926年5月1日《洪水》（半月刊）第2卷，第16期。

[2] 赵冷：《革命文学的我见》，生路社《革命文学论文集》1928年5月初版，引文据《中国新文学大系·文学理论集二（1927—1937）》，上海文艺出版社1987年版，第157页。

[3] 这里的“观念形态”指的就是“意特渥洛奇”，即“意识形态”。见沈端先：《文学运动的几个重要问题》，1930年3月10日《拓荒者》第1卷，第3期。

麻醉中间，夺取广大的群众，使他们获得阶级的关心，使他们走上阶级解放的战线，这才是普洛列塔利亚大众文学的目的。作品的鼓动和宣传的力量，能够广泛的影响大众，能够有效地变成他们自身的血肉，——换句话，这种意特渥洛奇的被摄取百分比，也就是这种大众文学的价值的Scale。当然，我们所期待的，是这种观念形态的一百 Percent 的解消。”[1] 在沈端先等一些左翼文艺家、理论家的论述中，与其说意识形态是文学的内容、是文学的性质，倒不如说它是文学的一种阶级立场。“在制作大众化文学之前，我们先该把握明确的普洛列塔利亚观念形态”，其实就是说我们要首先站在普洛列塔利亚意识形态的立场。意识形态在这里成了一种“立场”性存在。这也正像瞿秋白在《文艺的自由和文学家的不自由》（作者署名“易嘉”）一文中所说的，“每一个文学家，不论他们有意的，无意的，不论他是在动笔，或者是沉默着，他始终是某一阶级的意识形态的代表”。[2]

---

[1] 沈端先:《文学运动的几个重要问题》，1930 年 3 月 10 日《拓荒者》第 1 卷，第 3 期。

[2] 易嘉:《文艺的自由和文学家的不自由》，1932 年 10 月 1 日《现代》第 1 卷，第 6 期。

第七章

美术

MEISHU

美术亦来自日语，是“与古汉语没有对等词的日语复合词”。[1]1880年，清末文人李筱圃曾在其《日本纪游》中使用过“美术会”和“美术博览会”（指 art exhibitions）的概念。[2]在我国现代文学理论与批评话语现场，很多情况下，称文学是一种“美术”，大概与现在称文学是一种“艺术”大体相当。“美术”和“艺术”在英文中都可以对译为“Art”，但在汉语中，直观来看，“美术”似乎比“艺术”更明显地强调一个“美”字。文学为美术之一，这几乎也是20世纪初叶文学界的一个共识，因此，考察“美术”概念的含义和用法，对于理解当时人们的文学观念，对于把握“美术”进入中国现代文论话语体系的历程，无疑都有着重要意义。总体看来，人们称文学是美术，是从文学的本体性质与本质要素两个方面来着眼的。

---

1 参见刘禾：《跨语际实践——文学、民族文化与被译介的现代性（中国，1900—1937）》，宋伟杰等译，生活 · 读书 · 新知三联书店2002年版，第45页。

2 参见［意］马西尼：《现代汉语词汇的形成——19世纪汉语外来词研究》，黄河清译，汉语大词典出版社1997年版，第229页。

一 文学为美术之一

我国近世美学家王国维在《论哲学家与美术家之天职》（1905）一文中把诗歌、小说、戏曲、图画、音乐等皆例称为"美术"，并将"纯粹美术上之目的"作为它们的最高境界。[1]在另一篇著名论文《〈红楼梦〉评论》（1905）中，王国维称："美术中以诗歌、戏曲、小说为其顶点，以其目的在描写人生故。"[2]到五四运动前夕，"文学为美术之一"几乎成为当时文学理论与文学批评者的常识了，刘半农在《我之文学改良观》（1917）一文中就称："夫文学为美术之一，固已为世界文人所公认。"[3]蔡元培在《中国新文学大系·总序》中谈及欧洲文化时，涉及的广义的美术也是包括了文学在内的，他说："欧洲文化，不外乎科学与美术；自纯粹的科学：理，化，地质，生物等等以外，实业的发达，社会的组织，无一不以科学为

1 《王国维论学集》，中国社会科学出版社1997年版，第296页。
2 同上书，第354页。
3 刘半农：《我之文学改良观》，1917年5月1日《新青年》第3卷，第3号。

基本，均得以广义的科学包括他们。自狭义的美术：建筑，雕刻，绘画等等以外，如音乐，文学及一切精制的物品，美化的都市，皆得以美术包括他们。”[1]

文学既为美术之一，就意味着美术的特性就是文学的基本的性质，但这些性质并不是文学区别于其他美术样式的“特”性。那么究竟什么是“美术”呢？王国维在《论哲学家与美术家之天职》一文中这样写道：“夫哲学与美术之所志者，真理也。真理者，天下万世之真理，而非一时之真理也。其有发明此真理（哲学家）或以记号表之（美术）者，天下万世之功绩，而非一时之功绩也。”[2]可见，美术在此即是指以记号表真理，或者指表真理的记号。哲学家阐明（即“发明”）真理，而美术则是“表”真理，这即是二者的区别，由此王国维也表明了其基本的“美术”观。在这篇文章中，作者还从美术的功能的视角区分了哲学与美术，指出哲学给人类的是知识的满足，美术给人类的则是感情的满足。[3]

鲁迅于1913年在《儗播布美术意见书》中回答“何为美术”时，对之作出了较为细致明确的规定。他说：

> 美术为词，中国古所不道，此之所用，译自英之爱忒（art or fine art）。爱忒云者，原出希腊，其谊为艺，是有九神，先民所祈，以冀工巧之具足，亦犹华土工师，无不有崇祀拜祷矣。顾在今兹，则词中函有美丽之意，无是者不当以美术称。
>
> 希腊之民，以美术著于世，然其造作，初无研肄，

[1] 见《中国新文学大系·建设理论集》，上海良友图书印刷公司1935年版，第3页。

[2]《王国维论学集》，中国社会科学出版社1997年版，第295页。

[3] 同上书，第295页。

仅凭直觉之力，以判别天物美恶，惟其为觉敏，故所成就者神。盖凡有人类，能具二性：一曰受，二曰作。受者譬如曙日出海，瑶草作华，若非白痴，莫不领会感动；既有领会感动，则一二才士，能使再现，以成新品，是谓之作，故作者出于思，倘其无思，即无美术。然所见天物，非必圆满，华或槁谢，林或荒秽，再现之际，当加改造，俾其得宜，是曰美化，倘其无是，亦非美术。故美术者，有三要素：一曰天物，二曰思理，三曰美化。缘美术必有此三要素，故与他物之界域极严。刻玉之状为叶，髹漆之色乱金，似矣，而不得谓之美术。象齿方寸，文字千万，核桃一丸，台榭数重，精矣，而不得谓之美术。几案可以弛张，什器轻于携取，便于用矣，而不得谓之美术。太古之遗物，绝域之奇器，罕矣，而非必为美术。重碧大赤，陆离斑驳，以其戟刺，夺人目精，艳矣，而非必为美术，此尤不可不辨者也。

…………

由前之言，可知美术云者，即用思理以美化天物之谓。苟合于此，则无间外状若何，咸得谓之美术；如雕塑，绘画，文章，建筑，音乐皆是也。[1]

鲁迅在文中对“美术”的三要素的严格限定，厘清了“美术”的基本边界。他认为，必须同时具备“天物”“思理”和“美化”三个要素才能够成其为“美术”，缺一不可。文学（即引文中所说的“文章”）作为美术之一，其必备之要素当然也不例外。“美术”三要素中，“思理”是含义比较复杂、难解的要素。“思理”出自刘勰《文心雕龙》的“神思”

[1]《鲁迅全集》第8卷，人民文学出版社2005年版，第50—51页。

篇，关涉的语句有："古人云：'形在江海之上，心存魏阙之下。'神思之谓也。文之思也，其神远矣。故寂然凝虑，思接千载；悄焉动容，视通万里；吟咏之间，吐纳珠玉之声；眉睫之前，卷舒风云之色；其思理之致乎？故思理为妙，神与物游。"[1]"神思"是"艺术思维活动过程中生动丰富的艺术想象活动"[2]。在刘勰看来，"神思"是"思理"的高级形态，那么，"思理"显然也就是指艺术想象活动了。而鲁迅先生在这里强调的则是"领会感动"（"领会感动"当然也可以理解为想象或者想象的基础与前奏），"领会"是客体或天物之"理"（或"意义"）作为信息被主体所理解、把握和接受，"感动"则是指主体被自己所接受的信息所打动而生的情感波动（正所谓"心以理应"[3]）。所以，鲁迅在这里所谓的"用思理以美化天物"中的"思理"是一个"神与物游"的过程。由此可见，鲁迅文中的"美术"不仅包括产品，更侧重美术产品的产生过程，可以说是作为一种人的活动的"美术"。由此亦可看出我国传统文化元素和美学精神对于现代文论话语语义构建的融汇与参与。

吕思勉（即成之）在《小说丛话》（1914）中认为："夫美术者，人类之美的性质之表现于实际者也。美的性质之表现于实际者，谓之美的制作。"并将"美的制作"分为"模

1 周振甫：《文心雕龙今译》，中华书局1986年版，第248页。

2 张少康、刘三富：《中国文学理论批评发展史（上）》，北京大学出版社1995年版，第229页。

3 刘勰《文心雕龙・神思》中语，张少康解释为：是指主体按照其内含之理来与物相呼应，和物中最能体现其心之理者融合为一，此理既是心之理，亦是隐藏于貌中之物之理。见张少康、刘三富：《中国文学理论批评发展史（上）》，北京大学出版社1995年版，第231页。

仿”“选择”“想化”“创造”四个阶段。[1]这四个阶段显然较完整地呈现了美术产品的产生过程。

与鲁迅和吕思勉把“美术”作为人的一种特殊活动相类似，李大钊把“美术”视为一种写作的方式。李大钊在《史学要论》(1924)中谈及历史文学家的历史著作书写时认为：“文学家的笔墨，能美术地描写历史的事实，绘影绘声，期于活现当日的实况。”[2]美术作为一种写作方式，在李大钊看来是文学所特有的。这一写作方式的基本特点，就是“绘影绘声”，达到的效果是“活现当日的实况”。“绘影绘声”和“活现当日的实况”显然就是用形象来表现的文学特质的体现了。

朱光潜在其文章《无言之美》(1924)中从另一个角度谈了文学作为美术的性质，他说：“所谓文学，就是以言达意的一种美术。在文学作品中，语言之先的意象，和情绪意旨所附丽的语言，都要尽美尽善，才能引起美感。”[3]朱光潜在文中谈到“美术的使命”“人类何以有美术的要求”时说：“美术是帮助我们超现实而求安慰于理想境界的。”[4]“美术家的生活就是超现实的生活；美术作品就是帮助我们超脱现实到理想界去求安慰的。换句话说，我们有美术的要求，就因为现实界待遇我们太刻薄，不肯让我们的意志推行无碍，于是我们的意志就跑到理想界去求慰情的路径。美术作品之所以美，就美在它能够给我们很好的理想境界。所以我们可以说，美术作品的价值高低就看它超现实的程度大小，就看它所创造的理想世界是阔大还是狭窄。”“但是美术又不是完全可以和现实

[1] 成之：《小说丛话》，1914年3月《中华小说界》第3期。本处引自《吕思勉全集》第11卷，上海古籍出版社2015年版，第26页。

[2]《李大钊全集》第4卷，河北教育出版社1999年版，第395页。

[3]《朱光潜全集》第1卷，安徽教育出版社1987年版，第62页。

[4] 同上书，第66页。

界绝缘的。它所用的工具——例如雕刻用的石头，图画用的颜色，诗文用的语言——都是在现实界取来的。它所用的材料——例如人物情状悲欢离合——也是现实界的产物。所以美术可以说是以毒攻毒，利用现实的帮助以超脱现实的苦恼。上面我们说过，美术作品的价值高低要看它超脱现实的程度如何。这句话应稍加改正，我们应该说，美术作品的价值高低，就看它能否借极少量的现实界的帮助，创造极大量的理想世界出来。”“在实际上说，美术作品借现实界的帮助愈少，所创造的理想世界也因而愈大。”[1]朱光潜显然是就作品本身的美的性质而言，他说“美术作品之所以美，就美在它能够给我们很好的理想境界”，这又是站在读者（或作品审美者）的立场或角度来看待美术作品的；或者说，他是从作品的对于人的美术功能的角度来审度美术之所以为美术的。王国维在《古雅之在美学上之位置》一文中认为：“可爱玩而不可利用者，一切美术品之公性也。”[2]显然也是由此一角度对美术之性质作出的判断。

我国现代明确将文学与美术分析开来的是陈之佛，在《美术与工艺》（1936）一文中，陈之佛指出：“这等文学，音乐，建筑三者之外，在艺术上更有所谓‘美术与工艺’的二门存在着。”“美术与工艺都是造形的艺术，亦即是空间的艺术。这点它与文学，音乐那样时间性的艺术，完全不同，故美术与工艺可视为形的艺术。”[3]在该文中，陈之佛表明了自己的美术观，并通过将美术与工艺相比较突出了美术“为视”而“非用”的特性。他认为：“借眼所见的一种形而表现其美

[1]《朱光潜全集》第1卷，安徽教育出版社1987年版，第68页。
[2]《王国维论学集》，中国社会科学出版社1997年版，第301页。
[3] 陈之佛：《美术与工艺》，1936年《中国美术会季刊》第2期。

的，即是‘美术’。其中可分为平面的与立体的两种。表现其美于平面的世界的叫做绘画，表现其美于立体的世界的叫做雕刻。即美术上可分为绘画与雕刻两大门。”“工艺究竟与美术有何不同？简单地说来，美术是为‘视’而作的，工艺是为‘用’而作的。故‘实用性’可说是工艺的主要特点。”“绘画是视的而不是用的。”“美术是为视而作的，所以它是自目的的；工艺是为用而作的，所以它是他目的的，故两者虽同是空间的作物而其性质乃大不同。”[1]

陈之佛还从词源和翻译上考察了“美术”概念的意义与用法。“我们现今所称为‘美术’的这二字，本来是从英文 Fine art 德文 Die Schone Kunst 法文 Les beaut arts 翻译而来的。”“现在所谓‘美术与工艺’，亦是英文上的 Arts and Crafts。”“本来英语上 Art 这一字以及 Craft 这一字，固然是古时已有了的。但我们要知道从前决计不是以 Art 作‘美术’的意义，以 Crafts 作‘工艺’的意义。实在 Art 与 Crafts 二者，从前完全在同一意义上的。这二者的原意都是 Skill（技）之意，Art 的语源为 Arm（腕），故 Art 具有腕与技之意，Craft 与德语上的 Kraft 同是力的意义，故 Craft 常常有力量，具技术之意，因此可知这二者其用法差不多没有分别。”“实际古时英语上 Artsman 与 Craftsman 亦含着同样的意义，即两者都有技术者或匠人的意义的。Artsman 决不是现今所谓 Artist（美术家）的意义。”“英语上现在常称美术为 Fine arts，其实这 Fine arts 的历史还非常浅，这是十八世纪末开始使用的，至十九世纪遂为一般人所通用了。”“因此我们知道 Artist 用作美术家的意义，也是近代之事。虽然在十六世纪已有 Artist 一字，但当时完全是有技的人或有腕的人之意，与 Craftsman 同

[1] 陈之佛:《美术与工艺》，1936 年《中国美术会季刊》第 2 期。

样的意义使用的。而且这 Artist 一语，当时亦并不多用；还是用 Artsman 或 Artisan 或 Artificer 者为多。所以这等都是长于技能的匠人之意，与现今的作为美术家的意义，这是大不相同了。”[1]

[1] 陈之佛:《美术与工艺》，1936 年《中国美术会季刊》第 2 期。

二 美之为美与文学

我国现代学界认为文学是美术之一，主要原因还是在于文学是美的，具有美的性质与特征，那么，对于美的理解或对于文学的美的性质理解也就成为当时人们规定文学为美术之一的重要原因。王国维对美的理解主要体现于《古雅之在美学上之位置》(1907) 一文中，他说："美之性质，一言以蔽之，曰可爱玩而不可利用者是已。虽物之美者，有时亦足供吾人之利用，但人之视为美时，决不计及其可利用之点。其性质如是，故其价值亦存于美之自身，而不存乎其外。"[1] 审美的无功利性质与美的事物具有功利价值是两回事，也是互不矛盾的。这一观念影响到后来不少学者对文学的美是否有功利性的看法和判断。

对于美的本体，王国维提出了"美在形式"的观点，他主张："一切之美皆形式之美也。就美之自身言之，则一切

[1]《王国维论学集》，中国社会科学出版社 1997 年版，第 298 页。

优美，皆存于形式之对称变化及调和。至宏壮之对象，汗德（即康德——引者注）虽谓之无形式，然以此种无形式之形式，能唤起宏壮之情，故谓之形式之一种，无不可也。就美术之种类言之，则建筑、雕刻、音乐之美之存于形式固不俟论，即图画、诗歌之美之兼存于材质之意义者，亦以此等材质适于唤起美情故，故亦得视为一种之形式焉。释迦与马利亚庄严圆满之相，吾人亦得离其材质之意义，而感无限之快乐，生无限之钦仰。戏曲、小说之主人翁及其境遇，对文章之方面言之，则为材质；然对吾人之感情言之，则此等材质又为唤起美情之最适之形式。故除吾人之感情外，凡属于美之对象者，皆形式而非材质也。而一切形式之美，又不可无他形式以表之。惟经过此第二之形式，斯美者愈增其美，而吾人之所谓古雅，即此第二种之形式。即形式之无优美与宏壮之属性者，亦因此第二形式故，而得一种独立之价值。故古雅者，可谓之形式之美之形式之美也。”[1]他这里认为的文学的美不仅在于形式，而且“兼存于材质之意义”。这显然与英国形式主义美学家克莱夫·贝尔（Clive Bell，1881—1964）于《艺术》（1914）一书中提出的著名的“有意味的形式”说[2]有着异曲同工之妙。

胡适在《什么是文学——答钱玄同》（1920）一文中指出文学之美的两个“要件”，他说：“我尝说：‘语言文字都是人类达意表情的工具；达意达得好，表情表得妙，便是文学。’”“但是怎样才是‘好’与‘妙’呢？这就很难说了。我

[1]《王国维论学集》，中国社会科学出版社 1997 年版，第 298—299 页。

[2] 贝尔认为，艺术的本质在于“有意味的形式”，他说，凡种种能够“激起我们的审美情感”的“线、色关系的组合，这些审美地感人的形式，我称之为有意味的形式。‘有意味的形式’就是一切视觉艺术的共同的性质”。参看朱立元主编：《现代西方美学史》，上海文艺出版社 1996 年版，第 330—331 页。

曾用最浅近的话说明如下：‘文学有三个要件：第一要明白清楚，第二要有力能动人，第三要美’。”[1]胡适认为，前两个要件以第三个要件，即美，为旨归，他指出：“孤立的美，是没有的。美就是‘懂得性’（明白）与‘逼人性’（有力）二者加起来自然发生的结果。”[2]胡适从作品与读者的关系上说明了文学之美，但其无论是说“懂得性”还是“逼人性”都是要求于对象（即文学作品）的，对审美主体并无要求或规定。这种情况在当时是比较普遍的一种思维程式。

与从形式上判断美不同，刘半农主张从“骨底”，即从“性灵中意识中”来作“讲求”或判断。他在《我之文学改良观》（1917）一文中写道：“夫文学为美术之一，固已为世界文人所公认。然欲判定一物之美丑，当求诸骨底，不当求诸皮相。”“故研究文学而不从性灵中意识中讲求好处。徒欲于字句上声韵上卖力，直如劣等优伶，自已无真实本事，乃以花腔滑调博人叫好。”[3]这里的“性灵中”使用了明代“公安派”的“性灵”概念，“性灵”的好处在袁宏道看来就是“独抒性灵，不拘格套，非从自己胸臆流出不肯下笔”。这样“性灵”就意味着作家的天性、个性、内心的真实情感，以及由此而生的自然、独特的审美感受和趣味。[4]这里的“意识”概念则是指思想和观念，“性灵”多感性的一面，而“意识”则强调理性的一面。刘半农又称：“文学为有精神之物，其精神即发生于作者脑海之中。故必须作者能运用其精神，使自己之意

[1]《中国新文学大系·建设理论集》，上海良友图书印刷公司1935年版，第214页。

[2] 同上书，第215页。

[3] 刘半农：《我之文学改良观》，1917年5月1日《新青年》第3卷，第3号。

[4] 参看张少康、刘三富：《中国文学理论批评发展史（下）》，北京大学出版社1995年版，第207—211页。

识、情感、怀抱，一一藏纳于文中。而后所为之文，始有真正之价值……否则精神既失，措辞虽工，亦不过说上一大番空话，实未曾做得半句文章也。”[1]足见他对于文学内蕴方面的强调：美不在措辞，而在内蕴。

茅盾则认为，文学之美，美在创造，美在创新。他在写于1924年的文章《杂感——美不美》中阐明了自己的这一主张。在该文中，茅盾提出了“一篇文字缘何而美”的问题，认为在我们中国，“仿佛自古至今，只有一个说法：用典。文言家所诩的‘词藻’，只不过多用前人用过的已成为典故的词头儿（形容词）罢了”。“不论是文言，是白话，要她美丽时，有一个条件是极重要的。这个条件就是：排去因袭而自有创造。”“文章的美不美，在乎他所含的创造的原素多不多。创造的原素愈多，便愈美。如果一篇文学作品的体裁、描写法和意境，都是创造的，那么这篇文章即使不用半个所谓美的词头儿，还是极美的一篇东西；不然，即使全篇里填满了前人用过的风花雪月，亦不过象泥水匠画照壁，虽然颜料用的是上等货，画出来的，终究不成个东西。”[2]他还在著作《西洋文学通论》的“结论”一章里把文学比作“斧头”，认为：“文艺不是镜子，而是斧头；不应该只限于反映，而应该创造的。”但茅盾主张的“创造”是立足于“现实的人生”的创造，所以他反对“自然主义以后的文艺上的许多新主义”“悬空在‘超现实’的境界去求创造”，“在神秘中创造幻想的生活”；茅盾还批评了西方现代派文学“因为要表现所谓‘内在的真实’，结果是创造了只有他们自己能懂是‘内在的真实’”的

[1] 刘半农：《我之文学改良观》，1917年5月1日《新青年》第3卷，第3号。
[2] 茅盾：《杂感——美不美》，1924年1月14日《文学》周报第105期。

创造倾向。[1]所以，茅盾所主张的美在创造之“创造”是有限度、有规定的“创造”。“创造”在这里包含了“文学作品的体裁、描写法和意境”等方面，显然是把内容和形式都纳入其中了，也可以认为他所说的文学的“美”包括了内容和形式两个方面。

到1930年代中期，自觉地把美在物（客体）与美在心（主体）统一起来，认为美在关系——心与物的关系，并从而在理论上解决了美在内容与美在形式的纠纷的是朱光潜，他在其著作《文艺心理学》（1936年定稿）中认为，“美不仅在物，亦不仅在心，它在心与物的关系上面；但这种关系并不如康德和一般人所想像的，在物为刺激，在心为感受；它是心借物的形象来表现情趣。世间并没有天生自在、俯拾即是的美，凡是美都要经过心灵的创造。……在美感经验中，我们须见到一个意象或形象，这种‘见’就是直觉或创造；所见到的意象须恰好传出一种特殊的情趣，这种‘传’就是表现或象征；见出意象恰好表现情趣，就是审美或欣赏。创造是表现情趣于意象，可以说是情趣的意象化；欣赏是因意象而见情趣，可以说是意象的情趣化。美就是情趣意象化或意象情趣化时心中所觉到的‘恰好’的快感。‘美’是一个形容词，它所形容的对象不是生来就是名词的‘心’或‘物’，而是由动词变成名词的‘表现’或‘创造’”。[2]

朱光潜认为这样解释美的本质，“不但可以打消美本在物及美全在心两个大误解，而且可以解决内容与形式的纠纷”。“‘美在内容抑在形式’根本不成为问题。美既不在内容，也

[1] 茅盾：《西洋文学通论》，上海世界书局1930年初版，这里引文据复旦大学出版社2004年版，第200—201页。

[2]《朱光潜全集》第1卷，安徽教育出版社1987年版，第346—347页。

不在形式，而在它们的关系——表现——上面。”“我们这种见解看重美是创造出来的，它是艺术的特质，自然中无所谓美（‘自然美’一词另有意义……）。在觉自然为美时，自然就已告成表现情趣的意象，就已经是艺术品。”[1]“情趣和意象相契合混化，便是未传达以前的艺术，契合混化的恰当便是美。”[2]

1930 年代末，也有评论者自觉地从唯物主义立场出发，来探讨美的发生。关沫南在《论文学创造的美学基础》（1940）一文中认为美的发生不是凭空的，也不仅是由于意欲的冲动，它有着更深层次的原因。他说：“美学时常被作家们当做对真理的认识而应用着，以之差别人间的丑恶或美好，也自有其生活的背景，有其社会的原因。有的人认为美是一种精神的或肉体的享乐，有的人认为美是对于人类生活的黑暗面的矫正和突击。凡此种种，都不能认为仅是意欲的冲动，或凭空而生的观念意识。正如同文学在社会里有其生活的实践，在表现上始能有其形态的发露。美学也是由劳动过程关联着，文化部门取决于经济的组织和生产方式，而顺循着一个必然的规律的法则发展下来。”[3]这显然是马克思主义的唯物主义观念在美学理论上的运用，虽然是初步的、简单的，但显示了对美的认识的深入或深化。

---

[1]《朱光潜全集》第 1 卷，安徽教育出版社 1987 年版，第 347 页。

[2] 同上书，第 349 页。

[3] 关沫南：《论文学创造的美学基础》，1940 年 10 月 27 日《大北新报》。

三 美术之用与美对于文学的意义

美与审美的无功利特性说决定了人们对美术之用的基本看法，鲁迅就认为美术在本质上是无功利的，他早在《摩罗诗力说》(1907)一文中就曾指出："文章之职与用"在于"涵养人之神思"，"由纯文学上言之，则以一切美术之本质，皆在使观听之人，为之兴感怡悦。文章为美术之一，质当亦然，与个人暨邦国之存，无所系属，实利离尽，究理弗存。"[1]这里需要说明的是鲁迅并没有否定美术的功利价值，而只是说在本质上美术是无实际功利的，他在《儗播布美术意见书》(1913)中进一步地发挥了自己的这一观点，指出美术之无功利之用是其"目的"的"正解"。尽管如此，鲁迅还是推"国人之公意"，而对美术的"见利致用"的"不期之成果"进行了例说。他写道：

言美术之目的者，为说至繁，而要以与人享乐为臬

[1]《鲁迅全集》第1卷，人民文学出版社2005年版，第73页。

> 极，惟于利用有无，有所牴午。主美者以为美术目的，即在美术，其于他事，更无关系。诚言目的，此其正解。然主用者则以为美术必有利于世，傥其不尔，即不足存。顾实则美术诚谛，固在发扬真美，以娱人情，比其见利致用，乃不期之成果。沾沾于用，甚嫌执持，惟以颇合于今日国人之公意，故从而略述之如次：
>
> 美术可以表见文化。凡有美术，皆足以征表一时及一族之思惟，故亦即国魂之现象；若精神递变，美术辄从之以转移。此诸品物，长留人世，故虽武功文教，与时间同其灰灭，而赖有美术为之保存，俾在方来，有所考见。他若盛典侅事，胜地名人，亦往往以美术之力，得以永住。
>
> 美术可以辅翼道德。美术之目的，虽与道德不尽符，然其力足以渊邃人之性情，崇高人之好尚，亦可辅道德以为治。物质文明，日益曼衍，人情因亦日趣于肤浅；今以此优美而崇大之，则高洁之情独存，邪秽之念不作，不待惩劝而国乂安。
>
> 美术可以救援经济。方物见斥，外品流行，中国经济，遂以困匮。然品物材质，诸国所同，其差异者，独在造作。美术弘布，作品自胜，陈诸市肆，足越殊方，尔后金资，不虞外溢。故徒言崇尚国货者末，而发挥美术，实其本根。[1]

鲁迅的论述可以说在当时是比较全面地揭示了美术的多种“致用”功能，尤其是“表见文化”和“救援经济”更是他人所少论。至于鲁迅文中谈到的美术“辅翼道德”的功能，

[1]《鲁迅全集》第8卷，人民文学出版社2005年版，第52—53页。

其实说的就是美术的教育、教化的功能，这几乎为当时人之共识了。王国维于1906年写作的《去毒篇（雅片烟之根本治疗法及将来教育上之注意）》中就要求教育者注重“美育”。他认为宗教与美术是培养国民高尚情感的两条途径：宗教“所以鼓国民之希望”，美术“所以供国民之慰藉”。他断言：“美术者，上流社会之宗教也。”“吾人对宗教之兴味存于未来，而对美术之兴味存于现在。故宗教之慰藉，理想的；而美术之慰藉，现实的也。而美术之慰藉中，尤以文学为尤大。”[1]“慰藉”在王国维看来是可以医“感情上之疾病”的，正如他所说，感情之病“非以感情治之不可”。[2]而美育“即情育”[3]，“盖人心之动，无不束缚于一己之利害；独美之为物，使人忘一己之利害，而入高尚纯洁之域，此最纯粹之快乐也。……要之，美育者一面使人之感情发达，以达完美之域；一面又为德育与智育之手段，此又教育者不可不留意也”。(《论教育之宗旨》)[4]王国维的美术培养感情、慰藉人心与鲁迅的美术“辅翼道德”的观念是一致的。此或可谓蔡元培“以美育代宗教说”[5]之先声了。

美术对于人的功用，为我们提供了一个理解文学功能的思考层面，也可以说是文学中的美对于人，对于社会、文化等的价值所在，这是文学的美的外位于文学的价值。文学中美的另一方面的价值或功能则是在于文学中的美对于文学自身的价值。在我国现代文学理论与批评语境中将美对于文艺

[1]《王国维论学集》，中国社会科学出版社1997年版，第308—309页。
[2] 同上书，第309页。
[3] 同上书，第373页。
[4] 同上书，第374页。
[5] 蔡元培：《以美育代宗教说》（在北京神州学会演讲），1917年8月《新青年》第3卷，第6号。

自身的意义及价值一般来说看得是比较重的，成仿吾在《文艺批评杂论》(1926)一文中就曾指出:“美是艺术的生命，至少是艺术的生命之火的保燃体。全然缺少审美的形式的艺术，是我们所不能想像的。”[1] 在他的两个文学的公式里，我们也可以看到他对文学中的美的重视:

真挚的人性 + 审美的形式 = 永远的文学

真挚的人性 + 审美的形式 + 热情 = 永远的革命文学[2]

这两个公式中，“审美的形式”都占有不可或缺的地位。朱光潜在《文学与人生》一文中，也强调指出:“美是文学与其他艺术所必具的特质。”[3]

郁达夫在其文章《艺术与国家》(1923)里把艺术中的美视为艺术的核心要素，他认为“美与感情”是“艺术的最大要素”，指出:“艺术所追求的是形式和精神上的美。我虽不同唯美主义者那么持论的偏激，但我却承认美的追求是艺术的核心。自然的美，人体的美，人格的美，情感的美，或是抽象的悲壮的美，雄大的美，及其他一切美的情素，便是艺术的主要成分。德国人制定美学定义为‘Wissenschaft des Schoenen und der Kunst’(美与艺术的科学)，即此我们就可以看出美与艺术的关系如何了。艺术对于我们所以这样重要者，也只因为我们由艺术可以常常得到美的陶醉，可以一时救我们出世间苦 Weltschmerz，而入于涅槃 Nirvana 之境，可以使我们得享乐我们的生活。艺术的第二要素，就是情感，同情和爱情，都是包括在情感之内的。艺术中间美的要素是外延

[1] 成仿吾:《文艺批评杂论》，1926 年 3 月 16 日《创造月刊》第 1 卷，第 1 期。

[2] 成仿吾:《革命文学与他的永远性》，1926 年 6 月 16 日《创造月刊》第 1 卷，第 4 期。

[3]《朱光潜全集》第 4 卷，安徽教育出版社 1988 年版，第 157 页。

的，情的要素是内在的。拉弗爱儿 Raphael 的 Madonna 的丰丽的肉体，光艳的色彩，是美的要素的实现；她的灵通透彻的瞳神，由这瞳神而表现出来的情热，是情的要素的结晶。美与情感，对于艺术，犹如灵魂肉体，互相表里，缺一不可的。"[1] 这与成仿吾把美称为艺术的生命的见解一样都是认为美在艺术构成中具有核心地位。另外，郁达夫把情感比作肉体，把美比作灵魂，也体现了美的超越性质。

美术在我国近现代也曾一度被认为是与科学相提并论的一种形上信念，人们不仅把科学的判断或事物看作真理，而且也把美的判断或事物看作真理。所以有些文学评论者常常把科学、美术视为文学的本质规定，认为文学是科学或美术之一种。这一现象在 1930 年代后期以降在某些评论者那里被改观，关沫南在文章《论文学创造的美学基础》中指出美学在文学里的地位是从属性的应用，他写道："我说美学的观念在文学的创造中得有哲学的成立，并不认为美学就是文学。美学在人类生活上有其独特的表现，在文学里有其从属的应用，一般的说来美并不就是文学，而文学里却常常地包含着美，它们有绝对的差异性，也有相对的同一性。"[2]

1930 年代的梁实秋强调文学是"人生的批评"，美相对于"人生的批评"来说在文学中并不占更重要的位置，他曾经断言："凡不能成为'人生的批评'的作品，无论文字多么美丽，技巧多么成熟，都不是好的文学。"[3] 文学中的美的地位在梁实秋的《文学的美》（1937）一文中甚至被降得更低，在文章中回答"美究竟在文学里有什么样的地位"时，梁实秋

[1] 郁达夫：《艺术与国家》，1923 年 6 月 23 日《创造周报》第 7 号。
[2] 关沫南：《论文学创造的美学基础》，1940 年 10 月 27 日《大北新报》。
[3] 梁实秋：《偏见集》，正中书局 1934 年版，第 210 页。

说："我承认文学里面有美，因为有美所以文学才能算是一种艺术，才能与别种艺术息息相通，但是美在文学里面只占一个次要的地位，因为文学虽是艺术，而不纯粹是艺术，文学和音乐图画是不同的。我这样说，并非是主观的以为文学应如此或不应如此便更进一步以为文学是如此或不是如此；我们试把一般公认为伟大或成功的古今中外若干文学作品摆在目前，客观的看一看，里面有几许是仅仅以给人美感为目的，有几许是除了以给人美感之外还以给人更严肃更崇高的感动（理智的与情感的）为目的，我们再归纳起来便可知道美在文学里的地位是不重要的了。"[1] 梁实秋认为，"文学里面两项重要的成分是思想与情感"，而非美。他强调文学中的"人事"与"道德"，指出如果过分强调美反而会走向堕落。他说："文学的题材，严格的讲，是人的活动（man in action）……文学作者必先对于人事有所感或有所见，然后他才要发而为文，所以文学家不能没有人生观，不能没有思想的体系。因此文学作品不能与道德无关，除非那文学先与人事无关。与人事无关的文学作品，事实上是有的，西洋近代的所谓'纯粹诗'（Pure poetry）就是向着这方向的运动，至于'为艺术而艺术'的主张以为艺术与人事的关系应该割断自更不待言。象征主义者实际上也是把人事排出与艺术范围以外。但这只是一种堕落的趋向，只能在一些'小诗'或'佳句'里寻求例证罢了。从'美学'的出发点来看文学，也同样的容易忽略文学的道德性。"[2]

梁实秋在文章中总结道："美在文学里的地位是这样的：他随时能给人一点'美感'，给人一点满足，但并不能令读者

[1] 梁实秋：《文学的美》，1937 年《东方杂志》第 34 卷，第 1 号。

[2] 同上。

至此而止，因为这一点满足是很有限的，远不如音乐与图画，这一点点的美感只能提起读者的兴趣去做更深刻更严肃的追求。”他认为，如果读者阅读文学作品只“停留在美感经验的阶段，不去探讨其道德的意义，虽然象是很‘雅’，其实是‘探龙颔而遗骊珠’”。据此，他认为：“‘教训主义’与‘唯美主义’都是极端，一个是太不理会人生与艺术的关系，一个是太着重于道德的实效。文学是美的，但不仅仅是美；文学是道德的，但不注重宣传道德。凡是伟大的文学必是美的，而同时也必是道德的。”[1]这种反对走极端的观点也是其主张理性和节制的文学观念的体现。[2]

1 梁实秋：《文学的美》，1937 年《东方杂志》第 34 卷，第 1 号。
2 参看梁实秋：《文学的纪律》，1928 年 3 月《新月》月刊创刊号。

附录一

辨译琐记

BIANYISUOJI

经典著作的翻译不是一件容易的事情。1885 年 10 月，英国《今日》杂志在其第 4 卷第 22 期上刊登了《资本论》第 1 卷第 1 章的部分英文译文，译者是社会民主联盟领导人亨·迈·海德门（笔名约翰·布罗德豪斯）。该译文不准确处很多，恩格斯随即在 1885 年 11 月《公益》杂志第 10 期撰文《不应该这样翻译马克思的著作》，对其提出批评。恩格斯认为布罗德豪斯的译文“远远没有忠实地表达原文”。他指出：“翻译这样的著作，只是通晓标准德语是不够的。马克思精于使用日常生活用语和各地方言中的成语；他创造新词，他举例时涉及一切科学部门，他援引十几种文字的书刊；要理解他的著作，必须彻底精通德语——口头语和标准语，另外还要知道一些德国人的生活。”他还说：“在这里，对翻译者还有更多的要求。马克思是当代具有最简洁最有力的风格的作家之一。为了确切地表达这种风格，不仅要精通德语，而且要精通英语。”“富有表现力的德语应该用富有表现力的英语来表达，必须使用最好的词汇，新创造的德文名词要求创造相应的新的英文名词。”[1] 显然，不仅是布罗德豪斯，其他译者也一样，翻译马克思的著作必须具有较高语言修养和思想水平以及“真正老老实实的科学工作”。[2]

---

[1]《马克思恩格斯全集》第 21 卷，人民出版社 1965 年版，第 276 页。

[2]《马克思恩格斯全集》第 44 卷，人民出版社 2001 年第 2 版，第 276 页。

一 是『移入』还是『反映』

马克思在《资本论》第1卷1873年第2版的“跋”中讲过这样一段著名的话，他说：在黑格尔看来，现实事物只是思维过程的外部表现，我的看法则相反，“观念的东西不外是移入人的头脑并在人的头脑中改造过的物质的东西而已”。这句马克思主义唯物主义的经典论述几乎为稍知“马哲”的人们所耳熟能详了，然而，仔细推敲起来，这句话的汉语译文却是有瑕疵的。

这句话的德文原文是：“Bei mir ist umgekehrt das Ideelle nichts andres als das im Menschenkopf umgesetzte und übersetzte Materielle.”[1]其中，“umgesetzte（umsetzen）”的辞典意义是“移置”“移植”“使转化（换）”，“übersetzte（übersetzen）”的辞典意义则是“翻译”“改编（写）”“转化”。在这段话中，二者其实都是“转化”的意思，都同时包含有“移入”和

[1] Karl Marx：“Das Kapital”Buch I. Copyright 1947 by Verlag JHW Dietz Nachf. GmbH, Berlin. p8.

“改造”双重意义，二者的不同之处在于前者强调的是“转化”的过程、强调“转化”本身，而后者则是强调这一“转化”的结果。我们还可以注意一下这两个德语词的前缀，um-在这里表示“翻转”“改变方向”，über-在这里则表示“越过”，前者注重过程，后者侧重结果的情形是很明显的。而汉语与之对译的“移入”和“改造过”两词语所注重的却都是结果，并且“移入”一词也没有体现出“转化”的意味来。

我们可以来参看一下该段内容的英文译文：“With me, on the contrary, the ideal is nothing else than the material world reflected by the human mind, and translated into forms of thought.”[1] 其中与“umgesetzte”对译的“reflected”是“反映”的意思，而与“übersetzte”对译的“translated”则是“翻译”“转化”“化”“使以另一种形式表现”的意思。如果“我的看法则相反，观念的东西不外是移入人的头脑并在人的头脑中改造过的物质的东西而已”这句话是直译的话，那么与“reflected”对应的就是“移入”，而与“translated”对应的则是“改造”，这显然是有缺陷的。实际上，在英语中“reflected”与“translated”也都是“转化”的意思，也都包含有“移入”和“改造”两个维度的内涵，区别也是在于“reflected”强调“转化”的过程，强调“转化”本身，而“translated（into）”则强调这一“转化”的结果（请注意一下“into”这个小品词）。

显而易见，如就直译来说，上面的英文翻译比我国的汉语翻译更为准确；如就意译来理解，我们也可以将汉语译文视为把“umgesetzte”和“übersetzte”结合在一起来翻译了。但是，这样的汉译的问题在于——“观念的东西”是“移入”人的头脑中的“物质的东西”，虽然有“并在人的头脑中改造

[1] Karl Marx：Capital, Volume I. Progress Publishers Moscow, 1965. P19.

过的”修限语，但还是让人感到不满足:“物质的东西”“移入”人的头脑就成了“观念的东西”了吗？“物质的东西”怎么会“移入”人的头脑呢？看来用“移入”这个日常词来对译“umgesetzte”是简单化了，尤其是在这样的哲学化的理论文本中。

所以，我认为，我们不妨结合英文译文来直译这句话：“我的看法则相反，观念的东西不外是物质的东西反映在人的头脑中，并被转化为思想的形式而已。”用“反映”来代替“移入”，一方面，“反映”是个含义丰富的哲学概念，它比“移入”更能哲学化或理论化地表述出“物质的东西”向“观念的东西”转化的复杂性；另一方面，这里的“反映”的动词形态也使转化的“过程”本身得以强调——这样翻译似乎更契合原著的语境和本义。

二 是『独立的』，还是『独立自主的』

《共产党宣言》里有一句著名的话：“无产阶级的运动是绝大多数人的，为绝大多数人谋利益的独立的运动。”[1]

这句话在《马克思恩格斯文集》第 2 卷（人民出版社 2009 年版，第 42 页）、《马克思恩格斯选集》第 1 卷（人民出版社 2012 年版，第 411 页）、《共产党宣言》单行本（人民出版社 2014 年版，第 39 页）中的表述，都是严格一致的，即都是：“无产阶级的运动是绝大多数人的，为绝大多数人谋利益的独立的运动。”

但在《马克思恩格斯全集》第 4 卷（人民出版社 1958 年版，第 477 页）中的表述却是：“无产阶级的运动是绝大多数人为绝大多数人谋利益的独立自主的运动。”[2]

“独立的运动”和“独立自主的运动”，其语义还是有所不同的。那么，哪种翻译更好呢？

---

❶《马克思恩格斯文集》第 2 卷，人民出版社 2009 年版，第 42 页。
❷《马克思恩格斯全集》第 4 卷，人民出版社 1958 年版，第 477 页。

这句话的德语原文是：

Die proletarische Bewegung ist die selbstständige Bewegung der ungeheuren Mehrzahl im Interesse der ungeheuren Mehrzahl.（引自1848年德文版《共产党宣言》，正文完成于1848年，1872年在莱比锡正式出版）

被《马克思恩格斯文集》第2卷等翻译为“独立的”之德文词是selbstständig（e）。在德汉词典中，这个词大致有两个义项：（1）是自主的，自立的，独立的，（2）是独立自主的。总体看，翻译为“独立自主的”比译为“独立的”，其意义更为丰富，比只译作“独立的”更能凸显“无产阶级的运动”的自觉自为、主动自主的一面。

在1888年伦敦出版由赛米尔·穆尔翻译、恩格斯校阅加注并撰写序言的《共产党宣言》英文版中，selbstständig（e）这个德语词的英文译文是：selfconscious, independent，即“自觉而独立的”。赛米尔·穆尔的这个翻译由于由恩格斯亲自校阅，因而非常权威，具有重要参考价值。1867年6月24日，恩格斯在致马克思的信中说：“我解决了由谁把你的书译成英文的问题：这就是穆尔。他现在的德文水平能够毫不费劲地阅读海涅的作品，并且会很快地熟悉你的风格（价值形式和术语除外，这我必须大力给以帮助）。”“这个人勤勉可靠，而且具有人们对一个英国人所能期待的理论修养。”[1] 1887年3月10日，恩格斯在致左尔格的信中指出，“只有一个人”能胜任《宣言》的翻译，“就是赛米尔·穆尔”，“他也正在做这件工作。第一节的译稿已经在我这里”。[2]

在1882年日内瓦出版的由普列汉诺夫翻译、马克思和

[1]《马克思恩格斯全集》第31卷，人民出版社1972年版，第314页。

[2]《马克思恩格斯全集》第36卷，人民出版社1975年版，第610页。

恩格斯作序的《共产党宣言》俄文版中，selbstständig（e）一词被译作самостоятельное。我请教了南开大学文学院专治俄罗斯文艺文化思想的王志耕教授。他说，这里俄文самостоятельное就是一个修饰词，意思是“独立自主的”；сам意思是“自己”，стоять是“站立”，合起来就是“自己站立”，只翻译成“独立的”是有问题的。普列汉诺夫的译本曾受到恩格斯称道，他在1883年6月29日致左尔格的信中说：“翻译《宣言》是异常困难的，俄译本是目前我看到的所有译本中最好的译本。”[1]所以，这个译本也具有重要参照意义。

另外，这句话在“绝大多数人的”和“为绝大多数人谋利益的”之间标点的运用也有分歧。《马克思恩格斯文集》第2卷等用了逗号，《马克思恩格斯全集》第4卷（人民出版社1958年版，第477页）没有用标点，《马克思恩格斯选集》第1卷（人民出版社1995年版，第283页）则用了顿号，其表述为：“无产阶级的运动是绝大多数人的、为绝大多数人谋利益的独立的运动。”[2]

那么，用逗号好？用顿号好？还是不用标点好呢？从表述的意思看，似乎用顿号更好些，因为“绝大多数人的”和“为绝大多数人谋利益的”是“独立自主的运动”的并列的修限语，其连接比较紧凑，用顿号可以清晰地表达出这层意思，这个句子是一个有短促停顿的整句。而如果用逗号，就意味着这是两个分句，从句法分析上不好讲通。不用标点似乎也是可以的，但这样句子就被拉长了，其意义的层次感也略显不够直观。

[1]《马克思恩格斯全集》第36卷，人民出版社1975年版，第46页。
[2]《马克思恩格斯选集》第1卷，人民出版社1995年版，第283页。

三 “反映”的德、英文对应词

对于“反映”概念而言，在我国比较成熟的理解的依据往往是恩格斯、列宁的相关著作，所以下面的例述也就主要围绕着他们这方面的代表性文本进行。

恩格斯使用“反映”一词较多的著作是《反杜林论》（含《〈反杜林论〉旧序 · 论辩证法》及《〈反杜林论〉的准备材料》）[1]，共出现了28次，该著的德文版本中表达“反映”意思的对应词有如下几个：1. Abbild（含Gedankenabbild），共出现八次，三次汉译为“映象”，五次译为“反映”；英语译文中一次译为reflexes，一次译为representations，一次译为counterparts，两次译为pictures，三次译为image。2. Reflex（含Gedankenreflex），共出现五次，英文一次译为reflex，四次译为reflection；汉语均译作“反映”。3. Reflexaktion，出现一次，汉译为“反映”，英译为reflectiveactivity。4. Widerspiegelung

[1] 这里依据的版本出自《马克思恩格斯全集》第20卷，人民出版社1971年版。

（含 Widerspiegeln），出现八次，汉、英均分别译为“反映”、reflection（含 reflect）。5. Bückspiegelung，出现二次，汉、英分别译成“反映”、reflection（含 reflect）。6. Spiegelbild[1]，出现四次，汉语一次译为“映象”，三次译为“反映”；英文四次都译作 reflection。

列宁的《黑格尔〈逻辑学〉一书摘要》（中文本）也是出现“反映”一词比较集中的著作[2]，共出现二十五次。英语无一例外都翻译成 reflection（含 to reflect）；德语二十二次用 Widerspiegelung（含 Widerspiegeln），二次用 Abbild，一次用 Spiegeln。

这样，“反映”在上述语言的互译中便大体建立了如下的语词基本或主要的对应关系：

动词：反映（汉语）→ Widerspiegeln（德语）→ reflect（英语）；

名词：反映（汉语）→ Widerspiegelung/Abbild（德语）→ reflection/image（英语）。

这里需要说明一下的是 image 这个对应词，image 虽然在《黑格尔〈逻辑学〉一书摘要》中没有与“反映”相应出现，在《反杜林论》里面也仅与 Abbild 对译了 3 次，但在恩格斯和列宁的其他著作关于“反映”的重要论述里有不少

[1] 列宁曾在《唯物主义和经验批判主义》中的一个注里谈及该词的翻译：“维·切尔诺夫先生把 Spiegelbild 译作‘镜中的反映’，责怪普列汉诺夫‘以十分无力的方式’表达恩格斯的理论，因为他在俄译本里只说‘反映’，而不说‘镜中的反映’。这是吹毛求疵。Spiegelbild 这个词在德文里也只是当做 Abbild 来使用的。”见《列宁选集》第 2 卷，人民出版社 1995 年版，第 74 页。

[2] 这里依据的版本出自《列宁全集》第 55 卷，人民出版社 1990 年第 2 版。列宁的《唯物主义和经验批判主义》中“反映”也多次出现，并且列宁的关于“反映论”的基本论断也出自该著。

与“反映”对译的情况。比如，在恩格斯的《路德维希·费尔巴哈和德国古典哲学的终结》中的“我们重新唯物地把我们头脑中的概念看做现实事物的反映，而不是把现实事物看做绝对概念的某一阶段的反映”这句话里，反映——德语词为 Abbild——即被英译为 image[1]；列宁在《唯物主义和经验主义批判》中指出，“我们的感觉、我们的意识只是外部世界的映象；不言而喻，没有被反映者，就不能有反映，但是被反映者是不依赖于反映者而存在的”。这句话的英语译文是：Our sensation，our consciousness is only an image of the external world, and it is obvious that an image cannot exist without the thing imaged, and that the latter exists independently of that which images it.[2] 显然，在这一著名论断的翻译中，与“反映”对译的也是 image。因此，在这里我也将 image 作为“反映”的一个基本对应词列出。

[1] 见 F. Engels: Ludwig Feuerbach and the End of Classical German Philosophy, Foreign Languages Publishing House, Moscow 1950, p64.

[2] 见 V.I. Lenin: Materialism and Empirio-criticism, Foreign Languages Publishing House, Moscow 1952.

四

反映与反思

德语词 Reflexion 在我国常常被译为“反思”[1]，但有时也译作“反映”[2]。贺麟在其译著黑格尔《小逻辑》的《新版序言》中谈书里术语翻译时，就指出了汉译反思（Reflexion）的复杂性，他说：“反思（Reflexion），在《大逻辑》和《小逻辑》里都出现得很多，特别在本质论开始后几节内，‘反思’一词出现得更多。此词很费解。过去我的译法也不一致。现在经过初步摸索，认为‘反思’这个字有（1）反思或后思（Nachdenken[3]），有时也有‘回忆’或道德上的‘反省’的意思；（2）反映；（3）返回等意义（德文有时叫 sich reflektiert 或 sich zuruckreflektiert）。另外‘反思’一词与下面（4）（5）

[1] 比如，杨一之译的黑格尔的《逻辑学》等就将 Reflexion 译为“反思”，蓝公武译康德的《纯粹理性批判》中则译为“反省”。

[2] 贺麟译的《小逻辑》、贺麟与王玖兴合译的《精神现象学》中都有将 Reflexion 译为“反映”的情况。

[3] 据贺麟的解释，德文 Nachdenken，“英文作 Reflection，直译应作‘后思’，实即反复思索，作反省回溯的思维之意”。——［德］黑格尔：《小逻辑》，贺麟译，商务印书馆 1980 年版，第 74 页，译者注。

（6）诸词的意义有密切联系：（4）反射（Reflex）、（5）假象（Schein）、（6）映现或表现（Erscheinen）。列宁也指出，黑格尔论‘反思性的种类……非常晦涩’；又指出‘怎么翻译呢？反思性？反思的规定？译反思是不合适的’（第 38 卷，第 139 页）[1]。足见‘反思’一词的烦难，因此务请读者从上下文联系去了解‘反思’一词的意义和译法。”[2]“反思”作为名词的基本对译词是：Reflexion（德语）和 Reflection（英语）。

“反映”和“反思”是有着密切的联系的：首先，“反映”和“反思”的德、英文基本义都有“反射”的意思，德文 Reflexion、英文 Reflection 均源自拉丁文 reflexio，意思是“返回”；其次，“反映”和“反思”在英文中本来就是同一个词（即 Reflection）；再次，德文的“反思”（Reflexion）也兼有“反映”的意思。但是，由于我国一些学者因为“反思”是马克思主义以前的哲学（尤其是唯心主义哲学）中广泛应用的一个概念，马克思主义经典作家极少使用，就判断经典作家对之是否弃的态度。有研究者甚至认为该概念是“资产阶级哲学认识论中的一个术语”[3]而对之加以唾弃。这就导致在一个较长时期人们人为地割断了“反思”和“反映”的内在联系，看不到“反思”概念的丰富内涵在“反映”中的承续。

恩格斯认为事物“在思想上的反映，即概念”。[4]这意味着概念是由“反映”而得，是“反映”的结果。而贺麟在对

[1] 指《列宁全集》第 38 卷，人民出版社 1959 年版。

[2] 贺麟：《〈小逻辑〉新版序言》，［德］黑格尔：《小逻辑》，贺麟译，商务印书馆 1980 年版，第 xxi 页。

[3] 刘延勃、张弓长等主编：《哲学辞典》，吉林人民出版社 1983 年版，第 119 页。认为：“反思亦称‘反省’。是资产阶级哲学认识论中的一个术语。资产阶级哲学家都把反省当成一种精神的自我活动和内省的方法。”

[4] 恩格斯：《反杜林论》，《马克思恩格斯全集》（中文版）第 20 卷，人民出版社 1971 年版，第 24 页。

黑格尔《小逻辑》里“反思”一词的说明中指出：“人对感觉所得的表象材料，加以反思而得概念。”[1]——这即是说，概念是由“反思”而得，是“反思”的结果。显然，“反映”和“反思”的区别只是在于：反映由事物本身出发经由表象到概念，而反思则是直接由表象到概念。在恩格斯的著名论断“观念是现实的反映”中，“观念”也决不会只停留于表象；不经过“反思”阶段，“观念”就不会形成。因此，“反思”必然是“反映”的题中应有之义。

从列宁在《黑格尔〈逻辑学〉一书摘要》里的评述中同样可以明显地看到“反映”和“反思”的这种关系。列宁在摘引了黑格尔的话——“……本质在自己的这个自己运动中就是反思。反思是什么，外观也就是什么。”——之后指出：“外观（外观的东西）是本质在自身中的反映。”这里“反映”“反思”是在同等的意义上使用的。他还说：“人不能完全地把握=反映=描绘整个自然界、它的直接的总体”；“表象不能把握整个运动……而思维则把握而且应当把握。从表象中获得的思维，也反映实在……”这里的“把握”（英文comprehend，德文erfassen）都是理解、在思维中掌握的意思，这也是“反思”的主要功能和目的；“从表象中获得的思维”即是“反思”，“反思”“也反映实在”一方面体现了“反映”与“反思”的一致关系，另一方面也体现了“反映”对“反思”的唯物主义向度上的改造和超越。

“反思”与“反映”还有一个共同的特点，即二者都具有相对于表象或实在的超越性和抽象性。黑格尔在谈到“以特殊与普遍为其规定的那种较确定的知性反思”时说：“反思通常是以主观的意义被认为是判断力的运动，判断力超出某一

[1] 见［德］黑格尔：《小逻辑》，贺麟译，商务印书馆1980年版，第74页，译者注。

个直接的表象，为这个表象寻找普遍的规定，或者把那些规定与表象进行比较。康德把进行反思的判断力与进行规定的判断力对立起来。他所下的定义是：判断力一般是把特殊包涵在普遍之下来思维的机能。假如已有了普遍的（规则、原理、规律），那么把特殊包括在它之下的判断力就是进行规定的。但已有的若只是特殊的，判断力还要为它去寻找那普遍的，那么这判断力就是进行反思的。反思在这里因此也同样超出一个直接物而到达普遍的东西。”[1] 为特殊去寻找普遍、“超出一个直接物而到达普遍的东西”就是抽象和超越，抽象性、超越性是反思的重要特征。黑格尔的“反思”概念的内涵虽然与康德的不尽相同，但其抽象与超越的性质却是一致的。

作为哲学范畴的“反映”，其抽象性、超越性的特点同样明显。列宁认为：“认识是人对自然界的反映。但是，这并不是简单的、直接的、完整的反映，而是一系列的抽象过程，即概念、规律等等……有条件地近似地把握永恒运动着和发展着的自然界的普遍规律性。”“物质的抽象，自然规律的抽象，价值的抽象等等，一句话，一切科学的（正确的、郑重的、不是荒唐的）抽象，都更深刻、更正确、更完全地反映自然。”[2] 列宁所言及的“反映”的“抽象”性质与康德的“反思”“抽象”不同，康德的“反思”“抽象”是纯思的，其基础是人的“判断力”；而列宁的“反映”“抽象”则是意识对对象的超越，不是意识自身的超越，其出发点是作为现实存在的对象。列宁有时说“反映”不是“抽象的”，[3] 这里的“抽象”指的应是那种完全脱离现实存在的对象的“无根”的抽象。

[1] 黑格尔：《逻辑学》（下卷），杨一之译，商务印书馆 1976 年版，第 20—21 页。
[2]《列宁全集》第 55 卷，人民出版社 1990 年版，第 142 页。
[3] 同上书，第 165 页。

五 『见本』·『废止』·『懂得』

大概是2010年的夏天，我作为带队老师之一随一学生团赴日访问。其间的一个意外收获，就是对自己先前遇到的几个翻译问题有了新的认识。事情过去几年了，印象却依旧清晰。

2002年，我在北大中文系做博士论文时，曾搜集到苏曼殊（1884—1918） 1905年为《新小说》杂志写的《小说丛话》，其中有这样的话："小说者，'今社会'之见本也。无论何种小说，其思想总不能出当时社会之范围，此殆如形之于模，影之于物矣。"当时，由于没有在古籍中考见，我遂望文生义，认为"见本"一词的意思应是"见之所本"，有朴素的"反映"的意味，"'今社会'之见本"就是"当前社会之反映"。但这样理解，究竟没有很确切的依据。

此次访日，间隙去宿处附近的超市，注意到不少货品架子上都插着小牌子，上书"見本"二字。于是，我马上联想到苏曼殊那句话，很是疑惑，就问随行的翻译。她说，"見本"

就是“样品”的意思。我又问，除“样品”外，还有没有别的意思。她说，没有了。这样看，苏曼殊那句话的意思其实就是“小说是当前社会的样品”。我当时理解为“反映”虽无大错，但并不很贴合，倒不如理解为“反映物”或“映像”，更接近些。

苏曼殊出生于日本，19岁复赴日留学，曾在东京早稻田大学预科、成城学校等处就读，谙熟日文、英文等多国语言。由于长期在日生活、学习，其行文受日文影响当在情理之中。加之苏曼殊那个时代正值日本“反哺”中国文化的盛期。甲午战后，中国留日学生累年加增，1905—1906年间人数最多时达到8000人。其后新文化运动的主将们也大多游学日本，从日文移译革新火种。当时的西方社会科学著作大多也从日文转译流布，许多术语，诸如社会、革命、经济、阶级、科学、社会主义、资本主义、法律、文学、美术、意识形态等等，都是借自日语。所以研究那时的文化学术，往往离不开日本（日语）这个中介。而我在理解“见本”一词时，竟疏略了这一点。

访日的学生们有一个行程安排，就是加入当地友好人士家中“民宿”一日，以更深切地交流，更真切地体验。“民宿”那天，带队老师们无事，接待方就安排去商场购物。那是千叶市规模较大的一个商场，别的老师都在一层和地下层看电器了，我对购买电器兴趣不大，就自己乘电梯一层一层闲逛，到四层，居然看到一个规模不大的书店——三省堂书店，就细细地浏览起来。在书店的一角，排着一架旧书，其中我发现了两本自己感兴趣的书，就买了下来。

一本是日文版的《共产党宣言》，岩波书店出版，译者为大内兵衞和向坂逸郎，1951 年 12 月第 1 版，1971 年 2 月出改译版，我买的这本是 1991 年 2 月第 60 次印行的。我感兴趣的是，这本书中的一些句子被读者用铅笔在侧面（书为竖排版）画过线，并偶有批注。书中有一句“从这个意义上说，共产主义者可以把自己的理论概括为私有财产的废止”。在“私有财产的废止”一语旁有铅笔画线，并标出三个字：“不適切”。这大概是不确切、不恰当的意思。这句话在我国《马克思恩格斯文集》第 2 卷中的对应文字是“从这个意义上说，共产党人可以把自己的理论概括为一句话：消灭私有制”[1]。

我猜想，这位读者之所以怀疑“私有财产的废止”“不適切”，或许原因有二。一是把“私有制”译成“私有财产”是不确切的。二是“废止”翻译得不恰当。“废止”德文原文是“Aufhebung”，本意是“扬弃”。我国译界往往译成“消灭”，现在也有一些学者提出商榷。因为“废止”或“消灭”给人的感觉往往是对象一无是处；“扬弃”则似乎表明了一种更为客观的看法——有所“扬”，有所“弃”。我觉得，在《共产党宣言》这样的革命檄文中，译为“废止”或“消灭”似乎更贴合具体语境和作者语气，并且在一定历史阶段“废止”或“消灭”一种所有制，并不会妨碍它在另一个较早的历史时段实现自己的使命，大概也不会妨碍其内在的积极因子在新的所有制中仍能发挥影响。当然，那种想以“扬弃”代译“消灭”或“废止”而为当下资本主义说项者，就是别有用心了。

我在三省堂书店买的另一本书是马克思的《经济学·哲学草稿》（在我国一般称《1844 年经济学哲学手稿》），岩波

[1]《马克思恩格斯文集》第 2 卷，人民出版社 2009 年版，第 45 页。

书店出版，城塚登、田中吉六译，1964 年 3 月第 1 版，这本是 2001 年 11 月第 46 次印行的。我买它的一个目的是向日文翻译请教一段我曾存疑的文字的翻译，使一些想法在不同的语言环境中得到证实或证伪。

这段文字的中文版译文是：“动物只是按照它所属的那个种的尺度和需要来构造，而人懂得按照任何一个种的尺度来进行生产，并且懂得处处都把内在的尺度运用于对象；因此，人也按照美的规律来构造。”[1] 郑红星女士是我们访问团的随团翻译，日籍华侨，在国内读的大学，来日本十几年了，在翻译行当里可谓资深。访问团送别会上，为外务省官员的致辞做口译的就是她。同胞情深，郑翻译对访问团非常热心、周到。她认真地看了这段日语后，反复推敲，最后给出了这样的中文译文：“动物只是按照它所属的群体的规定和要求去构造，但是人类懂得按照他所从属的群体的规定去生产，而且无论何时何地都懂得尊重（或遵循）对方的规则（或规定）。因此，人类可以遵循美的法则去建造。”

在国内美学界及文论界，人们常常谈起这段文字。但一些人关注更多的往往是那段汉译文字中的“尺度”问题，还一度发生了关于“种的尺度”和“内在尺度”的争论。虽然，这里“尺度”也是一个很重要的词，但我觉得，与之相较，“懂得”更不应被遮蔽，否则人们就会忽视一个更为重要和根本的问题。在德文中，动词一般是言说者所要着重强调的。而考察这句话的上下文，也可以知道这段话的目的在于说明人与动物的区别，显然，他们的区别更重要的是人类“懂得按照”，而动物“只是按照”，它们“不懂得”，只是本能地去构造。我问郑翻译，在日语的这段话中，强调的是哪个词？

[1]《马克思恩格斯全集》第 3 卷，人民出版社 2002 年第 2 版，第 274 页。

她回答说，是“懂得”。我又问，有没有强调“规定”（我知道她译的“规定”就是中文版中的“尺度”）。她说没有。这就又一次印证了我先前的看法。学界一些人过度关注“尺度”而忽略“懂得”，无疑没有切中肯綮。另外，日语译文“人类可以遵循美的法则去建造”，与中文译文“人也按照美的规律来构造”亦有细微不同，颇耐人寻味。

附录二

文学理论解释学构想

WENXUE LILUN JIESHIXUE GOUXIANG

对理论进行有效解释是使理论回归自身，走向理论自觉的重要途径，本文之所以提出建构文学理论解释学，其主要目的就在于探索并最终建立起“理论解释”或者说“理论走向自觉”的有效途径。那么什么是文学理论解释学呢？简单地说，文学理论解释学就是通过对理解或解释文学理论的现象（主要是文本）进行分析和研究，探究影响或决定对文学理论进行恰当解释的诸种因素和条件，从而建立起来的旨在规定如何对文学理论进行有效解释或理解的原则或理论系统。

那么，很显然，依据对文学理论解释学的这一规定，可以看出，本论文中的文学理论解释学在性质上是属于方法论的活动，而非哲学活动。[1]英国理论地理学家大卫·哈维（David Harvey）对哲学活动和方法论活动作了区分，他说：“前者关心的是理论思索和价值判断，以及什么值得和什么不值得的内心质疑。后者主要关心解释的逻辑和保证我们的论证是严格的、推论是合理的，以及我们的方法内在联系是前后一贯的。”[2]这样的界定就可以使我们摆脱作为哲学的解释学立场的羁绊，而强调解释学的独立于哲学之外的方法论特性，它可以为持有任何其他哲学立场的研究者所利用。或者可以换句话说，人们也能够在其他的哲学立场上来建构自己的解释学。

建构文学理论解释学的基本设想，笔者认为初步的工

[1] 方法论和哲学互相作用，彼此不能分离，因此，人们常常把二者混同起来，更多地注意到了它们的相同点，而忽略了它们之间的差别。这里我们谈论其差别，是本论文立论的需要，并没有因之而忽略或排斥它们之间的紧密联系的意思。

[2] ［英］大卫·哈维：《地理学中的解释》，高泳源等译，商务印书馆 1996 年版，第 13 页。（译文标点略有不同）

作就是确立起文学理论解释学的研究对象，确立起基本的文学理论的解释原则，并概括文学理论解释的基本模式（或模型），并在此过程中建立文学理论解释学的一些较基本的概念或范畴。

文学理论解释学的研究对象，就是文学理论的解释现象，也就是文学理论中的“事”。[1]金岳霖指出，知识的“事”的成分，“一是知者，一是被知者，一是二者底关系”，“假如我们要对得到知识这样的事有所了解，我们不能忽略这三者之中的任何一成分”。[2]同样，文学理论解释学的研究对象具体地说也是这样的三个方面：解释者、被解释者（文学理论）、解释者和被解释者的关系。“知识论要在事中去求理”[3]，文学理论解释学也是要在“事”中求“理”。金岳霖认为，作为知识论的对象的知识的“理”，“是独立于我们底理。独立两字非常之重要；一思想结构或图案给我们的真正感要靠对象的理底独立”。[4]文学理论的“理”也要求是独立于人的，因此，文学理论解释学在“事”中求“理”的同时，也要求对那些控制“理”、并从而取消“理”的独立性的“事”进行批判。文学理论解释学应该是对于文学理论中的“事”的批判性研究。

围绕对文学理论中的“事”的批判性研究，我们就可以确立起一些文学理论解释的基本原则。

---

[1] 金岳霖认为，知识论的对象是对象的“理”与“事”，对象的“理”是“共相底关联”，对象的“事”则是“事体事实，情形，现象”的总称。他说：“理决不会只是空的，它决不会毫无寄托毫无凭借的。理总是寓于事的。知识论底对象虽是知识中的理，所从取材或所从以为研究的还是知识底事。”见金岳霖：《知识论》，商务印书馆1983年版，第90—91页。

[2] 金岳霖：《知识论》，商务印书馆1983年版，第92页。

[3] 同上书，第91页。

[4] 同上书，第90页。

文学理论的解释首先要澄清的是历史和历史性[1]问题，并由此建立起文学理论解释的历史原则。谈历史原则显然离不开马克思主义，因为没有任何一个学派比马克思主义更注重历史，马克思主义创始人指出："历史就是我们的一切。"[2]"历史"是他们研究或解释任何问题的前提和出发点，恩格斯在解释歌德现象时说："歌德在德国文学中的出现是由这个历史结构安排好了的。"[3]列宁也强调："在分析任何一个社会问题时，马克思主义理论的绝对要求，就是要把问题提到一定的历史范围之内。"[4]

伽达默尔的看法表面看似乎与马克思主义的观点相近，比如他也认为"历史并不隶属于我们，而是我们隶属于历史"[5]，"理解从来就不是一种对于某个被给定的'对象'的主观行为，而是属于效果历史，这就是说，理解是属于被理解

[1] 在"解释的历史性"这个问题上，加达默尔批判了"历史主义"方法，对此，我国学者何卫平作了很好的概括说明："加达默尔所谓的'历史主义'主要指人文科学或历史领域中的'实证主义'。它是受自然科学影响的产物，也是受传统形而上学所持的主客二分立场影响的结果。这种实证主义主张，只有在主体方面，人们采取了中立的观察者的姿态，在客观方面，对象被视作一个呈现在我们面前的事实领域，那种作为历史性学科来看待的人文科学才能成为真正的科学。这是一种消极意义上的，以取消历史间距为目的的'历史主义'，它只在极有限的范围内才有效。""加达默尔坚决反对这种历史主义。他认为，所谓人的历史性，就理解而言，主要指的是解释者所处的不同于理解对象的特定的历史环境、历史条件和历史地位，这些因素必然要影响和制约他对文本的理解。……如果我们承认作者有他自己的基于历史和社会处境的历史结构，有他自己的不容忽视的历史特殊性，那么读者也以他自己的方式处于一定的世界中，他的历史特殊性和历史局限性也是无法排除的，同样需要得到尊重，我们没有理由去迁就作者的历史性而牺牲读者的历史性。因此，历史主义的历史观是不彻底的、片面的，或者说只是'半个'的。"见何卫平：《通向解释学辩证法之途》，上海三联书店 2001 年版，第 181—182 页。

[2]《马克思恩格斯全集》第 1 卷，人民出版社 1956 年版，第 650 页。

[3]《马克思恩格斯全集》第 4 卷，人民出版社 1958 年版，第 254 页。

[4]《列宁选集》第 2 卷，人民出版社 1972 年版，第 512 页。

[5]［德］伽达默尔：《真理与方法——哲学诠释学的基本特征》（上卷），洪汉鼎译，上海译文出版社 1999 年版，第 355 页。

的东西的存在”。[1]人不能超越自己的历史，理解者只能站在传统之内而不能站在其外去思考，理解有赖于前理解，判断有赖于前判断，历史决定着理解的可能性及其限度。[2]按照加达默尔确立的历史性原则，我们就可以对他所理解的解释的主观性和客观性作出这样的判断：解释的主观性是历史性的主观性，因为解释者本身即是历史性存在，“历史地在先给定的东西……是一切主观见解和主观态度的基础”[3]；解释的客观性也是历史性的客观性，它“只能靠对把认识的主体及客体连在一起的效果历史的语境进行思考才能获得”。[4]

但就理论的实质来看，伽达默尔所建立的解释学的历史原则与马克思主义的历史原则有着根本的不同。马克思主义的“历史”是一个“能动的生活过程”，是一个“现实的、可以通过经验观察到的、在一定条件下进行的发展过程”，它既不像那些本身还是抽象的经验论者所认为的那样，是一些“僵死的事实的汇集”，也不像唯心主义者所认为的那样，是“想像的主体的想像活动”。[5]恩格斯认为，人们可以客观地认识历史，并能够通过对历史的客观认识来理解观念的东西，在他看来，历史是认识的对象，同时，历史也是认识的依据和前提。[6]而伽达默尔的“历史”则是被理解的“历史”，是

[1] [德] 伽达默尔：《真理与方法——哲学诠释学的基本特征》(上卷)，洪汉鼎译，上海译文出版社1999年版，第8页。

[2] 参看何卫平：《通向解释学辩证法之途》，上海三联书店2001年版，第190页。

[3] [德] 伽达默尔：《真理与方法——哲学诠释学的基本特征》(上卷)，洪汉鼎译，上海译文出版社1999年版，第387页。

[4] 哈贝马斯：《解释学对普遍性的要求》，载布莱希尔：《当代解释学》英文版，伦敦，1980年版，第186页。这里转引自何卫平：《通向解释学辩证法之途》，上海三联书店2001年版，第186页。

[5] 《马克思恩格斯选集》第1卷，人民出版社1995年版，第73页。

[6] 参看《马克思恩格斯选集》第4卷，人民出版社1995年版，第692页。恩格斯指出：“必须重新研究全部历史，必须详细研究各种社会形态存在的条件，然后设法从这些条件中找出相应的政治、私法、美学、哲学、宗教等等的观点。”

文本的“历史”，他说：“真正的历史对象根本就不是对象，而是自己和他者的统一体，或一种关系，在这种关系中同时存在着历史的实在以及历史理解的实在。”[1]伽达默尔的“效果历史”其实是把客观的“历史”变成了主观的“历史性”，他以此来克服历史客观主义和历史主观主义倾向，认为历史是主客的交融和统一。然而，正像伽达默尔所意识到的那样，“这里经常存在一种危险，即在理解中‘同化’他物并因此忽略它的他在性”[2]。对“历史”的这种读解方式，必然会得出这样的结论，“我们并不处于这处境的对面，因而也就无从对处境有任何客观性的认识”[3]。伽达默尔的“历史性”只是一种控制因素，它限定了认识或解释本身的客观性，却放弃了它们对于对象来说的客观性，这显然是缺乏现实感的、“半截子”的、不彻底的历史客观性。

那么，我们在建构文学理论解释学时如何处理历史和历史性问题呢？我们拟以马克思主义的历史观（即唯物史观）作为我们的哲学基础，作为我们研究问题的出发点和指南，而将加达默尔的“效果历史”作为具体的方法论层面的原则来加以借鉴。这样就既可以确立起文学理论解释学的客观性原则、历史原则，同时，又可以确立起具体文本解释过程中的客观的而非主观的“历史性”原则。

文学理论解释学应该确立的第二个原则，就是它还必须具有批判性立场。批判立场是维护解释客观性的不可或缺的方式，在这个意义上，可以说，文学理论解释的历史性也就是“批判的”历史性或“历史性的”批判。

---

[1] ［德］伽达默尔：《真理与方法——哲学诠释学的基本特征》（上卷），洪汉鼎译，上海译文出版社 1999 年版，第 384—385 页。

[2] 同上书，第 385 页脚注①。

[3] 同上书，第 387 页。

“批判”立场的主要功能是控制，通过“批判”控制解释的非客观化、非科学化的倾向。英国科学哲学家波普尔（Karl Raimund Poper，又译波珀）认为科学陈述的客观性就在于“主体间相互批判”，他说：“科学陈述的客观性就在于它们能被主体间相互检验。”[1]而“主体间相互检验只是主体间相互批判这个更一般的观念，或者换句话说，通过批判性讨论进行相互理性控制观念的一个很重要的方面”。[2]我国也有学者指出：“在学问之领域，无所谓绝对的权威存在，无不可讨论或批判者。任何主张，任何见解，无不可秉此‘学问上公开’之性格；容许各方讨论或批判，反复辗转为之，始可逐渐提高学问上之认识，以提高其客观性。学问之与‘教条’不同，其理由即在于此。”[3]我国现代文学理论发展史上的“现实主义”的讨论，“形象思维”的讨论，“文艺与政治之关系”的讨论，“文艺的意识形态性质”的讨论，以及关于“文学反映”概念的讨论等等无不显示了“批判”在文学理论解释中的重要意义。弗雷格提出的在研究中“要把心理学的东西和逻辑的东西，主观的东西和客观的东西明确区别开来”；“要时刻看到观念和对象的区别”，[4]要做到这些，所需要的无异也是“批判”。可以说，如果没有“批判”性的立场，客观主义就可能是形式化的，独立性和自主性也就可能是虚伪的，真

[1] ［英］波珀：《科学发现的逻辑》（中文版），查汝强、邱仁宗译，沈阳出版社1999年版，第24页。

[2] 同上书，第24页脚注②。

[3] 杨仁寿：《法学方法论》，中国政法大学出版社1999年版，第31—32页。此处“学问上公开”之性格也就是指“学问公器”之性格。

[4] 这是弗雷格在思考数的理论时提出的三条基本的方法论原则中的第一条和第三条，第二条原则是：“必须在句子联系中研究语词的意谓，而不是个别地研究语词的意谓。”（语见［德］弗雷格：《算术基础》，王路译，商务印书馆1998年版，第8—9页）这条原则被人们称为弗雷格的语境原则，这也是文学理论的解释所必须依循的原则之一。

正自觉的文学理论的解释也就根本不可能发生。

当然，应该注意的是，“参加讨论或批判者若不依循‘一定之标准’提出讨论批判，将各是其是，各非其非，无异在不同的层面上各说各话，其结果，客观性之目标仍无由以达”。[1]对于文学理论而言，就是只有在同一的理论话语层面、理论思维层面、理论的方法论层面来探讨问题，才可能产生真正的对话和交流，或者说他们的对话和交流、他们的探讨才是有效的，客观性也才会实现，才会有由可能性转化为现实性的可能。我国文学理论中对于“反映”概念的解释就有着这些方面的诸多问题，有学者从哲学层面来认识，有学者从实证层面来认识，有的从日常经验做判断，有的从心理学角度去解释，等等，这样的交错讨论就不会使彼此的观点“相遇”，因而也就是无效的争论，并不能使理解在某一个方向上深化下去。

建构文学理论解释学的第三个原则是要把握文学理论的运动性，把握其运动的特点和性质，从而为文学理论的解释提供原则性参照。

我国文艺理论家杨晦在其《论文艺运动与社会运动》一文中，曾以地球的“公转律”和“自转律”作比况来论述文艺的运动规律及其与社会的关系，他说：“要是打个比喻来说，文艺好比是地球，社会好比是太阳。我们现在都知道地球有随太阳的公转，也有地球的自转。其实，就是文艺也有

[1] 杨仁寿:《法学方法论》，中国政法大学出版社1999年版，第32页。“科学”一词在这里据杨仁寿的看法，就是“若就广义而言，包括形式科学以及经验科学二者而言，形式科学，主要是依据逻辑分析的方法加以演绎，而经验科学则端赖经验事实的验证方法而获致。凭此二者，科学乃具有客观性。一般事物之认识，依逻辑分析的方法或经验事实的验证方法为之，可获致客观性”。

公转律和自转律的。文艺发展受社会发展限定，文艺不能不受社会的支配，这中间是有一种文艺跟社会间的公转律存在；同时，文艺本身也有自己的一种发展法则，这就是文艺自转律。”“大概在一个社会正在发展，走着上升路线的时候，文艺活动也就最为活跃；而且是，虽以文艺活动的姿态出现在社会活动里边，实际上，也就等于是一种社会活动。自然，也跟地球的同时有向心力和离心力一样，在文艺活动里，文艺工作者也因为社会关系的不同，有着彼此甚至相反的倾向，同时都在活跃着。不过，这时候的文艺发展和社会发展却是相应的。在一个社会正在急激变革的时期，文艺活动往往为社会活动所淹没或者掩蔽，只剩下一些搁浅在沙滩上的离伍人物，才在那里自弹自唱，或是自鸣得意，或是顾影自怜。”“至于社会发展一时停滞起来，或是在一种社会形态停滞过久了的那种社会里，文艺自然跟社会有了距离，成为一种游离的状态，文艺只是在一种习惯或是传统的支配下，继续它的存在与活动，于是，自然就陷在一种所谓形式主义的框里边去，也就跟哲学上的唯心论结下了不解之缘。就社会说，这是一种危害；就文艺本身说，难免要由空洞而走入枯竭，成为一种衰落的现象。”[1]

文艺的运动有“自转律”“公转律”，文学理论的运动亦然。文学理论在社会、经济基础的支配下的运动是“公转”，而自己的独特（注意是“独特”而非“独立”）发展则是“自转”；地球可以自转，但离开公转它将不复作为地球存在；而

[1] 杨晦：《杨晦文学论集》，北京大学出版社 1985 年版，第 248—249 页。马克思在 1842 年的《第六届莱茵省议会的辩论（第一篇论文）》中也形象地指出过：“在宇宙系统中，每一个单独的行星一面自转，同时又围绕太阳运转，同样，在自由的系统中，它的每个领域也是一面自转，同时又围绕自由这一太阳中心运转。”见《马克思恩格斯全集》第 1 卷，人民出版社 1995 年版，第 191 页。

公转当然也不能代替自转。文学理论离开了社会和经济发展的基础，同样也将不可能作为文学理论而存在，当然，文学理论自身的运动也决不能够为其对社会和经济基础的某种依赖关系所遮蔽或替换。同地球的运动类似，文学理论的运动也是有“向心力”和“离心力”的，虽然不少作家往往是他们所属时代的占支配地位的阶级的代言人，但是伟大的文学却是能够具有相当的超越性的。[1]文学理论家也是如此，对于特定社会来说他们往往可能同时具有“向心力”和“离心力”。文学理论所具有的这些运动特性，就要求我们在建构文学理论解释学时，既要注意到那些对文学理论受社会制约的方面（即“公转律”）的理解，又要注意到那些对文学理论自身运动（即“自转律”）所作出解释的方面；既要注意到对文学理论适应社会现实或观念的一面的理解，还要注意对文学理论违拗社会现实或观念的一面的理解。

文学理论的“自转”和“公转”、“向心”和“离心”的运动规律，也表明了文学理论的“界限”。“石头不会思维，因此它的局限性（Beschränktheit）对它说来不是它的界限（Schranke）。但石头也有自己的界限，例如：它如果‘是一种能够发生氧化作用的盐基’，氧化性就是它的界限。”“如果磁石也有意识，它就会认为自己的指向北方是自由的（莱布尼茨）。——不，那时磁石会知道空间的一切方向，并且会认

[1] 参看［英］柏拉威尔：《马克思和世界文学》，生活·读书·新知三联书店1980年版，第542页。恩格斯在评价歌德时指出：“歌德在自己的作品中，对当时的德国社会的态度是带有两重性的。有时他对它是敌视的，……他讨厌它，企图逃避它；他像葛兹、普罗米修斯和浮士德一样地反对它，向它投以靡非斯特非勒司的辛辣的嘲笑。有时又相反，……他亲近它，‘迁就’它，……称赞它，……甚至保护它，帮助它抵抗那向它冲来的历史浪潮。”（见《马克思恩格斯全集》第4卷，人民出版社1958年版，第256—257页）这鲜明地体现了文学活动的“向心力”和“离心力”。

为仅仅一个方向乃是自己的自由的界限、乃是对自己的自由的限制。”[1]所以，对文学理论来说，其运动规律也就是它“自主”或“自由”存在的“界限”，比如，它必须是“理论”，同时它又必须是关于“文学”的理论。对文学理论的解释不能逾越这些规律，否则，它就不会再作为一种文学理论而存在了。

建立或确立起文学理论解释学的基本原则是一个方面，考察文学理论解释的基本逻辑模式（或模型）是建构文学理论解释学的另一方面。

综观我国现代文学理论中的解释话语，主要有如下几种较为基本和较为常见的解释逻辑模式或模型。

第一，因果模式。因果原则的一般表述方式是：当且仅当 A 发生时，B 一定因此而产生。大卫·哈维指出，因果概念“深植于语言中”，像“决定”“支配”“招致”“控制”“产生”“妨碍”“引起”等一类词语都“倾向于隐含某种必要的因果联系”。“解释的整个观念本身，常被看成是与‘确定某事物的原因’同义”。[2]因果模式是文学理论的解释中广泛使用的一种模式。“文学是现实的反映”“文学源于生活”“诗缘情”等等都是暗含着因果模式的理解，它表明文学一定因“现实”或“生活”而产生。“内容决定形式”的命题（这里我们且不考虑这一命题的真伪），“一时代有一时代之文学”的命题，从解释模式上看也都是因果式的。因果解释模式的重要特点是其“不可逆性”，即如果由 A 推出 B，那么就不能由 B 推

[1] 引文是黑格尔的话，转引自《列宁全集》第 38 卷，人民出版社 1959 年版，第 113—114 页。译文还可参阅［德］黑格尔:《逻辑学》（上卷），杨一之译，商务印书馆 1966 年版，第 131—133 页。

[2]［英］大卫·哈维:《地理学中的解释》，高泳源等译，商务印书馆 1996 年版，第 464 页。

出 A。对于上面的命题来说，也就是文学因现实生活而产生，而现实生活却不是因文学而产生。另外，值得注意的是人们往往容易将因果模式和决定论紧密相连，并从而导致对因果模式的怀疑和批判，其实决定论和因果是不同的，“决定论本质上是一种工作假设，它象征着‘一种决定从来不满足于未经解释的变化，而总是力图在较广泛的普遍性角度中取代这类变化’”；而因果则是“一种逻辑结果”，而非一种“普遍的经验假设”，我们在逻辑地讨论因果的时候应该抛弃那些“决定论的一般形而上学问题和常与因果的使用相联系的自由意志”，从而明确“因果是一种重要的逻辑原则，经验分析可依靠它得以实施”。[1]

韦勒克、沃伦在他们的著作《文学理论》[2]中把文学研究分为外部研究和内部研究，其实文学理论解释的因果逻辑模式也可分为外部因果模式和内部因果模式两个方面。外部的因果模式就是“外在于文学文本的何种因素导致了文学”，比如可以说生活导致了文学，或者说文学家导致了文学，文学是作为“何种因素”的特征性结果而存在的；内部的因果模式则是“文学导致了内在于文学文本的何种因素”，比如按照什克洛夫斯基的看法，文学“使那些已变得惯常的或无意识的东西陌生化”[3]，“何种因素”在这里成了文学的特征性结果（即“陌生化”）。这样从因果模式的视角来重新考察文学的外部和内部研究，就可以很明显地看到它们各自的话语逻辑特

[1] ［英］大卫 · 哈维：《地理学中的解释》，高泳源等译，商务印书馆 1996 年版，第 481 页。

[2] 韦勒克、沃伦的《文学理论》初版于 1949 年，杰斐逊称之为“多年来一直是在英语世界的文学专业学生中普遍使用的唯一的一部详尽论述文学研究的理论著作”。中文本 1984 年由生活 · 读书 · 新知三联书店出版。

[3] 转引自［英］安纳 · 杰弗森等：《西方现代文学理论概述与比较》，湖南文艺出版社 1986 年版，第 6 页。

征或策略。

文学理论解释的因果模式还具有发散性，具体体现为“一果多因”或“一因多果”。“一果多因”是指一个结果不是由单一原因引起，而是由多种原因合力推论而出。文学理论著作在分析作家之所以成为一个作家的条件时就常常认为，作家这一“果”是由经验因（作家要有丰富的生活经验）、情感因（多愁善感的心理或气质）、能力因（审美及语言运用的能力）等多个方面促成的。王梦鸥在其《文学概论》中说：“从这原形式上看来，我们可以知道譬喻法要具备三个条件：第一、必须有不同的二个对象，A与C；第二、A与C必须有B使之相牵连；第三、这个B必须是AC共有的某种价值。例如‘有女如花’，‘女’与‘花’是不同的二对象，而二者所以‘如’，是因那‘如’含有二对象所共有的某种价值。”[1]这也是典型“一果多因”“由果溯因”的因果逻辑模式。而“一因多果”则是由一个原因推出多个结果，与“一果多因”在形式上正好相反，不再赘述。另外，值得注意的是，人们往往容易将因果模式和决定论紧密相连，并从而导致对因果模式的怀疑和批判，其实决定论和因果是不同的。决定论是一种形而上学的假设，它追求的是一种从普遍性角度出发的解释；而因果模式的蕴含则是一种逻辑结果，并非形而上学的假设，我们在逻辑地讨论因果模式的时候应该抛弃那些决定论的一般形而上学问题和常与因果的使用相联系的自由意志，从而明确因果是一种重要的逻辑原则而非其他。在这里，我们只是从逻辑的角度或层面来看待“文学是现实的反映”“内容决定形式”等文学理论命题，而不是在决定论的意义上来看待这些命题的。

[1] 王梦鸥：《文学概论》，台北：艺文印书馆1991年版，第143页。

第二，时间模式。时间在这里不是指物理的时间，也不是哲学的时间，而是逻辑上的时间性，它表示逻辑具有一定的顺序和方向，具体表现为“过程”。解释的时间模式也就是指按照一定的顺序和方向对经验所作的理解或描述。在文学理论的解释中把文学视为一种活动，就蕴含了时间性于其中，就是解释的时间模式。从通常文学理论体系的设置来看，往往是从创作论到作品论再到接受论（或鉴赏、批评论）；用“眼中之竹”“胸中之竹”“手中之竹”来描述整个创作过程；用“言”“象”“意”来展示文学接受过程的三个阶段，或者以之来分解文学作品的结构层次，这些都是文学理论解释的时间模式的体现，它们都呈现给人们一种顺序和方向。时间作为“继续”“流动”“变化”等的表征，以之为模式的解释很容易勾画出理解过程的运动性、连续性和活性——这是它作为一种文学理论中的基本解释模式的重要特点和优点所在。

和因果模式一样，文学理论解释的时间模式也可分为外部时间模式和内部时间模式两类。美国文学理论家艾布拉姆斯认为，文学作为一种活动总是由作品、作家、世界、读者等四个要素组成的。[1]如果文学理论解释的时间模式存在于作家、世界、读者这三个维度，或者这三个维度与作品的关系中，那么这时间模式就是外部时间模式；只有存在于对于作品本身的理论阐释中的逻辑时间模式才是内部时间模式。就此而言，也就是说，在文学原理、文学概论类著作中，只有作品论部分的时间模式可称为内部时间模式，而其他诸如创作论、鉴赏论等中的时间模式则都是外部时间模式。

作为一种顺序的时间模式，有时是变动的，这体现了人

[1] ［美］M·H·艾布拉姆斯：《镜与灯——浪漫主义文论及批评传统》，北京大学出版社1989年版，第5—6页。

们理解上或者解释观念的变化。比如人们对于文学的社会作用的理解，1980年代出版的以群的《文学的基本原理》中认为文学有认识作用、教育作用、美感作用。该著认为，思想（即认识作用）是文学作品的灵魂，教育作用和认识作用紧密结合在一起，文学的认识、教育作用通过美感作用来实现。[1]而2000年出版的顾祖钊的《文学原理新释》中则把文学的社会作用叙述为审美作用、认识作用、教育作用。认为文学的审美功能是首要和基本的功能，是文学作品“最早”发挥出来的功能，文学透过对社会生活的审美把握而具有了特殊的认识功能，在审美、认识功能的基础上产生了文学的教育功能。[2]时间的逻辑模式在这里无疑是受到了作为一种权力的现实需要的制约，也体现了时代的历史变迁——当一个时代以主体人群的物质生存作为首要追求目标时，文学的认识作用、教育作用就具有了优先的合法性；而一个摆脱了主体人群以物质生存为首要目标、转而重视观照其精神存在的时代，文学的审美作用也就具有了超乎其他功能类别的优先地位。可见，文学理论解释的逻辑模式并非超越社会和权力的“自然史”的模式。

文学理论解释的时间模式往往还是延伸的，它随着人们认识阈的拓展而拓展。就西方文学理论研究对象的变迁——从主要研究作家到主要研究作品再到主要研究读者——来看就是如此，这也可以说是文学理论逻辑模式的历时性展开。而我国20世纪中期以前的文学理论著作也大都关注的是文学与时代（或现实）、文学与作者、文学作品三个方面，很少有

[1] 参见以群主编:《文学的基本原理》第一编第一章第三节，上海文艺出版社1983年版。

[2] 参见顾祖钊:《文学原理新释》第一编第二章第五节，人民文学出版社2000年版。

关注读者的鉴赏和接受的。1959 年出版的巴人的《文学论稿》也只是分为“文学的社会基础”“文学的特征”“文学的创造”和“文学的形态”四个部分，并没有读者文学鉴赏和接受的位置。[1]那时，即便有些文学理论著作简略地谈及了文学批评，也不是自觉地、独立地从读者的角度来进行阐发和论述的。[2]在我国，直到 1970 年代末以后，自觉的、独立的读者角度或领域才被逐步发掘、开拓起来。这一进程显然体现了时间模式所具有的发展状态与延伸性质，并且这种状态或性质本身也呈现着文学理论解释本身的时间模式。

第三，功能模式。功能分析的主要目标是“展示行为模式对于维持和发展它发生于其中的个体或组群所起的作用”。“功能分析寻求认识行为型式或社会文化体制，根据它们把一定系统保持在适当工作秩序中，并因而将其维持为运转着的事物时所起的作用来认识”。[3]所以，功能模式是通过考察或研究作为系统组成的要素在系统中的影响与作用，或者说作为系统组成的诸要素在系统中的相互影响与作用来进行或完成解释的解释模式。比如文本要素系统中，内容和形式的相互作用；文学创作要素系统中，主体和客体的相互作用；在接受或阅读要素系统中，读者和作为阅读对象的文本的相互作用等等，都属于功能模式的解释类型。功能模式重在强调要素之间的关系和影响，是把要素作为一种维持某种秩序而起作用的因子来理解或解释。当然文学理论也可以把文学作为一个整体放到社会的大系统中来做功能性的考察和理解，乔

[1] 参看巴人:《文学论稿》(上、下册)，上海文艺出版社 1959 年版。

[2] 可参看林焕平:《文学论教程》，中国文化事业公司，1948 年印行；山东大学中文系文艺理论教研组编著:《文艺学新论》，山东人民出版社，1959 年版。

[3] 亨普尔语，转引自[英]大卫·哈维:《地理学中的解释》，高泳源等译，商务印书馆 1996 年版，第 519 页。

纳森·卡勒说："从历史的角度看，文学作品就享有促成变革的名誉，比如哈丽特·比彻·斯托的《汤姆叔叔的小屋》，在那个时代就是一本畅销书，它促成了一场反对奴隶制的革命，这场革命又引发了美国的内战。"[1]这就是通过文学和社会变革的关系来理解或解释文学了。文学理论史上对文学和政治关系的探讨也是如此。

上文提到杨晦先生曾以地球的"公转律"和"自转律"来论述文艺的运动规律，这里的"公转律"和"自转律"就恰到好处地体现了文学理论解释的功能模式，太阳和地球之间的相互功能模式不是作为主观的想像性的存在，而是一种作为客观的逻辑性的存在。文学理论对于文学与社会的关系的解释所遵循的也正是这样的一种功能逻辑模式。如果在这里也区分出外部功能模式和内部功能模式的话，那么，显然"公转律"范围的功能模式属于外部功能模式，而"自转律"范围的功能模式则是属于内部功能模式。很明显，在本文论阈内，功能模式的解释仍然是一种逻辑主导的解释，而非价值主导的解释，这一点也许会因为"功能"的字眼而使人们发生误解。价值主导的解释当然也会有自己对对象功能或作用的认知，但它是源自一种信念或主观目的，而不是源自于逻辑。比如在我国20世纪的不同时期，人们认为"文学是宣传的工具""文学从属于政治""为人生而艺术"和"为艺术而艺术"等等观念，在当时大都源自某种信念或主观目的。从功能模式上说，文学当然可以是宣传，但如果称其为宣传的"工具"，就显然是对文学的一种主观利用；同样，文学和政治之间也需要功能模式的阐释，但说文学"从属"于政治，

[1] [美] 乔纳森·卡勒：《当代学术入门：文学理论》，李平译，辽宁教育出版社、牛津大学出版社1998年版，第42页。

那么，主观信念或目的性就会对正常的功能模式的解释产生扭曲力，逻辑功能模式就演化为价值功能模式了。

以上，我们主要探讨了三种文学理论解释的逻辑模式及其各自特征，实际上，文学理论解释的模式远不止上述三种，并且，这些模式也根本不是单一地存在于文学理论的解释现象之中的。现实地看，文学理论解释模式或形态更多的是上述诸种模式或形态的综合性存在。随着人们思维的复杂化、细密化和全面化，单一的解释模式不仅是不现实的，而且也是不可能的。董学文、张永刚在其著作《文学原理》中分析环境与人物关系时说："环境对人物活动及其性格的形成发展起决定作用，但是人物性格一旦形成，便会对环境施加改造影响，使之按照顺己意愿发展。"[1]这里就既有时间模式——从最初人物被环境支配到人物性格形成再到人物支配环境；又有功能模式——环境与人物的相互作用；同时也隐含着因果模式——环境支配人物表明环境是人物之因，而人物支配环境则表明人物是环境之因。正是这些逻辑模式的存在决定了文学理论阐释的有效性或可靠性。可以说，逻辑本身的性质决定了逻辑模式的存在是使文学理论解释或推理变得科学和客观的重要保证。文学理论解释的价值模式，促成了文学理论人文性的一面；而文学理论作为"思"的科学性，则主要是在于其解释的逻辑模式的结构与支撑。因此，探讨文学理论解释的逻辑模式对于理解文学理论的科学性，并进而建构科学化的文学理论无疑都有着重要意义和价值，今后人们对于这一阐释维度的探索的深入也是可以预期的。

除了对文学理论的解释进行上述的整体上的解释学研究外，文学理论解释学还要求对文学理论各局部的解释进行研

[1] 董学文、张永刚:《文学原理》，北京大学出版社 2001 年版，第 171 页。

究，比如作家论方面的解释、创作论方面的，解释、作品或文本论方面的解释和接受或鉴赏论方面的解释等等。显然，这些方面也构成了文学理论解释学的比较具体或者比较细化的层面。这里的着重点在于文学理论解释学的方法论方面和最基本的原则的揭示和建构，所以，对这些层面就不再展开论述。

文学理论解释学是一门比较复杂的学科（如果这种说法大致可以成立的话），显然，它还有着更多方面或更多层面的东西期待着人们进一步去揭示和建设，它的命题、原则、概念和模式也显然需要更多的和更丰富的经验（当然，从建构的意义上说，任何学科都应该永远是未完成的，也正因为它的未完成性才为它的进步发展提供着更多的机遇和可能）。这里的论述还只是一种初步的设想，距离文学理论解释学的丰富和成熟，还有漫长的路要走。

参考文献

[1] [意] 艾柯等:《诠释与过度诠释》，王宇根译，生活 · 读书 · 新知三联书店 1997 年版。

[2] 艾晓明:《中国左翼文学思潮探源》，湖南文艺出版社 1991 年版。

[3] [美] 安敏成:《现实主义的限制——革命时代的中国小说》，姜涛译，江苏人民出版社 2001 年版。

[4] [苏] 巴 · 瓦 · 科普宁:《马克思主义认识论导论》，马迅、章云译，求实出版社 1982 年版。

[5] [法] 保罗 · 利科尔:《解释学与人文科学》，陶远华等译，河北人民出版社 1987 年版。

[6] 陈独秀:《独秀文存》，安徽人民出版社 1987 年版。

[7] 陈洪:《中国小说理论史》，安徽文艺出版社 1992 年版。

[8] 陈慧:《西方现代派文学简论》，花山文艺出版社 1985 年版。

[9] 陈建华:《“革命”的现代性——中国革命话语考论》，上海古籍出版社 2000 年版。

[10] 陈建华:《20 世纪中俄文学关系》，高等教育出版社 2002 年版。

[11] 陈顺馨:《社会主义现实主义理论在中国的接受与转化》，安徽教育出版社 2000 年版。

[12] 陈廷湘、李慧宇:《中国新文化思想史纲》，四川大学出版社 1995 年版。

[13] 陈旭光:《中西诗学的会通——20 世纪中国现代主义诗学研究》，北京大学出版社 2002 年版。
[14] 程金城:《20 世纪中国文学价值系统（1900—1949）》，敦煌文艺出版社 1996 年版。
[15] 董学文:《文艺学的沉思》，人民文学出版社 1992 年版。
[16] 董学文:《文艺学当代形态论》，北京大学出版社 1998 年版。
[17] 董学文:《文学理论学导论》，北京大学出版社 2004 年版。
[18] 冯崇义:《罗素与中国——西方思想在中国的一次经历》，生活·读书·新知三联书店 1994 年版。
[19] 佛雏:《王国维诗学研究》，北京大学出版社 1999 年版。
[20] [荷] 佛克马、易布思:《二十世纪文学理论》，林书武、陈圣生等译，生活·读书·新知三联书店 1988 版。
[21] 高建为:《自然主义诗学及其在世界各国的传播和影响》，江西教育出版社 2004 年版。
[22] 高力克:《五四的思想世界》，学林出版社 2003 年版。
[23] 高玉:《现代汉语与中国现代文学》，中国社会科学出版社 2003 年版。
[24] [法] 格雷马斯:《结构语义学》，蒋梓骅译，百花文艺出版社 2001 年版。
[25] [美] 格里德:《胡适与中国的文艺复兴——中国革命中的自由主义（1917—1937）》，鲁奇译，王友琴校，江苏人民出版社 1996 年版。
[26] 耿传明:《“现代性”的文学进程——20 世纪中国文学的动力与趋向考察》，中国文史出版社 2003 年版。
[27] 耿云志、闻黎明编:《现代学术史上的胡适》，生活·读书·新知三联书店 1993 年版。
[28] 郭沫若:《文艺论集》，人民文学出版社 1979 年版。
[29] 郭沫若:《文艺论集续集》，人民文学出版社 1979 年版。
[30] 何萍、李维武:《马克思主义中国化探论》，人民出版社 2002 年版。
[31] 洪汉鼎主编:《理解与解释（诠释学经典文选）》，东方出版社 2001 年版。
[32] 洪汉鼎:《诠释学——它的历史和当代发展》，人民出版社 2001 年版。
[33] [美] 华勒斯坦等:《学科·知识·权力》，生活·读书·新知三联书店 1999 年版。

[34] 黄开发:《文学之用——从启蒙到革命》，北京十月文艺出版社 2004 年版。

[35] 黄曼君:《中国 20 世纪文学理论批评史》(上册)，中国文联出版社 2002 年版。

[36] 黄楠森主编:《〈哲学笔记〉注释》(上册)，北京大学出版社 1981 年版。

[37] 季进:《钱钟书与现代西学》，上海三联书店 2002 年版。

[38] [德] 伽达默尔:《真理与方法》(上、下)，洪汉鼎译，上海译文出版社 1999 年版。

[39] [德] 伽达默尔:《哲学解释学》，夏镇平、宋建平译，上海译文出版社 1994 年版。

[40]《康有为全集》第 3 集，上海古籍出版社 1992 年版。

[41] 旷新年:《中国 20 世纪文艺学学术史》(第二部下卷)，上海文艺出版社 2001 年版。

[42] 旷新年:《现代文学与现代性》，上海远东出版社 1998 年版。

[43] [美] 拉尔夫 · 科恩主编:《文学理论的未来》，程锡麟等译，中国社会科学出版社 1993 年版。

[44] 梁枫:《唯物史观在中国的历史命运论纲》，北京大学出版社 2000 年版。

[45]《梁启超文选》(上、下)，夏晓虹编，中国广播电视出版社 1992 年版。

[46] [德] 李博:《汉语中的马克思主义术语的起源与作用》，赵倩、王草、葛平竹译，中国社会科学出版社 2003 年版。

[47] 李衍柱等主编:《马克思主义文艺思想的发展与传播》，广西师范大学出版社 1995 年版。

[48] 列宁:《列宁选集》(1—4 卷)，人民出版社 1995 年版。

[49] 列宁:《哲学笔记》，人民出版社 1956 年版。

[50] 林伟民:《中国左翼文学思潮》，华东师范大学出版社 2005 年版。

[51] 刘禾:《跨语际实践——文学，民族文化与被译介的现代性(中国，1900—1937)》，宋伟杰等译，生活 · 读书 · 新知三联书店 2002 年版。

[52] 柳鸣久主编:《自然主义》，中国社会科学出版社 1988 年版。

[53] 刘为民:《科学与现代中国文学》，安徽教育出版社 2000 年版。

[54] 鲁迅:《鲁迅全集》(1—18卷),人民文学出版社2005年版。
[55] 罗钢:《历史汇流中的抉择——中国现代文艺思想家与西方文学理论》,中国社会科学出版社2000年版。
[56] 罗志田:《裂变中的传承——20世纪前期的中国文化与学术》,中华书局2003年版。
[57]《马克思恩格斯选集》(1—4卷),人民出版社1995年版。
[58] [斯洛伐克]玛利安·高利克:《中国现代文学批评发生史(1917—1930)》,陈圣生、华利荣、张林杰、丁信善译,社会科学文献出版社1997年版。
[59] [意]马西尼:《现代汉语词汇的形成——19世纪汉语外来词研究》,黄河清译,汉语大词典出版社1997年版。
[60] 毛泽东:《毛泽东选集》(1—4卷),人民出版社1991年版。
[61] 毛庆耆、董学文、杨福生:《中国文艺理论百年教程》,广东高等教育出版社2004年版。
[62] [法]米歇尔·福柯:《词与物——人文科学考古学》,莫伟民译,上海三联书店2001年版。
[63] [法]米歇尔·福柯:《知识考古学》,谢强、马月译,生活·读书·新知三联书店1998年版。
[64] 彭燕韩、王克孝:《黑格尔〈逻辑学〉及其范畴辨析》,山西人民出版社1990年版。
[65] [法]皮埃尔·布迪厄:《艺术的法则——文学场的生成和结构》,刘晖译,中央编译出版社2001年版。
[66] 钱基博:《现代中国文学史》,中国人民大学出版社2004年版。
[67] 瞿秋白:《瞿秋白选集》,人民出版社1985年版。
[68] 瞿秋白:《俄国文学史及其他》,复旦大学出版社2004年版。
[69] 商金林:《朱光潜与中国现代文学》,安徽教育出版社1995版。
[70] 宋剑华:《百年文学与主流意识形态》,湖南教育出版社2002年版。
[71] 宋志明、孙小金:《20世纪中国实证哲学研究》,中国人民大学出版社2002年版。

[72] 索振羽:《语用学教程》，北京大学出版社 2000 年版。

[73] 谭好哲:《文艺与意识形态》，山东大学出版社 1997 年版。

[74] 唐弢主编:《中国现代文学史》(1、2、3)，人民文学出版社 1979、1979、1980 年版。

[75] 汪晖:《现代中国思想的兴起(下卷·第二部·科学话语共同体)》，生活·读书·新知三联书店 2004 年版。

[76] 王路:《走进分析哲学》，生活·读书·新知三联书店 1999 年版。

[77] 王守常主编:《20 世纪的中国: 学术与社会·哲学卷》，山东人民出版社 2001 年版。

[78] [奥] 维特根斯坦:《哲学研究》，李步楼译，商务印书馆 1996 年版。

[79] [美] 韦勒克、沃伦:《文学理论》，刘象愚等译，生活·读书·新知三联书店 1984 年版。

[80] [美] 韦勒克:《批评的概念》，张今言译，中国美术学院出版社 1999 年版。

[81] 温儒敏:《新文学现实主义的流变》，北京大学出版社 1988 年版。

[82] 温儒敏:《中国现代文学批评史教程》，北京大学出版社 1993 年版。

[83] [英] 沃尔什:《历史哲学导论》，何兆武、张文杰译，广西师范大学出版社 2001 年版。

[84] 伍世昭:《郭沫若早期心灵诗学》，上海文艺出版社 2003 年版。

[85] 吴中杰:《中国现代文艺思潮史》，复旦大学出版社 1996 年版。

[86] 夏晓虹编:《梁启超文选》(上、下)，中国广播电视出版社 1992 年版。

[87] [苏] 谢·斯·吉谢辽夫:《关于列宁的“哲学笔记”》，人民出版社 1956 年版。

[88] 许道明:《中国现代文学批评史》，江苏文艺出版社 1995 年版。

[89] 许道明:《中国现代文学批评史新编》，复旦大学出版社 2002 年版。

[90] 颜廷亮:《晚清小说理论》，中华书局 1996 年版。

[91] 杨联芬:《晚清至五四: 中国文学现代性的发生》，北京大学出版社 2003 年版。

[92] 杨一之:《康德黑格尔哲学讲稿》，商务印书馆 1996 年版。

[93] 易杰雄、刘艳慧:《列宁〈哲学笔记〉研读》，河北教育出版社 1993 年版。
[94] [英] 伊格尔顿:《当代西方文学理论》，王逢振译，中国社会科学出版社 1988 年版。
[95] 殷国明:《20 世纪中西文艺理论交流史论》，华东师范大学出版社 1999 年版。
[96]《郁达夫文论集》，浙江文艺出版社 1985 年版。
[97] 俞玉滋、张援编:《中国近现代美育论文选（1840—1949）》，上海教育出版社 1999 年版。
[98] 俞兆平:《现代性与五四文学思潮》，厦门大学出版社 2002 年版。
[99] 袁吉富:《历史认识的客观性问题研究》，北京大学出版社 2000 年版。
[100] 袁进:《中国文学观念的近代变革》，上海社会科学院出版社 1996 年版。
[101] 元青:《杜威与中国》，人民出版社 2001 年版。
[102] 曾庆元:《西方现代主义文艺思潮述评》，武汉大学出版社 1993 年版。
[103] 张宝明:《自由神话的终结》，上海三联书店 2002 年版。
[104] 张德祥:《现实主义当代流变史》，社会科学文献出版社 1997 年版。
[105] 张辉:《审美现代性批判——20 世纪上半叶德国美学东渐中的现代性问题》，北京大学出版社 1999 年版。
[106] 张京媛主编:《新历史主义与文学批评》，北京大学出版社 1993 年版。
[107] 章启群:《意义的本体论——哲学诠释学》，上海译文出版社 2002 年版。
[108] 张清民:《话语与秩序》，中国社会科学出版社 2005 年版。
[109] 张清民:《20 世纪 30 年代的中国文学理论》，中国社会科学出版社 2015 年版。
[110] 张全之:《突围与变革——二十世纪初期文化交流与中国文学变迁》，西北大学出版社 1997 年版。
[111] 张少康、刘三富:《中国文学理论批评发展史》（上、下），北京大学出版社 1995 年版。
[112] 张文儒、郭建宁主编:《中国现代哲学》，北京大学出版社 2001 年版。
[113] 郑祥福、洪伟:《科学的精神》，上海三联书店 2001 年版。

[114] 支克坚:《胡风论》，广西教育出版社 2000 年版。

[115] 周扬:《周扬文集》第 1 卷，人民文学出版社 1984 年版。

[116] 周勇主编:《邹容与苏报案档案史料汇编》(上、下)，重庆出版社 2013 年版。

[117] [日] 竹内实:《中国现代文学评说》，程麻译，中国文联出版社 2002 年版。

[118] 朱日复:《文艺认识论——从认识论视角探讨文学艺术的本质》，湖南文艺出版社 1995 年版。

[119] 朱寿桐:《情绪: 创造社的诗学宇宙》，上海文艺出版社 1991 年版。

[120] 朱星:《中国文学语言发展史略》，新华出版社 1988 年版。

[121] 庄锡华:《二十世纪的中国文艺理论》，上海三联书店 2000 年版。

后记

这部书稿从构想、基本完成、不断修改，到现在大约 20 余年了。基本完成用了 5 年的时间。这 5 年，先是 2000—2003 年在北京大学中文系做博士研究生的 3 年，然后是 2003—2005 年在南开大学文学院做博士后研究的两年。所以，对于这部书稿的写作和完成，我的博士导师北京大学的董学文先生和我的博士后合作导师南开大学的王志耕先生是我最应该奉上感激和尊敬的。他们在我求学期间给了我极为宽松的环境，并以他们可贵的学识点燃了我的思索，照亮了我的为学之路。

在北大，博士学位论文选题的时候，我想做的题目是“文学理论的元范畴研究”，当时董老师正在思考构建“文学理论学”，把文学理论作为研究对象，从一个更高的层面研究文学理论运动的基本规律。他的理论思维深深吸引并启发了我，于是不久我就把论文题目修改为“走向文学理论解释学——以文学理论的几个基本概念为例”，想以之增强论文的理论色彩，不至于在具体概念的研究中使理论观点淹埋于材料。在后来的写作过程中，又觉得在 3 年的时间内完成数个基本概念的研究和文学理论解释学的理论建构是吃力的，与其求全贪多，不如就研究一个范畴，把它彻底搞透彻，并从中生发出文学理论解释的基本原则；于是又把题目改为“走向文学理论解释学——以‘反映’概念为例”，送交评审、预答辩时论文题目最终确定为“中国现代文学理论语境中的‘反映’概念研究”。

历史研究比较能够使人静下心来。南开是能让人心静的大学，而王志耕老师的随和与宽容也很契合我的心境。南开的两年，我又阅读了大量的中国现代文论的史料，并写作了本书稿中的大部分章节，最后形成了以“中国现代文学理论范畴”为题目的博士后出站报告。在写作过程中，有时很想以一个理论框架来统合这些史料，也很想以自己的想法来推测出某个结论或断语，后来都放弃了，不是因为书稿导言中提及的维特根斯坦的那句话，而是由于当我企图这样做的时候，总有一些材料站出来反对我、教训我，或许是我力有所不逮吧。历史是最高明的老师，我在它面前只有做学生的角色了。于是大部分就随了材料的性子。

2007 年出版了《中国现代文学理论范畴》一书，算是这本小书的一个雏形吧。其后历年阅读积累，在其基础上不断修改、增删、调整，至今遂有了现在这本小书的模样。虽不令人满意，但还是记录了自己不断学习、思索的历程。

世事如烟，世事如炬。历史的影像就是如此，一个现场被另一个现场所取代，新的现场被过去的现场纠缠。就像干涸了许久的古河道，河水消失了，但那些散落在河床沙土中的贝壳和海螺，虽星星点点，散乱无序，但依然可以让我们倾听到大河奔流、漩涡洄荡，感受到时间的力量和生命的激情。一些记忆飘散了，一些记忆留了下来，为我们照亮前行之路。

纽约州立大学宾汉姆顿分校（简称“宾汉姆顿大学”）有个令人印象深刻的校训，即“From breadth through depth to perspective”，有人将其译为“源于广度、透过深度、获得角度”。我们做研究或看待事物，总会有自己的角度，这个角度的限度就在于我们对于对象的了解的广度和深度，也在于我们思想的广度和深度。人总有其限度，对于一个过往时代的话语现场的探寻，对于一个过往时代中国话语构建历程的探索，也将永远在路上。

感谢河北出版传媒集团、河北人民出版社的领导和编辑，你们把每一本书的策划编辑都当作自己的庄重事业的精神令人感动。河北是我的家乡，能在家乡的出版社出版作品，总让我有一种落叶归根之感，备觉亲切和荣幸。

感谢我的老师们，感谢家人，感谢一直支持和陪伴我的家人一般的朋友们。

作　者

2024 年 5 月 20 日